"百年恩怨沉思录"丛书

遗孤恩怨

旻子 著

長江出版傳媒
湖北人民出版社

图书在版编目(CIP)数据

遗孤恩怨/旻子著.
武汉:湖北人民出版社,2019.5
ISBN 978-7-216-09704-8
Ⅰ.遗… Ⅱ.旻… Ⅲ.纪实文学—作品集—中国—当代 Ⅳ.I25
中国版本图书馆 CIP 数据核字(2019)第 037558 号

选题策划:邓宁辛
责任编辑:刘 佳
封面设计:汪 汉
责任校对:范承勇
责任印制:谢 清

出版发行:湖北人民出版社	地址:武汉市雄楚大道 268 号
印刷:湖北恒泰印务有限公司	邮编:430070
开本:787 毫米×1092 毫米 1/16	印张:16.25
版次:2019 年 5 月第 1 版	印次:2019 年 5 月第 1 次印刷
字数:250 千字	插页:2
书号:ISBN 978-7-216-09704-8	定价:58.00 元

本社网址:http://www.hbpp.com.cn
本社旗舰店:http://hbrmcbs.tmall.com
读者服务部电话:027-87679656
投诉举报电话:027-87679757

人类太容易迷失，迷失在争斗及对财富的掠夺中，苦难因此降临。

仁慈永远是心灵最柔软的那一块，她能化干戈为玉帛么？

让历史照亮现实。

——旻子

目　录

序

若说中国与哪一个国家的关系最难说清的话,恐怕就是日本。

历史上没有哪一个国家像中国这样,给日本以如此巨大的影响。从汉字到围棋,从《论语》到《法华经》,日本人几乎一成不变地从中国学去了这些文化精髓。

历史上也没有哪一个国家像日本这样,给中国人如此巨大的伤害。自1874年入侵台湾开始,几乎每一次针对中国的战争,都少不了日本;哪一个帝国主义杀人,都不像日本人那样在南京屠城。

中日两国,说不清的关系,扯不清的恩怨,皆用这四个字一笔带过:一衣带水。

因为一衣带水,联系方便,影响也方便;

因为一衣带水,掠夺方便,侵略也方便。

中日两个近邻,关系就是这样的复杂纠结。

今天的中国已是世界第二大经济体,日本则是世界第三大经济体。今天的中国是日本第一大贸易伙伴,日本是中国第二大贸易伙伴,双方贸易额超过3000亿美元。每年都有数百万中国人到日本旅游、数百万日本人到中国旅游。今天中日之间有着如此密切的经济交往与人员往来,相互之间的历史纠结就会消失无踪吗?

并非如此。

非常之处还不仅于此。

还在于后来作为侵略者的日本,最初也是被侵略者。

1853年7月8日,美国东印度舰队司令官佩里率4艘军舰,打开了日本国门。

1854年，美国强迫日本签订第一个不平等条约《神奈川条约》。

1855年，俄国强迫日本签订《下田条约》。

1856年，荷兰强迫日本签订《和亲条约》。

1860年以后，英国也强迫日本签订不平等条约。

1863年至1864年，美、英、法、荷四国组成联合舰队，炮击日本下关，勒索战争赔款，控制日本关税，取得在日本的驻兵权。

就是这种境况，引发了1868年日本的明治维新。

这个曾经的被侵略者，明治维新后摇身一变，成了侵略者：占琉球、夺台湾、霸辽东半岛……其迈向资本军国主义的第一桶金、第二桶金、第三桶金，全部来自战争。

中日从此分道扬镳。

中日分道扬镳中需要特别注意的日本人，不是明治天皇，不是"维新三杰"西乡隆盛、木户孝允、大久保利通，甚至不是伊藤博文这样的维新重臣，而是今日头像仍印在1万日元纸币上的福泽谕吉。此人1885年发表《脱亚论》："为今日计，我国不能再盲目等待邻国达成文明开化，共同振兴亚细亚，莫如与其脱离关系而与西洋文明共进退。"又云："中国和朝鲜是日本的邻邦，同他们打交道用不着特别客气，完全可以模仿西洋人的方式处理。"

获得理论支持的侵略行动就此开始。这一理论指导了一个多世纪的日本政治实践，今天仍备受推崇。

1874年，福泽谕吉发表另一著作《文明论概略》的前一年，日本派兵入侵琉球和台湾，中国的大麻烦就此开始。

中国作家旻子的"百年恩怨沉思录"也就从这里开始。通过发掘若干重大历史事件，用数十万字笔墨，给人们活脱脱展现一个由被侵略者变成侵略者的日本。

这不是一件容易的事情。从1999年采访花冈事件算起到今天，旻子用了将近20年的时间探索、思索、概括、提炼。其间吃了多少苦，受了多少累，经历了多少委屈，遭受过多少挫折，只有她自己内心知晓。从另一面说，这也是面对历史、总结历史、概括历史的代价。

历史是什么？

是包袱，也是财富。看你怎么理解、如何拥有、怎样运用。

有些人聚焦于前者，于是希望大家放下包袱，轻装前进。

有些人聚焦于后者，相信其中有地火能量，有警钟长鸣。

旻子是后者。否则不会如此执着。

“百年恩怨沉思录”的要旨之一，就是从一个侧面展示中华民族曾经经历的百年救亡和正在经历的百年复兴。

我们没有权力忘记昨天。

为了我们的今天和明天。

谢谢旻子的奉献！

国防大学　金一南

2018年8月28日

引　子

1

2009年冬天。那一年北京的雪来得早。

11月10日下午6时，从哈尔滨飞来的FM9122航班停落在北京机场。外面下着纷纷扬扬的大雪，雪花似欢乐的精灵漫天飞舞，从落地窗望出去，天地间一派迷蒙。

一支庞大的旅行团队，有五十多人，男男女女，老头老太太居多。据说平均年龄72岁，看上去面容似老树枯藤。服装很鲜亮，老头儿们西服革履，老太太们浓妆艳抹。乍看像日本人，张口却是中国话，而且是浓郁的东北大碴子口音。有人惊呼，好大的雪哟！接话的人说，咋着！别看北京雪大，比哈尔滨可暖和多了。

领队打着一面小旗，上面印着“日本遗孤感谢中国人民养育之恩访华团”的字样。

果真是日本人。

2

“开拓团”这个名称早先并不为大多数国人所知。2011年8月，有5名男青年将黑龙江省方正县政府出资修建的“日本开拓团民亡者名录”碑给砸了，事件闹得沸沸扬扬，一段历史便随之浮出水面。

“开拓团”的历史可以追溯到1906年。那年，49岁的后藤新平被委任为南满洲铁道株式会社（简称“满铁”）首任总裁，他提出了向满洲铁道沿线移民50万日本人的计划。

1857年后藤新平出生于日本水泽藩（现岩手县水泽市）的一个武士之家，曾学医做医师多年。1890年，他被派往德国留学，回国后任内务部卫生局长。他深受时任内务大臣儿玉源太郎的赏识。1898年，儿玉源太郎出任“台湾总督”时，邀请后藤新平一同前往，先委任他为总督府卫生顾问，后拔擢为民政长官。后藤新平在民政长官任上时，在台湾积极推行殖民统治，获得“殖民地经营家”称号，因此成为贵族院议员，被封男爵，甚至被树立铜像以旌其功。

第一批移民于1914年移入大连金县的魏家屯，共18户43人。因农户从日本山口县玖珂郡的爱岩村和川下村移入，所以村名定为“爱川村”，是从两个日本村名中各取一字而成。这是日本在中国大地上建立的第一个日本移民村。而后，后藤新平在“满铁”附属地内拨出44平方千米土地租给移民们耕种，“满铁”还成立了大连农事株式会社，专门从事移民业务。“九一八”事变爆发前，日本向南满地区移入农民74户。

那个满脸横肉、在“皇姑屯事件”中按下起爆按钮的铁道守备队中队长东宫铁男，当年因受处分而退役，“九一八”事变后重返关东军，任伪满洲国军政部顾问。1932年6月，他向关东军递交了《屯垦意见书》，提出：以日本在乡军人组建屯垦基干部队，永驻中国东北地区。他说：“大和民族现如盆中之竹，如此下去，不仅不能繁茂，而且只有衰老下去，必须将此竹移植大地，以期皇国的发展。”

随后，东宫铁男化装成中国百姓，潜入佳木斯附近，对当地的村村落落进行了全方位的侦察，绘制了移民迁徙图。1932年10月，493名日本人落户佳木斯永丰镇，称“佳木斯屯垦军第一大队”，下设4个步兵中队，12个小队，另有炮兵1队，机关枪1队，屯居后驻地定名“弥荣村”，这是日本在中国东北地区建立的第一个武装移民团，东宫铁男因此被称为“满蒙开拓团之父”。

1936年8月25日，广田弘毅内阁敲定了日本七大国策，其中之一就是自1937年至1956年，20年内分四期向满洲移民百万户，计500万人，这就是“移民百万户计划”。

据统计，1932年10月至1945年5月，日本向中国东北移民321873人，政府将鸠占鹊巢的移民政策称为“开拓事业”，移民组织称为“开拓团”。

俗话说，多行不义必自毙。

1945年8月，美国在广岛和长崎扔下两颗原子弹，彻底结束了第二次世界大战。嚣张不可一世的日本帝国崩溃在顷刻之间。覆巢之下，岂有完卵。

8月8日晚，苏联对日宣战。仅仅隔了几个小时，9日零时10分，苏联150多万军队从东、北、西三个方向，在4000多公里的战线上越过中苏、中蒙边境，向日本关东军发动突然袭击。曾号称“皇军之花”的关东军在苏军的打击下，兵败如山倒。而开拓团的青壮年男人在战争出现败象之前都应征入伍，剩下的大多是妇女儿童、老弱病残，生命在风雨之中飘摇。

据记载，当时在东北的155万日本人（不包括军人、文职人员和家属）中，开拓团民27万人，占总数的14%；战后的1945年至1949年间，日本人死亡176000人，其中开拓团死亡近8万人，占总数的45%。

恐慌及逃难，在苏军进攻之前就开始了。

1945年8月7日，从哈尔滨开出的一列满载逃难日本人的火车驶入长春站。站台上聚集的日本逃难者拥进车厢，列车严重超载。车上，一个日本军官看见车厢过道的破筐里坐着一个孕妇，他嫌孕妇占的位置太大，命令她下车，孕妇不从。军官恼怒，连拉带扯。孕妇不从，连哭带喊。军官便强行连筐带人拖到车厢门口，猛力推下车去，只听孕妇一声惨叫，摔昏在站台上。列车开走了。几名中国铁路员工走过来，把孕妇抬离车站。过程中，孕妇腹中的女婴呱呱坠地，一声啼哭，苦难的人生历程就此开始。孕妇患产后风，第10天就去世，女婴被中国妇女陈桂芝收养。

这只是日本战败时其子民逃难惨景的一个缩影，日本遗孤的苦难故事，容我慢慢道来。

在中国败退时，日本政府只管撤回公职人员及家属，将百姓之命视为草芥。为了生存，一些日本妇女改嫁给当地的中国男人；而日本孩子，或者送给中国人抚养，或者遗弃后被中国人收养。这样，战后的日本就有了“残留妇人”和“残留孤儿”的称谓，对残留孤儿亦称“遗华孤儿”。

据日本政府1950年的统计，战后滞留在中国东北的日本人有26492人，其中13岁以下的孩子近5000人被中国家庭收养。

1959年3月3日，日本政府发布《战时死亡宣告》法令，宣布在第二次世界大战及其后的混乱时期中，有日本国籍的未归者，宣告为战时死亡，对家人发放3万日元“吊慰金”，取消户籍。而活在中国大陆的日本人，心里还燃烧着回国的念想。1972年中日邦交正常化后，先是居住在东北农村的残留妇人写信给日本政府，要求回国。接着，一些遗华孤儿也开始给大使馆和日本厚生省写信寻亲。

1974年8月15日，《朝日新闻》记者菅原幸助发表了《生死离别记录》一文。这些被遗忘在异国他乡的战争孤儿的哀婉呼号，在日本社会引起轰动。经过战后经济腾飞，富裕起来的日本人像发现新大陆一样，突然知道了他们的同胞竟然被遗留在了国外。于是，同情、愤怒、抗议，风起云涌。民间团体不断向政府示威请愿，要求解决战争遗留问题。

1975年3月，在日本各大报社的协助下，记者开始公开调查遗华孤儿情况。

1981年3月2日，由日本政府出资邀请的47名遗华孤儿组成的寻亲团首次访日，这一天被称为“孤儿之日”。

2010年10月22日下午，我到日本厚生劳动省采访。分管战争遗孤事宜的是援护局。接待我的是该局援护企画课中国孤儿对策室的室长补佐吉田和郎和翻译远山孝。

日本人做事认真细致。出国之前，我通过电子邮件向他们提交了采访提纲。采访时，吉田首先交给我对采访提纲的文字答复，中日文两个版本，一问一答，简明扼要。

据厚生劳动省统计，自 1972 年 9 月至 2010 年 9 月 30 日，回到日本定居的遗华孤儿有 2546 人。我告辞时，发现门背后贴着当年遗华孤儿的回国名簿，只有一人。吉田告诉我，这项工作进行了近 30 年，已经接近尾声，未回国的只剩下零零星星的人了。

第一章　心的隔膜

1

写日本战争遗孤的故事于我是偶然。纪实文学“百年恩怨”系列的最后一卷我原计划是写恩怨，但原定写中国放弃日本战争赔款的始末。一着手，发现难度很大，涉及国共双方高层决策的许多档案尚未解密，我曾经向一位中日恢复邦交时的亲历者提出采访事宜，被回绝了。

那一段日子十分苦闷。“百年恩怨”系列是中国作家协会2007年的重点扶持作品，签了约的，若半途而废，据说作协不会追究，但自己难以心安。

2010年5月的一天，一个研究中日关系的学者在电话里偶然提及日本战争遗孤给汶川地震捐建小学的事。电话这端的我，突然感觉一缕阳光穿透茂密的森林，照亮我的眼前。我问清楚承办单位是四川省眉山市外事侨务办公室，立刻打电话联系采访事宜。对方告诉我，活动是由东方航空公司上海国际旅行社具体承办，来85人，70多名是遗孤。对方还说，合适的采访时间是5月17日至19日，让我带上采访介绍信，这一天是5月10日。

我与“中国归国者·日中友好会”理事长池田澄江取得了联系，她是这次访问团的团长，她说欢迎我采访。

出发去四川之前，我到中国作家协会开具采访介绍信。从作协出来，行走在北二环路的人行道上。5月的艳阳挂在蓝天白云上，路边的垂柳婀娜，银杏树挺拔婆娑，绿得像燃烧的火焰。地上的花朵黄红蓝白紫，竞相争艳，美丽得令人感动。春天的开朗包裹着我，心里突然冒出曾经在书里看过的一句话：

“——上帝啊，只要你抛下一根丝线，我就能爬上月球去！”

2

汶川大地震的那个夜晚对池田澄江而言很漫长。

之前，她一直沉浸在快乐之中。因为2008年5月8日，她作为日本遗孤代表向访日的中国主席胡锦涛敬献了鲜花。熟悉的日本朋友都对她说，你真幸福呀！她微笑着说，是的。说完，按照日本礼节，深深鞠了一躬。

池田说，我正为给中国主席献花高兴呢！胡主席是10日离开日本的，12日就发生了汶川大地震。

池田从12日下午就守候在电视机旁。刚开始报的死亡人数是117人，到晚上，死亡人数就上千上万了。池田说：“13日的电视画面就看不下去了，房子塌了，孩子也没了，我坐不住了，说不行，一定要募捐！那一夜我失眠了。日本的规矩，一般晚上10点之后不能往别人家里打电话，我就熬着，熬得彻夜未眠。”

14日清晨6时，她先给千叶县的一个老头儿打电话，她想，老头儿年纪大起得早。老头儿在电话里开口就问，你为什么这么早打电话？池田说，你看电视了没有？是中国养育了我们，我们要用实际行动来感恩，不能尽耍嘴皮子，赶快发动大家捐钱！

池田接着给埼玉县的遗孤们打电话。她整整一天都没离开电话机，说得口干舌燥，还心急如焚。5天，孤儿们就捐款500万日元。

池田说，那时候孤儿们还没钱呢！虽然新支援政策下来了，但尚未就位。每月还是就6万日元生活保护费。大家1万1万往外捐，等于捐了一个月的饭钱。东京的孤儿联络会募捐到2000多万日元，横滨募集了100多万，北海道募集了200多万，他们直接交给了当地领事馆，还有的孤儿是个人直接捐到大使馆的，都不包括在他们统计的2000多万日元内。

孤儿联络会想用这笔钱给地震灾区建所小学校，但不知应该与谁联系。有人找到了一家北京某教育基金会的电话号码，池田立刻打电话过去。

池田说："我们想为地震灾区捐建一所学校。"

接电话的男士问，捐多少钱？

池田说："我们把钱交给中国驻日大使馆了。"

男士说："让我们联系建学校的事，必须把钱打给我们。"

孤儿联络会按照那位男士的要求，汇了一笔钱，但对方始终没有与四川方面联系建学校的事。

2009年3月，一位领导人到访日本，安排了一个小型座谈会，池田被邀请参加。

采访时池田对我说，座谈会事先并没有安排她发言，但她想这是一个机会，就做了准备。会上，前面两个人发言完后，她抢过话筒说："首长，我可以说两句吗？"得到允许后，她就把事先写好的信拿出来，说："我们归国孤儿对养育了我们的中国充满感恩之情，这次汶川大地震，我们希望能为四川援建一所小学，但我们联系不上，哪儿哪儿都推。我想问首长，能否帮我们联系在四川建一所小学？"这位领导人听完后，督促相关部门处理，事情就落实了。

3

日本遗孤捐建的学校在四川省眉山市仁寿县始建镇。

池田说，他们捐了1660万日元，换成人民币108万元，由四川省教育部门统筹规划使用。2009年3月到2010年3月，一年就建成了。

仁寿县在成都南边50公里，管辖32个镇，28个乡，不属于地震灾区。始建镇在山的腹地，一路上山路弯弯，风景秀丽。我们乘坐的旅行社大巴到仁寿县城后，改换成中巴前往，公路变成了土路，凹凸不平，显然离山外的世界比较遥远。

遗孤们的身份是日本人，虽然男士西服革履，女士浓妆艳抹，与你交谈时会刻意地蹦出几个日语单词，但一接触就会感到，他们的文化特质、思维方式、言谈举止、举手投足，都是中国式的，不少人看上去像进城的农民工。

归国孤儿捐赠的校舍是一座两层楼房，外墙贴着白瓷砖，耸立在农村的土房之间，鹤立鸡群。校名立在高高的屋顶上，红色的大字“仁寿县始建镇中日友好太山村小学校”，楼层的隔墙上镶嵌着“百年大计教育为先”八个鲜红大字。

在学校落成典礼暨捐赠仪式上，我注意到登坂满知子。代表团成员除了池田澄江，只有她坐在主席台上。她满头银发，一袭高档的黑色裙装，颈上戴着贵重的珍珠项链，雍容华贵，她走向前台致辞时，我发现她有一点驼背。

池田告诉我，登坂是遗孤当中捐款最多的，捐了100万日元。我算了一下，按照当时的汇率，合人民币七八万元，并不算惊人，但对遗孤来说，是一笔相当大的数额。

在返回成都的大巴车上，我对登坂满知子进行了采访。她身边坐着一位老先生，登坂告诉我是她的丈夫登坂福贵。先生原姓王，随她入了日本籍，改姓登坂。登坂先生出国前是中国科学院上海光学精密机械研究所的研究员，1962年他从吉林大学物理系毕业后，被分配到中国科学院长春光学精密机械研究所从事固体激光技术开发工作，是我国较早从事激光研究的科学家。我心里有点莫名地为他遗憾。

登坂先生让我称呼他王福贵。他高挑个头，国字脸，头发花白，目光柔和。虽然额头与眼角有细密的皱纹，但藏在里面的岁月是满满书卷气，而不是生活的琐碎。他时年75岁，看上去身板硬朗，气色红润。

他说："激光是20世纪四大发明之一，其他三项是半导体、计算机和原子能。1960年，美国发明了激光，我1962年就开始搞了，中国搞激光比日本早四年。"

他主要从事强光光学（非线性光学）和激光光谱学的研究，是这个领域里的专家。他到日本后，先后在日本赤外线工业株式会社、アルテックス株式会社和ミワテック株式会社做研究员，做到开发部部长，月薪达100万日元。退休后，自己开办了振明光电技术株式会社，任社长，从事激光产品贸易，经济状况在遗孤群体中算是佼佼者。

登坂满知子说："汶川地震时正赶上我左股骨骨折，住在医院里，从电视上看到地震的情形，我止不住地流泪，我是受过苦的人，与丈夫商量后就捐款了。"

4

登坂满知子的中国名叫郑秀云，1934年6月出生在日本群马县前桥市大手町。

登坂的父亲原来是卖菜的，后来买股票亏了本，菜店关张，改蹬三轮，在登坂记忆中父亲是蹬三轮车的。

登坂说："1942年，前桥市政府组织开拓团，号召市民参加，我父亲的一位朋友动员他去，说开荒能过好生活，我父亲就去了。"

登坂不知道，参加开拓团是有政府补贴的。拓务省募集伪满洲农业移民的海报上写着，一户补助1000日元，另外还有其他的诸种好处。1000日元在当时是很大一笔钱，据说与现在货币的币值相差1000多倍，即当时的1000日元相当于如今的100多万日元，确实很有诱惑力。

登坂说："父亲参加的开拓团落户在黑龙江省北安市克东县。"

登坂那时年少，不清楚克东县的历史沿革。克东县位于黑龙江省北部，地处小兴安岭与松嫩平原过渡带，地势丘陵起伏。民国时直隶于黑龙江省，北安那时还只是个镇。1932 年 3 月，伪满洲国成立后，日本人把东北三省划分为十四个省，1939 年 6 月又增设北安、东安两省。准确地说，登坂父亲落户克东县时，应该是伪满洲国北安省克东县，如今克东县隶属齐齐哈尔市。

登坂的父亲先是只身而来，开拓团建立了居住区后，家属们才浩浩荡荡前往。

登坂一家是 1944 年冬天前往中国东北的。母亲带着她、姐姐、妹妹和弟弟前来，登坂的哥哥应征参加了海军。

他们在北安市下火车，眼前一片白雪茫茫。开拓团的家属们穿着政府发的统一服装，乘坐狗拉爬犁到了开拓团屯垦区。垦区建设得像军营，一排排的砖瓦房，分办公区、住宅区、学校。登坂和姐姐在屯垦区的学校里念书，那一年登坂 10 岁，姐姐 13 岁。

战事在 1945 年开春时已经吃紧。登坂的父亲按照 18 至 45 岁的男子都要参军的规定，应征到关东军。开拓团里剩下一群老头儿和妇女们种田。田是分组集体耕种。登坂所在的组有 8 户人家，组长就是当年动员她父亲参加开拓团的那位朋友。

黑龙江的 8 月是一年中最舒爽的季节，它不似南方盛暑溽热，更像中原的秋天，干爽清朗。

在登坂的记忆里，那是“8・15”日本投降后的一天，组长召集大家开会。组长满脸沮丧地说，现在战败了，剩下的妇女孩子没法回日本了，只能集体自杀！他要求妇女们把孩子领来，晚饭大家集中在仓库里一起吃饭。他说，吃完饭烧房子自焚。

日本宣布投降前后，开拓团集体自杀事件屡屡发生。据记载，1945 年 8 月 10 日清晨，一列满载开拓团妇女儿童的火车在东安（今黑龙江省密山市）车站被日军埋设的地雷炸毁，车厢被炸翻，尸体支离破碎，抛出几十米之外，200 人死亡，500 余人受伤，现场留下两个直径 20 米、深 3 米的大坑，史称“东安驿事件”。

麻山事件发生在 8 月 12 日。鸡宁县（今黑龙江省鸡西市）哈达河开拓团团长贝沼洋二率领团员们撤退到麻山地区，遭到苏军阻截。队伍中大都是妇女儿童，行动缓慢，几个男团员暴躁起来，端起机关枪冲着妇女儿童扫射，当场打死70多名。贝沼洋二得知后，用手枪自杀身亡。这成了自决信号，剩下的男团员将所有妇女儿童枪杀后自决，500余人死亡。事件中，有7名幸存孤儿被当地中国人收养。

8月17日，阿城县丰村开拓团62户人家接到团长名胜美郎的通知，说天黑前要赶到团部集合，准备返回本土。那天晚上，在团部的红砖瓦房仓库里，团长搬了一箱白酒让大家痛饮。偌大的屋子，酒气弥漫，醉醺醺的团长高举着酒瓶，说战争打败了，太阳帝国完蛋啦，上边让我们集体自决，效忠天皇的时刻到了！说完，他引爆了事先准备好的炸药，一声巨响，仓库瞬间成了一片瓦砾，140多名开拓团家属被炸得血肉横飞。

葛根庙事件发生在内蒙古乌兰浩特附近，幸存者中有一位是后来当了内蒙古通辽市人大常委会副主任的乌云，她的日本名叫立花珠美。

如今的乌兰浩特市当年是伪满洲国兴安省省府所在地，地名王爷庙。1945年立花珠美7岁。年少的她虽然不懂战事，但记得那年暑假的气氛与以往不同。往日平缓的生活突然添了些紧张气氛，日本人社区的妇女每天晚上都组织起来进行灭火、人工呼吸、抢救伤员的训练。

8月12日深夜，人们突然接到通知，说苏联军队打过来了。居住在王爷庙附近的日本人，包括官吏、家属和开拓团民，在科右前旗参事官浅野良三的带领下，顺着公路向南紧急撤离。

队伍有1200余人，男女老少，一窝蜂地奔走着。立花的父亲是政府官员，当时出差在外。母亲雇了辆牛车，让立花的二哥和弟弟坐牛车，自己则背着不满周岁的小女儿，手牵立花，夹杂在逃难的人群当中。

8月14日中午时分，队伍行至葛根庙附近的公路时遭遇了苏军。枪声突然噼噼啪啪地响起，队伍立刻出现骚乱，不少人就势跳到路边的大沟里逃窜，队伍瞬间就解散了。

一名军官冲天射了一梭子子弹，满脸恼怒。他叫喊道："我们绝不能做俘虏！要以死来效忠天皇！”说着，他从腰间拔出军刀，跪在地上，切腹自杀。只见一股血柱喷出，几乎是同时，有军人向沟里的人群投掷手榴弹，轰的一声，烟雾腾起，接着残肢碎体纷纷落下。也有端着刺刀的军人向人群刺去。

立花珠美看见母亲冷静地从包袱里摸出一把军刀，表情木然。她持刀向不满周岁的妹妹的脖子抹去——立花的眼前立刻腾起了一朵血花，花瓣旋即破碎，化成一地红蚯蚓四处逃窜。

接着，母亲冷着脸持刀向她走来，立花本能地转身就跑，母亲并没有追赶，而是将刀扎进了自己的胸膛。跑出五六十米远的立花转身时正好看到这一幕，大惊失色，哭叫着“妈妈——”冲过来，母亲歪倒在地上大口吐着血。

母亲僵冷的表情那一刻突然融化了，回到平时的柔和。她呻吟着对立花说，找一个日本人带你去找弟弟，再去找父亲。说完，头一歪，咽气了。

灾难来得如此突然，立花不知所措。放眼望去，尸横遍野，空气中弥漫着浓烈的血腥味，她大哭起来。

哭声很孤独，变成了抽泣。她遵照母亲的遗嘱去找兄弟。因为牛车走得慢，在逃难的路上家人就已经离散。立花循着来路去找，黄昏时找到了孤独行走的牛车。车里躺着弟弟的尸体，肚子已经发胀，散发着腐臭气，二哥和赶车人都不知下落。

她流浪了两天两夜，饿得奄奄一息时被行路的两个中国人救起，送给一个张姓大爷寄养。张大爷有五个孩子，家境贫寒，一年之后，又把她转送给另一户人家。新养父是蒙古族人，养母是汉人，膝下无子，给立花取了蒙古名字乌云，意为聪明伶俐。

据记载，葛根庙事件死亡 620 人。

据记载，日本投降前后，开拓团民的集体自杀事件达 19 起，死亡人数为 5936 人。

5

登坂的母亲从组长家里开会回来，脸上布满忧伤。她与几个妇女在门口谈论自决的事时，在门边的登坂和姐姐听到了谈论的内容。

母亲一进家门，两个女儿扑腾一下跪在她面前。姐姐说："妈妈，我不想死。"登坂也说："妈妈，我也不想死。"姐姐又说："妈妈，我们全家都不死！"登坂也说了一遍。说着，姐妹二人就哭了起来。

母亲一手搂住登坂，一手搂住姐姐，沉默着。许久，母亲突然语气坚定地说："好！我们都不死！"

母亲匆匆收拾了行装，背起年幼的弟弟。姐姐牵着登坂和妹妹，全家人迅速跑出家门。左右张望，没有人影，便迅速通过马路，一溜儿小跑，穿过农田，到了一户中国农民家里。

这户人家与登坂家相识，知道原委后，他收留登坂一家住了一夜。

登坂说："那天晚上，我们亲眼看到开拓团的房子起火的情景。火光照亮了半边夜空，全家人抱头痛哭。后来听说烧死了三四十口人，组长让他的大儿子和女儿逃回了日本，他和妻子及小儿子一起死了。"

第二天清晨，母亲带着姊妹四人踏上逃难之路。在路上，他们碰到了不少逃难的日本人，于是结伴而行，队伍越来越壮大。

登坂说："我弟弟 4 岁，妹妹 8 岁，都不哭，嚓嚓嚓，齐步走。路上，我们尽量避开热闹的地方，捡偏僻的小路走。目标是去哈尔滨，再到葫芦岛，听说那里有回日本的船。"

如今的北安属于黑河市，从北安到哈尔滨的距离有 340 多公里，那时候交通不发达，路途更加遥远。登坂说："我们走了很多天，具体是多少天也记不清楚了。到哈尔滨车站时，见到黑压压的人群，都是日本人，是老人、妇女和儿童。"

他们在车站等候了几天，终于来了一辆闷罐车。人们疯狂地往车上拥，前仆后继。上了车，全站着，人挨人，似相声里说的，把人挤成了相片。没有厕所，大小便只能就地解决，车厢里弥漫着臊臭气。几十年后，登坂叙述当时的情景时，似乎还能闻到记忆里那股令人恶心的味道。登坂说："车到沈阳站时，我的腿肿成了棒槌，直扑楞登的，不会走路了。"

据记载，1945 年 8 月中旬至年底，流入沈阳的日本难民达 15 万人，安置在铁西等区的工厂、学校、仓库和军营里。登坂一家到沈阳后，所有的收容所都已经满员，他们被送到抚顺老虎台矿场，安置在原来矿工住的宿舍里。

房间非常大，有灶台，有烟囱，一长溜土炕，通铺，住了几十口人，一家发了一条毛毯。窗户没有玻璃，只剩了个框。东北的秋天短，风已生硬，凉飕飕的。登坂和姐姐在外面捡了条草帘子挂在离他们铺位不远的窗户上。夜晚十分寒冷，不久母亲就病倒了，气息奄奄地躺在炕上，那时饭都吃不上，根本无钱医治。

一天清晨，登坂的姐姐发现母亲的身体僵硬了，走得无声无息。四个孩子围着母亲的遗体放声痛哭，屋子里人们神色凄然。大人们帮忙把遗体抬到后面的山上埋了。下山前，哭得眼睛红肿的姐姐，用小手绢包了一包坟头的土。登坂说："这包土姐姐一直带在身边。"

6

这一年姐姐 14 岁，登坂 11 岁。姐姐担起了母亲的责任。

回日本的船迟迟没有消息，登坂的姐姐已经身无分文。每天，姐姐带着登坂去讨饭，讨来的高粱米粥能照出影子，弟弟妹妹饿得无精打采。

姐姐先把弟弟送给一户张姓人家。这家人之前生过孩子养不活，就收留了登坂的弟弟。他们怕人知道这孩子是日本人，就搬了家。张家供登坂的弟弟念书，后来上了技校，学的钳工。

送走弟弟没多久，姐姐又把妹妹送给一户姓刘的矿工。这户人家有个男孩，比登坂的妹妹小。

登坂说："妹妹到他家给他们带孩子。养母很坏，虐待她，晚上睡觉不给她盖被子。我去看妹妹时，看到她脸上有伤，妹妹偷偷告诉我是养母打的。妹妹没有上学，1952 年已经是新中国了，养母的虐待引起邻居的公愤，到派出所报了案。经过法院审理，给养母判刑三年，劳教，扫大街。那年妹妹 15 岁，政府给她安排在抚顺造纸厂工作，与养父母脱离了关系。"

送走了弟弟妹妹，登坂和姐姐仍然生活在收容所。当地人把收容所叫日本大房子。1945 年的那个冬天特别寒冷，特别漫长。

登坂的养父郑义臣是抚顺老虎台矿场的工人，养母董玉芝是家庭妇女。二人结婚多年没有孩子。有人说，日本大房子里有的是孩子，领一个吧。于是夫妻二人到收容所领养了登坂满知子。

在被领走的那一刻，登坂十分不情愿。姐姐说："把你们送走了我回日本，以后再来接你们。"登坂相信姐姐的话，便跟着郑家人走了。

登坂姐姐并没有等到回日本的船。日本战败后，葫芦岛港遣返的主要是现役军人和家属，开拓团的妇女儿童已经被日本政府抛弃。

1946 年夏天，姐姐生病了。她拖着病体找到郑家。登坂此时已更名郑秀云。姐姐对登坂的养母说："我活不了多久了，来看看我妹妹。"

郑家十分善良，视秀云如亲生女儿一般。领养后，就送她到矿上的第二小学继续学业。养母抚摸秀云姐姐瘦削的肩膀，拉起她的手说："孩子，别苦熬啦，还不知能不能回到日本哩。给你寻个婆家吧，有个安稳日子。"

登坂的养母果真给她找了个婆家，当时登坂的姐姐 15 岁，先做童养媳，病治好后完婚。

7

王福贵是河北省交河县人，与郑秀云有缘相识在兵荒马乱中。

20世纪上半叶，中国战祸连年。王福贵是1935年11月生人，那时日本已经侵占东北，成立了伪满洲国。王福贵的父亲是木匠，活做得好，在河北老家有名气，为讨生活，闯关东到长春一家木工厂做工，那时长春改叫新京。

王福贵与母亲仍然住在河北老家交河县军王庄。1943年日本人进行华北大扫荡，想一鼓作气地把在敌后方进行抗战的八路军消灭光。

王福贵说："我亲身经历过那段恐慌的日子，日本鬼子一进村我们就钻地道，母亲是小脚，很不方便。"

他还说："我亲眼见过进村的鬼子叫小孩带路找地道，不从，就挑死。给小孩糖，不接，也挑死。"

日子过得战战兢兢，王福贵的母亲怕孩子有不测，便把他送到长春的父亲那里。王福贵在长春上小学，学校里是中文、日文一并学。日本投降时，王福贵上四年级，父亲对他说，你快把日本书烧掉。

接着是解放战争。1948年5月，解放军攻打长春。王福贵说："林彪的部队围困长春，围而不打，城里的粮食都吃光了，父亲说，赶快回家，要不就饿死了。"

当时母亲和姐姐在沈阳。王福贵的父亲制作了一辆独轮车，把家产都放在车上，带着王福贵及哥哥嫂嫂，从长春走到沈阳，走了整整两个星期。

再从沈阳往关里走时，辽河大铁桥被炸掉了，道路不通。王福贵的哥嫂因为动身早，回到了河北，王福贵与父母、姐姐被困在了沈阳。

父亲的一个朋友在抚顺老虎台矿场做工，王福贵一家便打算去老虎台安身。一路上乞讨，走到一个地名叫大伙房的地方时碰到国民党特务，把王福贵的母亲抓了起来。特务说王福贵的母亲是共产党的探子。13 岁的王福贵抱着母亲，吓得直哭。母亲挺镇定地说：“我是小脚，路都走不快，怎么会是探子呢？”特务审问不出东西来，便放了她。一路上兵荒马乱的，全家就在老虎台附近的农村住下了。

当年 11 月，辽沈战役打响，抚顺解放。那年王福贵的姐姐 18 岁，嫁给老虎台矿场的一名矿工。解放区土地改革，父亲在乡下分了三亩地。王福贵渴望念书，就随姐姐到了姐夫家，在老虎台小学就读四年级。第二年，老虎台小学和矿二小合并为新屯公园第五完全小学，王福贵和郑秀云就成了同学。

从小学到高中，二人同学了七年。王福贵成绩很好，1953 年加入共青团，是学生会干部。上了高中后加入共产党，是学生会的文体部长，他会拉小提琴、二胡、京胡，还会吹黑管。

年轻时的郑秀云十分漂亮，圆脸，杏核眼，皮肤白皙。虽然个头不高，但性格开朗，喜欢唱歌跳舞。一个拉，一个唱，眉目传情，久而生情，爱情的种子就发了芽。

高中三年级时，养母得知女儿恋爱的事，坚决反对。郑秀云在养父母的眼里是宝贝疙瘩，养母认为王福贵人虽优秀，但家境贫寒，由姐姐供养念书，女儿嫁到了王家，那不得跟着受穷？

毕业前夕，养母到学校去闹。这一闹，把郑秀云的脸面丢尽，她与母亲翻了脸。原本王福贵住校，郑秀云住在家里。闹翻之后，她就搬到学校里住。二人决定豁出去了，就去街道领了结婚证。

1957 年高考，王福贵考上大学专科学校长春汽车拖拉机学院，翌年学校更名为吉林工业大学。郑秀云落榜了，第二年考上了大连师范学院生物系，毕业后在抚顺市第二十九中学高中部当生物老师。

王福贵的学业很顺利，在吉林工业大学学的是汽车发动机专业。1960 年毕业时赶上中苏关系恶化，苏联撤走援助中国的专家，中央决定自己培养专家。王福贵在学校是尖子生，于是被选送到吉林大学物理系攻读物理光学专业，毕业后回到吉林工业大学物理系当教师。学校对面是中国科学院长春光学精密机械研究所。王福贵任教还不足一个月，一天，在学校门口遇见他在吉林大学的一个同学，他在研究所工作。同学对他说，我们这里现在就缺搞光学研究的人，你来吧。王福贵说好。于是他就调到了研究所。

激光是20世纪以来继原子能、计算机、半导体之后，人类的又一重大发明，被称为“最快的刀”“最准的尺”“最亮的光”。1917年，爱因斯坦提出了一个光子使受激原子发出一个相同光子的受激发射理论。1958年，美国科学家肖洛（Schawlow）和汤斯（Townes）发现，当他们将氖光灯泡所发射的光照在一种稀土晶体上时，晶体的分子会发出鲜艳的、始终会聚在一起的强光。根据这一现象，他们提出了“激光原理”，即物质在受到与其分子固有振荡频率相同的能量激发时，都会产生这种不发散的强光，即激光。因为这个发现，他们获得了1964年的诺贝尔物理学奖。1960年5月，美国加利福尼亚州休斯实验室的科学家西奥多·梅曼宣布获得了波长为0.6943微米的激光，这是人类有史以来获得的第一束激光。当年7月，第一台激光器诞生，梅曼成为世界上第一个将激光引入实用领域的科学家。

王福贵1962年秋天进入中科院长春光学精密机械研究所（简称长春光机所）。在中科院院士刘颂豪先生主持指导下，他参加了激光领域的开发研究。1964年，长春光机所研发出我国第一台固体连续发振激光装置。当年6月，时任国务院副总理的邓小平前来视察，对激光装置的发振表演给予好评。

当年8月，刘颂豪调至中国科学院上海光学精密机械研究所（简称上海光机所）任教研室主任。时任其秘书的王福贵一同调往，继续固体激光技术的研究开发。1966年王福贵起初响应号召，在上海光机所贴出了第一张大字报。1967年1月，上海“一月革命”发生，这时候王福贵觉得不对劲了。他说：“革命成了打派仗，一会儿是朋友，一会儿是敌人，根本没有是非标准，更说不上真理，就是争权夺利。”他有些迷茫，便当起了逍遥派，开会时带着耳朵去听，平时继续研究业务做试验，1970年他成功研制了飞机载用的小型脉冲测距用激光器。

王福贵开发的激光产品有十五项，其中，他作为设计者之一的相干拉曼散射光谱仪技术，1980年在加拿大召开的第五届国际激光光谱学会上获奖。刘颂豪先生后来到广州华南师范大学当校长，王福贵与他共事二十多年，共同研究并发表论文十数篇。1996 年，其研究成果《强光光学及其应用》荣获广东省高等教育厅颁发的“科技进步一等奖”。1999 年，由中国国际交流出版社出版的《世界名人录》里收录了他的传略，他在日本出版了专著《固体镭射设计制作的实践》。

8

登坂满知子的姐姐最早与日本联系是在 1952 年。那时，姐姐对登坂说，父亲死活也不知道，哥哥在哪儿也不知道，写封信问问吧。

于是，姐姐给前桥市役所写信道：“我们姊妹四个还活着，生活在中国。父亲死活不知，哥哥在哪儿也不知，我们想回国。”

市役所回了信，说登坂的父亲参军为一等兵，战败后在西伯利亚苏联俘虏营里去世了。登坂的哥哥从海军学校毕业后参军，到菲律宾作战，现在居住在北海道，已婚，有一子一女。市役所寄来了登坂一家户籍本的复印件，留有联络地址和电话，但并没有说是否接他们回国的事。

翻过了历史上血腥扩张的一页，遗留问题如何解决，是摆在日本政府面前的课题。

时光荏苒。登坂姊妹四人都成家立业，过着自己的小日子。

1972 年中日恢复邦交后，两国政府着手解决战争遗孤归国问题。1974 年，中国红十字会安排部分日本遗孤回国探亲，抚顺市公安局确认了 20 多名遗孤的身份，这些人由日本政府出资，经由香港回日本探亲，其中有登坂的姐姐和妹妹。

出国前，登坂姐姐赴上海征求登坂的意见是否同行。登坂表示愿意，王福贵不同意。他说，我们怎么能当日本人？

此行，登坂妹妹带着两个女儿，加上姐姐四口人，到日本后投奔在北海道的哥哥。登坂哥哥在一家保险公司推销生命保险，他对妹妹们的到来十分不悦。日本人很实际，不似中国人那样讲究亲情感情。家里突然增加了吃饭人口，就增加了生活负担。日本人的行为规范，讲究不给他人添麻烦，登坂哥哥认为，妹妹们的到来是给自己添麻烦，成天冷着脸，说话带刺，登坂的妹妹与他常发生口角。

在哥哥家是没法住下去了，登坂姐妹便到前桥市去找老姨。前桥市在群马县，距东京约 100 公里，处在日本的中央，属关东地区，北海道在日本北端，属东北地区。

登坂母亲五姊妹，没有男丁。老姨即幺姑娘，是登坂母亲的妹妹。老姨做小学教师，姨夫也是教师。他们领登坂姐妹到前桥市役所反映情况，市役所给他们安排了一间临时住所，住了 8 个月。

尽管回日本受到哥哥冷遇，登坂的妹妹还是坚持要归国。归国需要亲人作保，登坂的哥哥坚决不给作保，只好请老姨出面。

说到作保的事，登坂便愤愤不平。她说："我们去开拓团时，怎么不需要保证人！现在归国了，回到自己的祖国还要保证人，什么道理！"

登坂的妹妹于 1980 年归国，全家五口人一起回到日本。她丈夫是哈尔滨军事工程学院 1963 年毕业生，电机专业，在国内是工程师。日本政府支付的归国机票不包括她丈夫的票。刚回到日本时，政府只给登坂的妹妹及两个女儿办理了入籍手续，丈夫和儿子都是三年之后才入籍，但丈夫一直没有职业，打零工，退休之后，享受遗孤的每月 12 万日元的厚生年金。

登坂的姐姐 1990 年归国，因为丈夫不愿意到日本才拖了许久。那时老姨已去世，活了 101 岁。姐姐一家归国是由 1973 年归国的孤儿藤井静子作保。

9

登坂的妹妹归国时郑秀云也想归国，王福贵不同意。

1964年，郑秀云随丈夫调到上海后就不做教师了，在丈夫所在的上海光机所图书资料室工作了20年。她的日本战争遗孤身份并非秘密，但没人在意。因为她从小在中国长大，说的中国话，文化、生活习惯完完全全是中国的，没人把她当作外国人看。只是“文化大革命”中，1968年，有一张大字报是揭发她的。大字报题为《奇怪的电报声》，说王福贵一家是日本特务，家里经常传出发电报的声音。调查结果是，王福贵家里的马桶漏水了，邻居听到的滴滴答答的声响是马桶的滴水声，此事便不了了之。1971年，王福贵下放到杭州湾奉贤县的五七干校劳动，郑秀云从资料室调到了研究所食堂工作。但一年之后，王福贵又回到研究所继续他的激光研究。

促成王福贵决定去日本是因为两件小事。一件是1980年他的研究成果报告被选为出席在加拿大召开的第五届国际激光光谱学会论文，其中，作为设计者之一的相干拉曼散射光谱仪技术方案还获了奖，但所里没让他出席会议，理由是他不会英语。王福贵听人说，是因为他太太是日本人，属于内控使用不能轻易出国，他很生气。还有一件事，登坂妹妹的女儿从日本到上海时，王福贵向所里提出用车的要求被拒绝了。王福贵说：“这两件事使我很生气，我心想那就走吧，就这样到了日本。”

如果仅仅因为这两件小事，他的选择显然不够慎重，意气用事了。发达国家并不像他想象的那么完美，同样有等级，有歧视，有限制，自由和公平都是相对的。这些，他到日本后就有了深切体会。

异国他乡，首先是语言不通。虽然他小时候在伪满洲国学过日语，但早已丢到了脑后。日本厚生省为遗孤免费办的日语培训也仅仅只有四个月，对一门语言来说，这么短的学习时间，连门都入不了，顶多掌握个日常对话，对四五十岁的人来说，记忆力也已经不给力了。

登坂夫妇和两个儿子没有走寻亲或探亲程序，直接办的归国手续，由老姨作保。王福贵记得清清楚楚，他们1982年10月8日到达日本，落户前桥市。去市役所办理手续，全家四口人每月领取12万日元生活费，第二年新年一过，市役所的人天天打电话催他找工作，因为政府的救助金最多只发一年。

王福贵启程之前，刘颂豪先生给在东京的日本电气通信大学激光研究中心的负责人宅间宏教授写了封推荐信，请他转交。1983 年初，宅间宏打电话给他，说你到我这儿来，帮我带研究生，每月 5 万日元报酬。王福贵心里明白，这是试用，就去了。那年他 47 岁，年富力强，专业功底扎实，很快得到了认可。年底时，宅间宏说要聘他为副教授，按照规定，大学不能聘外国人当教授，让他快去办入籍手续。

市役所的工作人员彬彬有礼，说话轻声轻语。看了王福贵的资料后说，外国人配偶需要在日本居住三年后才有资格申请入籍。

挫折令王福贵心情不爽。但现实是挣钱养家糊口是当务之急。宅间宏教授介绍他到日本赤外线工业株式会社从事医疗激光的开发，这是他熟悉的领域。1984 年 1 月 4 日，新年过后的第一天他就上班了，他做事认真，兢兢业业，当年就研制出光化学治疗用的 Ar-Dye 连续波长可变染料激光装置，还研制出眼科用小型脉冲 YAG 激光治疗机，被应用到临床试用。1986 年，他研制的金蒸气激光医疗装置达到当时国际水准，并用于临床试用。1988 年，他开发了 YAG 脉冲激光废品检出打标记装置。也就是当年，公司的一位部门负责人退休前，三番五次找他谈话，说要注册一个公司，聘他做开发部长，月薪从 20 万元涨到 50 万元，他动心了。这家公司叫アルテックス株式会社，他干了 5 年。1993 年，他转到ミワテック株式会社做开发部部长，为研究员三级，是技术最高级别，月薪 100 万日元。他干到 1999 年 9 月，64 岁退休。

王福贵说："在日本公司心情是不舒畅的，表面上很尊重你，骨子里还是歧视或者叫戒备中国人。开部长会议，有的就不让我参加。尽管我加入了日本籍，但日本人还是把我当中国人看。产品的设计到开发都是我一个人做，不给配助手。我快退休时，派了两个助手来学技术。"

退休后，王福贵受聘到佐藤商社做开发，社长和其夫人对他非常不尊重。王福贵说："社长夫人原来是开饭馆的妈妈桑（老板娘），对我说话很不客气。一次，她说你整天坐在这里不出去跑销售。我说，出去跑销售，技术问题谁来解决？她说，你出不去的话就走人！我一怒之下就甩手走了。后来，社长给我下跪道歉挽留我，但我不想再受气了。辞职后，我自己开办了振明光电技术株式会社，从事激光产品贸易。”

王福贵说：“工作时，我工资每月是100万日元，四分之一的钱（25万）交国民年金（养老金），因为工作年限短，退休金每月才12万日元，连八分之一都不到。在日本，一般工作40多年后，每月可领退休金20多万，生活没问题。我只领取12万，满智子8万，加起来每月20万日元，可我租房每月就15万，剩下的钱吃饭都不够。若享受遗孤待遇，可以分配住房，享受免费医疗，但必须把公司停掉，所以我把公司停掉了。”

遗孤在中国时，日本人从媒体上得知这个群体的存在，充满了同情。当这些人归国后，社会表现出来的却是厌恶。在日本人眼里，他们是中国人，而这些人因为语言障碍和文化差异，很难融入日本社会。

2002年12月20日，首先是关东地区的629名遗孤向东京地方法院提起国家诉讼，接着如燎原之火，生活在日本各地的遗孤有1501人加入诉讼大军，参与诉讼的律师就有200多名。

王福贵说：“这些遗孤们告了5年的状，每个人获得6.6万日元的厚生金（政府支付的养老金），住房、医疗免费，他们知足了。而我在日本自力更生，反而是什么也没得到。我放弃工作，作为遗孤配偶，可以享受免费住房和医疗，但就医前要事先报告，而且不能有超过500万日元的存款，不许买超过100万元的汽车，还不许到中国旅游。遗孤回中国探望养父母不能超过两个月，走前要打报告，回来要汇报，比中国的管制还厉害。如果超期了，就扣掉70%的厚生金。我本来在国内搞研究挺好的，现在受日本政府的气，我后悔了。”

10

我去日本采访遗孤，到达东京是在2010年10月16日，正是中日两国因钓鱼岛撞船事件民间对峙白热化的一天。

当天,日本的前海军总参谋长加上一些国会议员,率2000多人在东京日比谷公园举行反华示威。于是,中国的西安、重庆、武汉等城市也爆发群众性的反日游行。

我乘坐的航班是东京机场当天最后一班,而又因为我是外国人,过境手续复杂,成了最后一名走出机场的旅客。从成田机场到达位于东京都足立区新田3丁目的登坂满知子家时已是深夜12点多,第二天早上看到日本的电视新闻,正在渲染中国的反日游行。

我没有看到新闻对日比谷公园反华示威的报道,但对中国反日游行的报道,无疑对日本人的厌华情绪是起了煽风点火的作用。那天早上,登坂为此与丈夫发生了激烈的争执。

登坂毫不掩饰地表示了对中国民众反日游行的厌恶,书生气十足的王福贵马上强调钓鱼岛是中国的领土,夫妻二人当着我这个客人的面就争吵起来,争得面红耳赤。

化解局面只能由我表态了。我不愿说违心之言。

我语调平和地说:“菅直人政府真是蠢不可及。在靖国神社问题上嚣张不可一世的小泉政府都不敢轻易碰钓鱼岛问题,菅直人政府想先下手为强把生米煮成熟饭,真是错打了算盘。”

我说:“钓鱼岛是中国领土,有历史文本为证。菅直人政府以为中国政府为了求稳不敢动真格的,但他忘了中国的国歌,中华民族到了最危险的时刻,每个人都被迫发出最后的吼声,这就是中国文化的精髓。”

说到这儿,我想起了凤凰卫视的广告词:“全球人口70亿,华人占五分之一。全球华人手牵手,可以绕地球8圈。”

于是我说:“真要动武,虽然中国武器装备不如美、日,但全球华人手拉手绕地球8圈,中国人死得起,日本人美国人你死得起吗?!”

登坂不吭声了,我看到王福贵的眼睛里泪光闪闪。

11

登坂家起居室里有一方边长40厘米的木色供桌。桌上供着观世音菩萨的彩瓷坐像，有香炉、青花瓷瓶、香盒等，一应俱全。观世音像前是一个彩绘的精致小木盒，上面系着白丝带。登坂说，木盒里是一点养母的骨灰。

当年因为自主择婿与养母的矛盾，随着第一个儿子的出生就烟消云散了，她们感情依然如亲生母女一般。登坂的养父1977年患肺癌去世。登坂1982年归国时动员养母与她一起到日本，养母不同意。她说："日本的电视上我一句也听不懂，出门谁也不认识。在抚顺，邻居都对我都挺好的。"登坂归国后，每年回中国探亲都给母亲和邻居买许多礼物。从日本给母亲带回来的大彩电当时在中国还没有，每天晚上，邻居们集聚在登坂家看电视，养母一点也不感到孤单。

1990年，养母生病了，登坂雇了两个保姆，一个照顾白天，一个照顾夜晚。1993年5月，养母病逝，登坂夫妇回抚顺奔丧。

登坂说："我养母生前在菜场工作，与一个菜农很熟，看中他家山坡上的一块地，我把父母的坟就建在他家的地里，每年给他寄钱，请他帮助照料。"

采访时，登坂已经76岁高龄，一身的病，骨盆骨折过，行走不便。她心里最放不下的就是身后谁来替她祭奠养父母。

她说："孩子们都在忙自己的事，不会照料的。日本成田机场附近有个庙，里面有尊大佛，肚子里可以存放骨灰，和尚天天给念经。我非常看中这种形式。我存了4万美金，想把养父母的骨灰安放在那个庙里，有和尚每天念经，我就放心了。"她问我："你看我把养父母的骨灰安放在日本合适不合适？"

我们的交谈很真诚。望着她额头眼角的细密皱纹，我心里感动着。

我说："这件事我可帮你拿不了主意。因为不知背井离乡后，你养父母的灵魂是否还能找到回家的路。"

第二章　挥之不去的梦魇

1

5岁的尾崎满智子看到母亲的最后一眼，是母亲泪眼巴巴的样子。此时的她已更名叫侯淑云。那一年是1945年，即昭和二十年，日本战败投降之后。尾崎说日子记不清了，是冬天，哈尔滨的冬天十分寒冷。

我采访尾崎是2010年10月末，已经事隔65年，而且跨越了世纪。那一天，日本茨城县土浦市秋雨淅沥，寒意深浓。土浦市不大，从市区到尾崎家要穿越农田，车一路行驶，清冷，寂寥。

尾崎家在一栋公共住宅楼的底层。尾崎的丈夫赵玉祥说："日本政府有政策，为二战归国的遗孤免费解决住房。原来分配给我们的是四楼，因为我教武术，每天要搬动刀枪剑戟，楼道狭窄，怕碰着人，就换到了一楼。"

尾崎家十分拘狭，似乎不足20平方米。开门便是一条不足1米宽的通道，面对着大小两间居室，大的一间也就10平方米左右，小间也就四五平方米。榻榻米式，床即地板，地板即床，白天是活动场所，夜间是睡觉的地方。物品都归置在壁橱里，大间有一张小炕桌，墙上挂满了刀枪剑戟。卫生间和厨房，位于通道两端膨出的部分，依然拘狭。虽然房间拥挤，但整理得井井有条。

尾崎是年70岁，矮小而瘦削。小脸盘，细眯眼，多少岁月都在沧桑中。额头和眼角的皱褶里似乎藏着许多辛酸，显得有点苦相。她对我说她长得难看。这个话说了不止一遍。在我看来,她并不算丑,只是相貌平平而已。

外面在下雨,屋里显得阴冷。尾崎是个细心的人,从壁橱里拿出一床从中国带来的电热毯通上电,盖住我的腿,身体渐渐舒展开来。我们坐在炕桌前聊她的身世,穿越时空,往事似乎历历在目。

2

尾崎说她父亲是开拓团的。但她不记得父亲是哪年参加开拓团的。

她 1940 年 9 月 4 日出生在佳木斯,上面有两个姐姐,两个哥哥。因为出生在伪满洲国,父亲给她取名满智子。她 4 岁时,母亲又生了个弟弟,全家 8 口人。父亲和大哥在开拓团工作,两个姐姐和二哥在学校念书,母亲每日在自家地里劳动,满智子和弟弟在地头玩耍。

日本战败投降时,尾崎 5 岁。她说她 4 岁开始记事。虽然她不知道那段日子世道的混乱是因为战败,但记忆中有一天,大人们神情紧张,跑来跑去,满脸焦虑,窃窃私语。接着,母亲拉扯着他们,随着人流,朝佳木斯火车站跑去。

她说:“当时父亲和大哥上前线了,母亲领着我二哥和两个姐姐在家。二哥背着我,母亲抱着弟弟,一路小跑,到了佳木斯火车站。”

站台上熙熙攘攘,人潮似暴风雨前拍岸的涌浪,一波赶着一波。铁轨上停着一辆铁罐车,没有车窗,门窄窄的,踏板离地面很高。惶恐的人们像涌向岸边的海浪,后面的人扒着前面的人,吃力地推搡,瘦小的尾崎是被二哥高高地举进了车厢。车厢里没有座椅,大家都席地而坐,挤得满满当当,像罐头里的沙丁鱼。

车开动了。车厢里满是茫然的目光。

他们被拉到哈尔滨。哈尔滨有 325 个日本难民收容所,分“无料”和

“有料”两种。日语“无料”即免费的意思，“有料”即收费。据记载，当时哈尔滨计划收容日本难民十七八万人。

尾崎一家被安置在道外区的一所难民所里。这是一间通透的大屋，没有间隔，都是开拓团员，多是妇女儿童。一家一摊，十分拥挤。天气寒冷，食物短缺。尾崎回忆说，她可能是感冒了，不停地哭闹，二哥背着她走来走去，母亲怀抱着小弟弟，一脸愁容。

一天，尾崎正在哭闹，一个老头儿走到母亲跟前说：“这孩子可能病了，要不交给我吧。”

尾崎的母亲六神无主，心里十分犹豫。

自从日本败退那天起，开拓团在中国的上等公民身份一落千丈。当初政府动员他们来中国时说，满洲幅员辽阔，最适合农业。到满洲开垦，能成为拥有10町步（约等于1公顷）土地的地主，是王道乐土。他们在中国的日子最初的确挺滋润，但好景不长。

1945年7月，她丈夫和大儿子穿上军装走了。人心惶惶是从8月9日开始的，听说苏军参战了，突破中苏边境线进入了东北。接着，关东军的家属们收拾行李，被安置避难，并开始回国。而他们无人问津，各种消息纷至沓来，有人说让他们以身殉国，效忠天皇；还有人说，赶快逃难吧。

谁都无法预测未来，眼下把孩子送给中国人抚养可能是一条生路。这么想着，尾崎的母亲从二哥手里接过满智子，看着瘦弱的她说，这孩子怕是活不了了，行，送人吧。

老头儿名叫侯喜德，他给尾崎的母亲留下地址，便接过尾崎。尾崎挣扎着，又踢又蹬，大声哭闹，母亲扭过头去，掩面而泣。

尾崎说：“没过几天，退伍回来的父亲和母亲一起来到老侯家。父亲说，一家人死就死在一起，活也活在一起，不能把麻雀扣（满智子的日语发音）扔了。但老侯不同意把我还给他们。”

每一次，老侯看见尾崎的家人来了，就赶紧将尾崎藏到邻居家。尾崎说：“第二次是母亲和姐姐来的，第三次是父母同去，但每次去都没有见到我。”

第三次，老侯慌慌张张地让尾崎从后窗跳到邻居家躲起来。窗户是纸糊的，尾崎用舌头将窗户纸舔了个核桃大的洞，瞅着父母。邻居摁着她，小声说，不许吱声！尾崎看到母亲眼泪汪汪的样子，将一床黄色军用毯留给了养父，这个场景永远刻在了尾崎的记忆里。

3

侯喜德是山东人，早年逃荒到哈尔滨。说起养母，尾崎有些言辞闪烁。她说养母生过孩子，但死了。还说养母做过妓女。但这个话不是在正式采访时说的，是我们走在路上闲聊时，她压低了嗓音，还下意识地环顾了下周边。她接着说，养父的脾气好，养母脾气暴躁，好骂人，成天吵吵嚷嚷的。

侯喜德打零工，春、夏、秋三季做泥瓦匠，冬天没活儿时，就蒸山东大馒头和大包子，在街边支个摊卖，养家糊口，还过得去。在尾崎的记忆里，养父疼她，逢年过节时领她逛过街市，买糖给她吃。

养母是在尾崎 7 岁时得的病。尾崎说："不知道什么病。阴道和肛门都烂了，流脓流血，疼的时候，又叫又骂。为给养母治病，养父把家里的东西都拿出去卖了，我母亲留下的那床军用毯也给卖了，养母的病未见好，养父又得了伤寒。"

那天晚上，尾崎睡下了，听到养父母在吵架。此时尾崎已更名叫侯淑云，养父母叫她小云。养母暴风骤雨般地叫骂过后，是一段死寂的时光。许久，养父开口了，说把小云送人吧。孩子太苦了！养母的气焰未消，没好气地说，都养活好几年了，已经会说中国话了，为什么要送出去！养父生气道："你脾气暴躁，孩子跟你太受气！不如送个好人家，让她有个好归宿。跟着你就是受气，也可能饿死！"

尾崎听着，在被窝里偷偷掉泪。养父的话外之音，尾崎在第二天才恍然大悟。打击来得之凶猛，无论于尾崎还是养母，都是晴天霹雳。

第二天早上，养母照常到街头支摊卖破烂。上午，养父让尾崎去帮养母看摊儿。中午，养母让尾崎回家看看。一路走来，太阳明晃晃的。尾崎推门，门从里面顶住了，一种不祥之感从尾崎心底油然而生。她使足了劲撞门，门开了，一根木棍倒在地上，心惊肉跳的景象赫然出现在眼前。

养父悬挂在房梁上，翻着白眼，舌头伸出好长，裤裆里的屎臭味扑鼻而来，地上是尿液。

尾崎吓得跌倒在地，大叫起来，尖厉的声音似划过夜空的闪电，令人骇然心颤。

邻居跑过来，见此情景立刻叫回了养母。养母是跌进屋里的，一头扑跪在地上，打滚号啕。边哭边骂道："你个死鬼好狠心哇！撒手就走了哇，丢下我，叫我怎么活呀！"

尾崎也哇哇地大哭。她突然觉得天昏地暗，天塌地陷，恐惧似一条冰凉的蛇钻进她的躯体，蛇信子一伸一缩地舔舐着她的心。

4

邻居是山东老乡。养母无钱租房了，邻居让母女俩暂居在他家的柴草棚里，开始了乞讨生活。

哈尔滨的秋天很短暂，秋风刮起不久冬天就到了。下雪了，地上湿滑。尾崎拎着一个瓦罐，养母手里是打狗棍，挨家挨户乞讨。尾崎瘦小，蓬头垢面，衣衫褴褛，捧着瓦罐的手上生着冻疮，本来只开了一条门缝的大嫂，看见尾崎的可怜样，索性将门敞开，将母女俩让进屋去，汤汤水水的热饭给盛了一瓦罐，母女忙道谢出来，就在巷子口的墙脚旮旯里，你一口我一口地把汤饭趁热吃了。

大多时候要到的是冷饭剩菜,就拎回家去热热。穷人的孩子早当家,穷日子教会了尾崎过日子。尾崎看见邻居家的孩子每天清晨到街上捡煤车掉下的煤核,便也跟着早早起床去捡。发现木头也捡回来,生火取暖热饭。她还捡烟头,捡回来拆出烟丝,重新卷成烟给养母抽。

没多久,养母病重,出不去了,尾崎只好一个人乞讨。走在街上,玩耍的小孩见着她就喊:“小日本！小日本！小日本又来要饭啦！”接着,哄然狂笑。尾崎赶紧低下头,缩紧身体,快步疾行,逃也似地躲开。好心的大爷大娘看她怪可怜的,经常给点儿大饼、馍馍。

苦日子一天挨着一天过。一年多后,养母的病有了好转。对一无所有的女人来说,嫁人似乎是生活的唯一出路。

邻居给尾崎的养母介绍了个对象。男人姓胡,在哈尔滨南岗区拉三轮车。尾崎说:“我寻思着能养活我们娘俩了,但我母亲脾气暴躁,三个月后就给撵了出来,人家说啥也不要了。没办法,母亲又找了一个,家离哈尔滨江北一百多里。我们坐马车坐了一宿,天寒地冻,在马车里围着被子,才到了那人家。”

仍然是一个老头儿。尾崎记忆中老头好像姓张。老张头有儿子和儿媳妇,老婆死了,想找一个老伴儿好好过日子。尾崎说:“母亲脾气太暴躁了,一说就急眼,老是吵吵,过了三四个月,又被赶出了家门。”

那天半夜,尾崎听到母亲与老头儿吵架。

第二天一早,老头就令尾崎母女走人。饭也没做,屋里的气氛僵冷着。老张头的儿媳妇过来,看尾崎可怜,说小云你到我家去,取点大碴子粥。

小云去了,端了一碗粥,还拿了点咸菜。出了门,走在道上,遇上了一头大黑牛。尾崎在回忆这件事时说:“估计是大黑牛闻到了饭香味。”

大黑牛冲着小云过来,步子不快,却稳。它低下头,喷着粗放的鼻息,牛角朝上,像两弯镰刀,忽地一下,就把小云铲起,顶上了牛头。

小云吓懵了,装大碴子粥的碗“啪”地摔碎在地上,咸菜也飞出了手。小云以为没命了,哇哇地大哭。一个扛着锄头的老头儿正好路过,挥舞锄头赶走了牛,小云“啪”地摔下来,躺在满地大碴子粥上,脸和身上都是水和黄澄澄的玉米碴子。

小云哭着回家，养母正在怄气，一个人在屋里叫骂，老张头不知躲到哪里去了。狼狈不堪的小云坐在门槛上，泪水哭干了，饿了一天，也无人过问。夜晚，靛蓝的夜空高远，星星不知人间愁苦地挂满了天幕。夜空很热闹，璀璨的一片喜兴，而悲哀的小云满心凄凉。

第二天，老张头找了辆马车，踢踏踢踏地把母女俩又送回了哈尔滨。养母找到先前的邻居，暂且栖身在柴草棚里。

养母与邻居算是知己了。她对邻居叹息道，咋整呢？总得找个人养活我们吧。不行就给小云找个养老女婿吧。邻居说，这也倒是个办法。

那年小云9岁。邻居给她介绍了个哑巴。

邻居对小云说："你母亲爱吵吵，找个哑巴省得说话了。你个头不高，长得也不咋样，红眼巴眨的，找个哑巴也挺好的，就这么生活吧。"

小云虽然长得可怜巴巴，平时话不多，但心里很有主意，她说什么也不干。

这时的养母已经离不开小云了，她要靠小云伺候。她寻思着，如果把小云逼急了，万一有个三长两短，她可咋活？于是退掉了小云的婚事，张罗着第三次把自己嫁出去。这次嫁到了阿城县。先是嫁给小岭地区一个外号叫刘大扁的农民，但过了不到半年又被赶了出来。

尾崎讲述到这里时叹了口气，说："也不知咋整的，我养母不耍脾气就没法过。"

于是，养母又嫁了第四家，是阿城县一个姓侯的老头儿。小云这时已10岁，负责做全家人的饭，像个雇工。尾崎说："老侯家有个姑娘，但我母亲脾气太坏，不知为啥事，我母亲把人家姑娘打了，又被赶了出来，在侯家待了半年多。"

养母又开始给小云张罗对象，这次介绍的是农村的一个孤儿，放牛的，个头非常矮，一米五左右，他说他愿意养活小云和她的母亲。

从养母的经历，小云知道婚嫁对女人多么重要。11岁的她，口气决绝地对养母和媒婆说："你们把我嫁给他，我就死在你们面前！"

养母没办法，接着嫁人。第五家是一个掌马蹄的老头儿，姓张。在这家过了不到一年被赶出来。第六家待的时间更短。短短的三年，养母嫁了六家，直到第七家，才算落了脚。

岁月荏苒，苦难的日子会显得格外漫长。小云一直在动荡不安的悲苦生活里挣扎，她不知道社会已经发生了翻天覆地的变化，日本战败投降后，没过几年，国民党政府也垮台了，如今是中华人民共和国，是共产党领导的新社会，解放区的天是明朗的天。

收养她的老头儿叫刘禛。尾崎到刘禛家时12岁。尾崎说：“他把我们收留了。”她用的是“收留”二字。从此，侯淑云更名刘淑云，一直到她寻亲回日本后，才重新拾起日本名字尾崎满智子。尾崎称刘禛养父，说养父可善良了。

5

刘禛家住阿城县小岭乡，农民户口，在采石场当工人。中华人民共和国成立前他当过铁路警察，上士警衔，识文断字，会日语和俄语。中华人民共和国成立后他低调做人，沉默寡言，埋头干活，不提从前的事。

刘禛有两个女儿一个儿子。大女儿嫁到了牡丹江市。二女儿比小云大，小云称二姐。儿子比小云小，小云称弟弟。刘禛在工地上干活，那个年代，工资比农民挣得多得多。加上小云母女，五口人的开销满够。刘家不知道小云的身世，以为是亲生母女。刘家人很快就感受到小云母亲的坏脾气，似乎看什么都不顺眼，像个炮仗，一点就着。开始总是吵小云，渐渐地不把自己当外人了，对二姐和弟弟也吵嚷，只是对刘禛克制，大概是总结了以往的教训。

刘禛性格温和，经历过世事变迁，生活艰辛，加上有文化，生活态度淡然。他把小云母亲的坏脾气归结于身体的病态反应，对于家庭里的吵吵闹闹，睁只眼闭只眼，默不作声。小云的二姐受不了，与养母针尖对麦芒，吵到激烈处，二人便厮打在一起。后来二姐一怒之下，投奔了牡丹江的大姐,从此再不回家,家里剩下四口人。

到刘家的那年,正好刘禛的儿子该上小学了,刘禛给儿子报名之前对小云说:“你到了我们家,就和你弟弟一起上学吧。”对小云来说,这是天上掉馅饼的意外之喜,那天晚上,她激动得一夜未眠,她想,真要云开雾散了。

她和弟弟一起入学。弟弟 8 岁,她 12 岁,都上一年级,弟弟在一班,她在二班。受过苦的人格外懂得珍惜。小云在班上成绩数一数二,表现也最好,直到小学毕业,年年都是班长。

小云和弟弟放学后要拾柴。尾崎说:“如果我们不拾柴,母亲就不让吃饭。”

尾崎的记忆中,那是一个星期天,因为不上学,她和弟弟走得远点,过了铁路桥,到对岸的山上拾柴。

从山上下来后,她和弟弟背着柴火沿着铁路桥行走。走到了桥中间,突然一列火车从山背后的弯道上钻出来。火车在小云身后,大口地喷吐着白烟,她毫无察觉。

尾崎说,平时这里很少有行人,那一天恰恰桥下有一个赶马车的人。那人大声疾呼:“孩子快跑!火车来啦!”受了惊吓的小云都没顾上回头看,拽着弟弟就从铁轨上窜到桥边,拼命向前跑,脚刚迈过桥,火车便从身后呼啸而过,小云和弟弟一屁股瘫倒在地上。

尾崎说:“这是我第二次与死神擦肩而过。当时我与弟弟抱头痛哭,回家后不敢告诉父母,但我夜夜做噩梦,一个多月后魂才归位。”

第三次死里逃生是掉到河里去了。

那天,她和一帮妇女去采野菜。去时天阴着,回来时大雨滂沱。降雨十分猛烈,致使山洪暴发,村边的河水瞬间猛涨。河上是一座简易桥梁,用圆鼓隆咚的原木搭建。雨水一浇,桥面湿滑,小云失足掉到了河里。同行的妇女们顿时大惊失色,呼叫道:“救命啊!有人掉到河里啦!”

平时浅浅的河水此时像一条巨龙,咆哮着一路狂奔。小云在水流中,似一块身不由己的物件,忽而被卷上浪头,忽而被沉入水底,尾崎眼前是一片墨绿色,喘不上气来。

是一个小伙子冲到河里,把小云救了起来。他抓住小云,将她拎出水面那一刻，瘦弱的她像一只可怜的鸡仔。小伙子把她拎上岸，倒提着控水，妇女们围拥过来，大呼小叫，小云心里突然涌上悲伤，嘤嘤地哭泣起来。

单薄的小云两手空空，野菜被冲得无影无踪。她回家不仅会挨养母的骂，还要被饿饭，想到这些，便哭得更加伤心。

村里的人都知道小云常遭母亲打骂，说这孩子太可怜了。大家找了只破筐，各自匀了点野菜给她。小云回家没敢跟养母说掉到河里的事。

小学毕业时，学校决定保送学名叫刘淑云的小云到阿城上中学，但母亲不同意。班主任和校长到家里做说服工作，刘淑云的养母病恹恹的。她说："我是快死的人了，供不起小云念书了。"于是学校将保送名额给了别人，老师为刘淑云感到十分惋惜。

那正是1958年的大跃进时代，农村里一派热火朝天。老师问刘淑云愿不愿意到供销社上班。她连连说："愿意愿意，太好啦！省得我在家里挨骂受气。"

刘淑云到了阿城县小岭乡供销社，挣工资了，日子便扬眉吐气。9月里，养母去世了，弟弟被大姐接到牡丹江市，刘淑云与养父生活在一起。

有一次，养父带她到牡丹江，二姐阴阳怪气地对父亲说，自己的儿子不带，带个别人的孩子。养父说："你们有家有亲人，小云一个人多可怜。要不你们在牡丹江给小云说个对象。"二姐嘴一撇，说道："小云没有三块豆腐高，像个戳子，还红眼巴眨的，谁要她？！"

刘淑云没吭声，心想，没人要，我有工作了，养父也有工资，我们相依为命。

大姐给小云介绍了两个对象，都是一表人才。相亲时，男方对她一脸的不屑，嫌她个矮，长得丑，刘淑云心里很不是滋味。心想，大姐给我说对象，还不找个矮的，与我般配的，找那有模有样的，谁能看得上我呢？

1964年，刘禛调到玉泉养兽场，刘淑云转到了玉泉镇商店。之前，她在小岭乡供销社时是"三八红旗手"，标兵，劳模。苦孩子吃得起苦，肯干能干。当上先进模范后，在乡里便小有名气，是个人物了。转到玉泉商店，她很快被提拔为副经理。此时她已经24岁，在农村她这个年龄的女人早就做了母亲，儿女绕膝，而她还孤身一人。提亲的不少，但介绍的对象都是农村的，刘淑云婉言谢绝了。

刘淑云心里有盘算，自己是农村户口，一定要嫁给城里人，通过婚姻来改变命运。她的目标，男方或者在哈尔滨或者在大庆，个头要在一米六以上。她想，虽然我个矮，长得不漂亮，但没有家庭负担，还是先进人物，这是我的优势。

商店的同事关大姐，刘淑云亲昵地称呼她干姐。干姐的姨夫在哈尔滨第一机床厂上班，与后来成为刘淑云丈夫的赵玉祥在一个班组。关大姐请姨夫帮忙给刘淑云介绍对象，姨夫说，那就给赵玉祥介绍介绍。东北人性情豪爽，就这样，千里姻缘一线牵。

6

赵玉祥是 1943 年 7 月生人，比尾崎小 3 岁。我见到赵玉祥时，他 67 岁。身材魁梧，仪表堂堂，国字脸，宽额头，平眉细眼，留着日式胡须，看上去也就 50 多岁的样子，站在他身边的尾崎确实显得很不般配。

赵玉祥在日本武术界已是知名人士，任日本日中传统武术协会会长，在茨城县以及日本各地开设了 20 多家武术分会，指导学生 3000 余人。他出版了 6 本武术专著，送给我一本《形意拳的真髓》和纪念他赴日 15 周年、日中传统武术协会成立 10 周年的画册，书名《步履》。画册里有赵玉祥年轻时的照片，年轻时的他与现在判若两人。照片上的赵玉祥瘦削而单薄，刀条脸，小眼睛，显得土气。他性格豪爽，人生富有传奇色彩。

1943 年，赵玉祥出生在辽宁省法库县小六家子村。兄弟姊妹三人，一个哥哥一个姐姐，哥哥长他 6 岁，是瘸子。他最小，也最淘气。

1952 年夏天，赵玉祥 9 岁。一天，他背草回来，大汗淋漓，舀了一瓢井水，咕咚咕咚喝下。赵玉祥不懂医，听别人说是喝凉水炸了肺，因此吐血。

农村医疗条件差，母亲给在哈尔滨工作的姐姐写信，说玉祥的病治不好了，快要死啦！姐姐回信说，那就给我送过来吧。

当时，赵玉祥的姐姐在哈尔滨道里火车站货运处当团支部书记。她领着赵玉祥看遍了市里的大医院，打针、吃药、输液，均不见好。他已经瘦得皮包骨头，脸蜡黄，走路打晃。哈尔滨医科大学的一个教授对赵玉祥的姐姐说，这孩子恐怕不行了，也别打针吃药了，有啥好吃的就给他吃吧。姐姐抹着泪，拉着他回家了。

当时，赵玉祥和姐姐都住在二姑家。二姑家在道外区南十四道街，出了后门，四五十米就是城隍庙。庙里有七八个道士，每天清晨在庙里的场地上练气功，马步蹲裆。

无所事事的赵玉祥常到庙里玩耍，一个人在地上弹玻璃球。有时一阵咳嗽上来，便连连吐血，令围观的人瞠目。一个小道士叹息道，这孩子吐血那不就完了吗？围观者同情地摇摇头。一个老道士走过来，细细打量赵玉祥一番说："孩子，你每天早上来跟我们练气功好吗？"面色蜡黄的赵玉祥点点头说，好！

赵玉祥从此每天早起，跟在道士队列后面，从马步蹲裆练起。老道士单独指导他练呼吸运气，练过之后，他感觉气血通畅，身上有了气力。过了一段日子，血吐得少了，不到一年就止住了吐血，人也胖了。姐姐说，你就跟着道士们学功夫吧。于是，赵玉祥每天到庙里跟道士们一起练功。斗转星移，一晃五年，到了 14 岁，他错过了入学的年龄。

14 岁那年，姐姐托人介绍赵玉祥到道外区的哈尔滨第二制粉厂给厂长当通讯员。厂长是参加过长征的老干部，负过重伤，将赵玉祥当作孩子，十分关照。他知道赵玉祥身体不好，在习武健身，又知道离工厂不多远处有个哈尔滨第十五武术馆，不忙时，厂长对赵玉祥说："给我沏上茶，没事你去练武术吧。"

赵玉祥在制粉厂干了一年，1958 年调到哈尔滨第一机床厂，经常在附近的太平公园里练武术。他注意到一对老者太极拳打得极好，似行云流水，便上前求教。老人叫权焕章，夫妇二人是民间的武术师，已 70 岁高龄。赵玉祥拜权焕章夫妇为师，练杨式太极拳，病症居然逐渐消失了。

武术成了赵玉祥的最大爱好。1962 年，权焕章在临终之前将赵玉祥介绍到形意拳第三代传人王喜亮门下为徒。

形意拳是中国诸多拳种之一，强调形随意转、意自形生、外形与内意的统一。讲究内意与外形并重、练气与养气并重、直劲与横劲并重、攻击与防守并重，从而在套路动作和劲力发放上形成了拳势紧凑、包裹严密、劲力精巧、刚柔相济的风格。在技巧上，讲究先顾后打，顾打结合，快打猛攻，乱而取之，引进落空，智而取之，灵巧快速，手法多变，贴身近打，劲发一寸。

王喜亮开有武术馆，名为“哈尔滨市第二八卦馆”。赵玉祥跟他学习了形意拳、八卦掌、推手、太极拳等，还跟国内有名的拳师单香陵学习了马猴螳螂拳，又拜张广禄为师，学习点穴功，可谓一身的武艺。

自 1978 年始，赵玉祥连续参加过中国大大小小的武术比赛 16 次，曾获得黑龙江省和哈尔滨市的太极拳第一名和太极推手第一名，还获得过中华人民共和国体育运动委员会雄狮奖。1981 年始，他业余担任哈尔滨太平体校讲师，1983 年任黑龙江省武术协会委员，兼黑龙江省武术协会教练委员会副主任。

7

干姐给刘淑云介绍对象是 1965 年春天的事。干姐领她去哈尔滨与赵玉祥及他的家人见面。赵玉祥的父母和哥哥都已进城到了哈尔滨。哥哥在哈尔滨太平区做服装生意，媳妇去世了，留有 5 个孩子。姐姐结婚后，孩子也放在赵家，13 口人在一起生活，家大口阔。

尾崎说：“赵玉祥的妈妈并没有相中我，但看我太能干。他家的活儿，做饭、洗涮，大大小小的活儿我都能拿得起来。他妈说，这个女的虽然是农村的，但挺能干，又当经理，你要是能成就成，咱们家就是喜欢能干活儿的人。赵玉祥这个人没心眼，孝顺，那时候身体不好，老咳嗽，从不干重活，如果能有人照顾他就成。”

尾崎为了成就这门婚事，那段时间，每个月的工资都花在赵家了。那年代，大多日用品都凭票供应，尾崎在供销社工作，是近水楼台。她买高级香烟给赵玉祥，给赵家也买不少东西。省吃俭用的她每月工资花得精光。尾崎说：“就是用这种办法把玉祥拉拢过来，要不，我们俩能成么？”说这话时，她脸上露出一丝狡黠的得意。

尾崎与赵玉祥1966年结婚，婚后没有孩子。到医院检查，尾崎患有卵巢囊肿。婆婆的脸色瞬间就阴沉下来。赵玉祥的哥哥对他说：“如果淑云三年不生孩子，你就跟她离婚，咱们老赵家不能缺人。”尾崎告诉我，还没到三年，玉祥的哥哥出车祸去世了。

赵玉祥的姐姐话说得直接。她对尾崎说：“淑云，你看谁谁谁，结婚后不生孩子，离婚了，又嫁人后就有孩子了，要不，你跟玉祥离婚算啦。”

刘淑云不吱声，闷头干家务活儿。她心想：只要我不提离婚，你们说也是白说。

尾崎说：“我有缺陷，要会来事。他家人口多，我卖力气干活儿。他哥哥爱喝酒，我炒菜，做饭，晚上陪到十一二点。”

尾崎的婆婆身体不好，每年要住一两次医院。尾崎说：“这是我立功的机会，每天下班后我首先到婆家，给婆婆洗衣、做饭、喂饭。”婆婆去世后，公公又双目失明，那时家里没有厕所，公公大小便都在屋里，尾崎每天给他倒便桶。

赵玉祥的姐夫在哈尔滨第一机床厂工作，后来当了厂长。赵玉祥在这个厂从工人到小组长，一点点升上去，最后当了生活福利处处长。1971年，赵玉祥的姐夫当厂长后，尾崎调到第一机床厂化验室工作，户口进了城。尾崎说：“我转来之后，玉祥的工友对他说，赵玉祥呀，没想到你找这样一个老婆，还以为你在农村找了个花容月貌的老婆呢，长得丑还不生小孩，你要她干啥呀？”

赵玉祥没提过离婚。尾崎说：“玉祥善良。他不管别人怎么说，从来不跟我提离婚。他寻思，淑云能伺候我，如果换了个别人，说不定还不如她，就这么对付着过吧。他不提离婚的事，别人也没办法。”

不知道尾崎是否与丈夫达成了什么默契。赵玉祥与别的女人生了个女儿抱回来，由尾崎做孩子的母亲。丈夫在外面的相好，尾崎也一一知晓。

在茨城的那个下午，我们到公民健身馆去看赵玉祥授课，午餐时有一个日本妇人与我们共餐。妇人身着黑色红襟的中式武术练功服，看上去有六七十岁，矮个，短发，细眉细眼，沉静，话不多。她的功夫不错，是赵玉祥的助讲师。在回来的路上，尾崎跟我讲，她是玉祥的相好。

我沉默不语。这是一个很难接续的话题，因为涉及他人的隐私。

良久，尾崎说：“我的条件不好，人丑，又不会生孩子，玉祥不嫌弃我抛弃我，我就很知足了。”

其实，她心里很矛盾，很苦。

8

尾崎1984年冬天到日本寻亲时44岁。

尾崎的日本人身份是在“文化大革命”中被揭发出来的，那时她虽然已与赵玉祥结婚，但人还在小岭县玉泉镇商店上班。

尾崎说，是外界的人向领导反映的，说她小时候住在哈尔滨，是日本人。还说她的养父在伪满时期当过铁路警察，云云。乡镇商店也就那么几个人，刘淑云平时工作兢兢业业，为人谦和，领导此时的心态是如何自保，便让她写一份出身问题的交代材料了事。刘淑云的身世可谓苦难深重，写着要饭和那三次死里逃生的经历时已经泪流满面，洇湿了字迹。

婆婆本来对她不会生孩子就不满，好家伙，还是个日本种，便对她没有好脸色。刘淑云默不作声，用她的勤勤恳恳来维持在家中的位置。调到哈尔滨后，丈夫有了女儿，交由她抚养。

婆婆去世后，公公与儿子住在一起。每天刘淑云上班时，自行车的前面坐着女儿，后座驮着公公，步行到姐姐家。先把公公扶到三楼姐姐家，再把女儿送到托儿所，左邻右舍的人都夸奖她能干孝顺，他们家被评为哈尔滨太平区的“五好”家庭。

婆婆去世四年后，公公也去世了。1983 年养父也离世了。这时候，日本遗孤寻亲活动正在民间如火如荼展开，刘淑云对丈夫说，她也想寻找她的亲人。

寻亲，首先到当地公安局登记，要有证明材料，或者物证，或者人证。中国的邻里之间藏不住秘密，谁家的孩子是领养的，基本人人皆知。接着，日本厚生省寄来表格由当事人填写。再接着，就会有厚生省的官员或者是委托的寻找遗孤的日本民间组织与当事人见面，通过考察来确认身份。遗孤身份得到确认后，由日本政府出资，组织寻亲团到日本寻亲。

刘淑云参加的是第六批日本遗孤寻亲团，时间是 1984 年 12 月。到东京后，由 NHK 电视台给每个人做几分钟录像节目，谈自己的身世。

面对着镜头，尘封在记忆中的往事一一浮现。尾崎不知道父母的名字，也不记得自己曾经的日本名字。但她记得自己是出生在佳木斯，记得 4 岁时母亲生了一个小弟弟。她说：“我们全家八口人，父亲和哥哥在开拓团工作，两个姐姐和二哥在学校念书，母亲带着我和弟弟在自家地里劳动。”她记得每天劳动回来，母亲会烧一大锅热水，锅中间有一个圆木板，踏着圆木板洗澡，这是最欢乐的时光。她讲述到被送人后，父母亲最后一次去领她，她在邻居家捅破窗户纸见到母亲最后一眼的情景时，已经泣不成声。

此时，有一个人也在老泪纵横。这是一位远在埼玉县的 79 岁高龄的老妇人，她以日本妇人的习惯，跪坐在电视机前，当尾崎出现在电视屏幕上时，她就断定这个叫刘淑云的人是她的女儿尾崎满智子。

12 月 15 日，老妇人带着两个儿子和一个女儿，找到在东京的日本残留孤儿寻亲团，说要见刘淑云。当刘淑云出现在面前时，老妇人的儿女们毫不怀疑眼前的这个中国女人是自家人。刘淑云与老妇人长得十分相像，小脸盘，细眉细眼，包括神态也像。那天，母女二人不约而同地都穿着灰色上衣，兄弟姐妹站在一起，刘淑云显得十分土气。

母女抱头痛哭。母亲哽咽着，说了许多对不起、让你受苦了的话。刘淑云泪如雨下，一句也没听懂。她已经完全不会日语了，只是不停地擦拭流不尽的泪水。

眼前的姐姐是二姐，哥哥是二哥，大哥大姐战后回到日本因为贫困饥饿，先后得肺病去世。弟弟已不是在佳木斯出生的那个小她 4 岁的弟弟，据说那个弟弟死在中国长春等待回国的日子里，因病而逝。眼前的弟弟是回到日本后出生的，跟二哥有几分相像，跟她很生分。母亲告诉她，父亲于 1952 年病故。

刘淑云探亲是在 1985 年 11 月，名字已改为尾崎满智子。这期间经过 NDA 测试，验明了正身。她带着丈夫和女儿一起到日本探亲，路费由日本厚生省出，6 个月的期限。中国人的潜意识里，总是把外国人看得比自己高贵，特别像日本这类发达富裕国家的人，似乎注定的“高大上”。刘淑云成了尾崎满智子，心里也隐隐有点扬眉吐气。

尾崎一家三口住在母亲家，在茨城县水户东海村的水库边上。环境幽雅清新，每天满眼的绿波荡漾，满耳的水鸟呢喃声。80 岁高龄的母亲虽然驼背，身躯佝偻着，但不仅能生活自理，还能自己下地种菜，天天还戴着老花镜看报纸。

初来乍到的日子很新鲜，也很亲切。尾崎在家帮助母亲料理家务，赵玉祥每天早晚到公园练武术。赵玉祥一招一式，腾挪蹦跳，吸引不少围观者。有人上前拜他为师，虽然语言不通，比划着，也能明白个大概。赵玉祥性格豪爽，现场教授，分文不收，不一会儿，他身后就跟了一大片男男女女的学徒。

一天，一位叫毛根勳的中年男子递给赵玉祥一张名片，说：“你能不能到我们公民馆来教武术？”公民馆是政府办的市民文化生活的福利设施，不少社区都有，各种文化活动可以在里面进行，政府不收租金。赵玉祥一听十分高兴，欣然允诺。

到日本后，闲得着慌的赵玉祥这下有事做了，他每周一、三、五到东海村公民馆，二、四、六到日立公民馆教授武术，不仅有了存在感，更有成就感。他坚决不要报酬，令日本人惊讶。在他们的概念里，中国人比日本人穷，怎么还能这么慷慨呢？好感便油然而生。

一晃5个多月过去，尾崎一家要回国了，赵玉祥的学生们纷纷来辞谢。日本人客气，彬彬有礼，给赵玉祥送来许多礼物，有高级照相机、摄像机，有食品、日用品、手提包等等，价格不菲，还说了一大堆感谢的话，尾崎心里十分感动。

初来乍到日本，其环境优雅洁净，人与人之间彬彬有礼，生活精致安宁，给尾崎一家留下美好印象，尾崎便有了归国的念头。

第二年5月，尾崎的哥哥嫂嫂到哈尔滨看望尾崎，尾崎十分兴奋，她陪同他们去了佳木斯。那时候，中国的改革开放先在南方沿海城市试点，东北地区尚按兵不动，佳木斯还保持着几十年前的模样。原来日本开拓团居住的房屋和学校还在，火车站也还是原来的老样子，只是尾崎家的住房变成了土地，尾崎哥哥一一指认着，说中国的发展还是赶不上日本呀，流露出掩饰不住的优越感。

尾崎带哥嫂去牡丹江看望养父家的两位姐姐和弟弟。他们很吃惊，不曾知道尾崎是日本人，还以为就是养母的亲生女儿呢。但有一门外国亲戚也是值得炫耀的，他们热情而周到地接待了尾崎的哥哥嫂嫂。

尾崎提出归国的想法。哥哥说："回日本后就给你办理归国手续。"按日本残留孤儿归国政策，尾崎的配偶和孩子可以跟随到日本定居，但养父母不行，遗孤回国后，由厚生省支付养父母10800元人民币的养老补偿金。

尾崎的养父母已经离世，没有后顾之忧，只是赵玉祥并不愿意跟着妻子回日本定居。他说，日本虽好，不会日语，没有朋友，太寂寞了。尾崎对我说："哈尔滨第一机床厂是有着15000人的大厂，赵玉祥的姐夫是厂长，他在厂里生活福利处当处长，人五人六的，每天都有人请他大吃大喝，有的是求他帮助解决生活或住房问题；有的是想调动工作；溜须拍马的人也巴结他，天天在外面吃饭，半夜才回家，我提心吊胆，担惊受怕。"

其实,赵玉祥留恋国内还有另一重因素,就是他的武术。他业余担任哈尔滨太平体育学校讲师,兼黑龙江省武术协会教练委员会副主任,弟子一大群,很有成就感。

尾崎劝丈夫,你天天这么吃喝,把身体喝坏了咋办?她还说:“你晚上骑车回家,醉醺醺的,万一被汽车撞了咋办?你哥就是酒后被汽车撞死的。人家请吃,不去会得罪人,咱到日本,离得远远的,多好!”

女儿跟母亲探亲去了一趟日本,留下了美好印象,她愿意去日本上学,将来留在日本。

妻子和女儿的愿望促使赵玉祥最终决定,舍弃眼下的滋润日子,跟妻子迁居日本。

9

回归日本的日子尾崎记得很清楚。采访赵玉祥时问他何时来到日本,他立刻大声问正在下厨的尾崎。尾崎脱口而出,1987 年 11 月 10 日。

那是日本的深秋时节。我采访也在这个时节。尾崎居住的茨城县水户东海村风景很美,有山有水,花繁树茂,还有大片田野。有一种红叶树长得并不高大,叶片呈椭圆形,颜色是那种红透了的红,红得沁人心脾,比枫叶艳丽纯粹。秋天是五彩缤纷的季节,在这个美丽的时候归国,应该是心情舒畅的。

然而舒畅是短暂的,郁愤是长久的。尾崎说,来到日本之后就不是原先的景气了。话语里充满深深的失望和失落。

对于归国遗华孤儿的安置,初来乍到,生活费由厚生省拨发到当地的市役所。另外提供免费公租房、免费医疗,孤儿可免费到厚生省办的日本语学校学习 4 个月,主要学习日语日常会话和礼仪。市役所有懂汉语的为遗孤解决问题的辅导员,就业之后,这些待遇都取消了。

尾崎说:“我哥不让我们吃生活费。来日本不到一周,就逼着我们上班。”

尾崎的哥哥在茨城县水户东海村水力发电厂当副厂长。他安排赵玉祥在他的厂子里做工，尾崎被安排在一家玩具厂。尾崎的哥哥没让她去申请免费公租房，而是将自己的一套小居室让给他们居住。本来住在哥哥家的母亲,搬过来与尾崎一家同住,每天买菜、做饭,帮助尾崎料理家务,这段日子是舒心的。

三个月后,尾崎和老赵都发现了猫腻。尾崎清晨7点上班,别人是5点下班,而她要加班到傍晚7点,天天如此。最令她心理不平衡的是,几个月后她了解到,日本女工是每小时780日元工资,而她每小时工资只有480日元。老赵所在的厂子，干同样活的日本人一天工资11000日元，而赵玉祥工资一天才5000日元,差一半还多。有一天一起干活的日本人问他拿多少钱,他说5000。那人表情吃惊,说不是吧,你是厂长的妹夫,是亲戚呀。老赵反问:“你一天多少？”那人说11000。老赵沉默了。

回到家里,赵玉祥对尾崎说:“你哥欺负咱们,工资少给了一半还多。”他和尾崎向哥哥质问。尾崎哥哥说，你们不会日语。赵说：“我活儿可没少干呀！”尾崎哥哥又说,是把住房的钱扣除了。尾崎说:“你当初跟我们说是不要房钱的,早知这样,我们去申请公租房。”

接着，又发生一件事。一天，赵玉祥在上厕所，听到社长与一个人的对话。社长问，地上的烟头是谁扔的？那人脱口而出道，おたじさん(老赵)。厕所里的老赵十分窝火,但这种场合显然不便出去争执。回到车间,社长叫赵玉祥去他的办公室。社长问，是不是你乱扔烟头？赵玉祥心里已经窝火,明摆着这是对中国人的歧视。他说:“我没扔烟头。”说着从上衣口袋掏出烟盒摔在社长的桌上说:“你看看,中国的烟嘴是黄色的,日本烟是白色的。你们别把什么坏事都往中国人头上栽,告诉你,我不干了！”说完,他扭头愤然离去。

回家后,老赵对尾崎说:“在中国我当处长,跑到这儿来跟你受日本人的气！说啥我也不在日本呆了！”

尾崎对我讲:“无论如何我是不能让老赵回国的,他若回了国,我们肯定得离婚。”她第二天就给分管归国遗孤工作的生活辅导员打电话，说他们不会说日语，在工厂受气，没法儿干了。

辅导员十分敬业，领尾崎到市役所商量，决定安排他们去所泽的日本语学校进修日语，在就业之前，先吃政府发放的生活保护费。

10

所泽日本语学校正式名称为所泽中国归国者定居促进中心，始建于1984年，是第一所为归国孤儿建立的培训中心。

早年归国的残留孤儿由日本政府出归国的费用，但回日本定居后就由亲属负担。亲情隔绝几十年，重逢虽然十分动情，真生活在一起，语言不通，生活习惯不同，经济上也额外增加了负担，很多家庭对遗孤冷漠，并拒绝认亲。

归国遗孤融入日本社会成了一个课题。1977年，政府给孤儿发日语课本、录音机和磁带，让他们自学日语。遗孤大都文化水平不高，根本无法自学。于是，1984年厚生劳动省在埼玉县所泽市建立中国归国者定居促进中心，免费培训孤儿简单的日语会话和日本生活习惯。结束之后，可以进东京、大阪、名古屋、京都、横滨等全国15所自立研修中心，再学8个月日语，这一年里可以享受政府提供的生活保护费，之后必须自立。

尾崎和赵玉祥去学日语，把11岁的女儿寄放在哥哥家，母亲也住在哥哥家里。

完全没料到的事情发生了。

事情难于启齿。

我结束茨城的采访后，尾崎在送我回东京的城际列车上向我讲述了原委。之前，采访赵玉祥时，他只是简略地提及了一下，并没有引起我的注意。他说："我们去所泽日本语学校学习日语4个月，我姑娘就放在她哥哥家。她哥哥不好好待我孩子，孩子哭着闹着到所泽来找我，把我气的，上去给他一拳，把他从屋里打到了门外，撞开了别人家的门。”

在回东京的列车上，尾崎说：“我哥哥做了一件损事。昨天玉祥给你说，他把哥哥打了一顿。是怎么回事吧？就是我们在所泽学习时，把女儿寄住在我哥哥家，我妈也在他家住，就没有多想，但他不让我孩子上学，就住在他家。”

那天晚上，尾崎的哥哥把尾崎的女儿囡囡（化名）叫到他的卧室。囡囡进入舅舅房间时，看到电视上是男女搂抱的镜头。囡囡是个漂亮而聪明的孩子，她感觉很不自在，说：“舅舅你叫我有事吗？我要去睡觉了。”

舅舅说，这么早，睡什么觉！说着，他把囡囡揽在怀里，眼睛盯着荧屏，手却在囡囡身上乱摸。囡囡挣扎着，当他的手伸到下面时，惊恐地大叫起来。睡在隔壁的尾崎母亲说：“囡囡，怎么啦？”尾崎哥哥只好收住了手。恼怒，但不敢发作。放她走时，低声威胁道：“你不许给你妈打电话。”

第二天舅舅上班去了，囡囡立刻给尾崎打电话。囡囡拿起电话便呜呜地哭，电话另端的尾崎有了不祥之感。

尾崎说：“囡囡，出什么事了？”

囡囡说：“妈，我不在舅舅家住了。”

敏感的尾崎立刻意识到了什么，反复追问，囡囡讲出了原委。

尾崎放下电话，直奔车站，返回茨城。她先气哼哼地找到哥哥，说：“你太不是人啦！孩子是你的亲外甥女呀，你怎么干这事！”

尾崎哥哥表情尴尬，斥责她小声点。

日本文化的荣辱观似乎不在乎事情的丑恶，而在乎干了坏事不能为人所知。

尾崎要把女儿接到所泽去，哥哥坚决不同意，他怕事情的影响闹大。

尾崎决绝地摔门而去，带孩子走了。日本语学校不允许孩子住在学校，尾崎说，那就退学，不学了！

事情闹得很僵。学校了解情况后，便不再坚持。这时尾崎哥哥追到了学校宿舍，他向尾崎道歉，坚决要把孩子领回去。

尾崎说：“你赔礼道歉也不行！你太缺德了！你还是个人吗？”

接着就发生了赵玉祥讲述的那一幕。赵玉祥冷着脸走到尾崎哥哥面前，脸色铁青，一语未发，一拳出手，尾崎哥哥就像颗出膛的炮弹，“嘭——”地弹出了门外，跌跌撞撞摔进了对面人家的屋里，顿时响起一片惊叫。随后，尾崎哥哥鼻青脸肿地从那家出来，狼狈不堪地离去。

尾崎说：“在日本待久了才知道，日本人的道德观念和中国人不一样，这类事不少，只要不为人所知就行。”

赵玉祥说：“所以我对日本人印象不好，他们表面彬彬有礼，内心可肮脏了。日本人规矩很大，但他要瞧不起你时，欺负你是真厉害呀！”

11

4 个月的日语学习结束了，尾崎不想回茨城。学校的人说，你哥来过学校，已经在茨城给你们联系好了工作和住房。尾崎说：“我女儿心灵受到那么大的伤害，我不愿意再见到我哥。”

厚生省规定，回国的残留孤儿，有亲属的，必须由亲属作保，安置在亲属所在地。没有亲属的可以自主选择居住地，由厚生省管。

学校的人说：“你可以住得离你哥远一点嘛。”

尾崎的姐姐住在埼玉县川口市，在所泽市的南边。尾崎把女儿接走之后，尾崎的嫂子想撵走婆婆。尾崎说：“因为我母亲把我认领回来我哥不高兴，认为给他添了麻烦。我嫂子说我妈脑子不好使，不让她开灯，看电视也只让她看一个台，老人喜欢看的电视剧不让看，我妈不开心，于是搬到我姐家住。”

尾崎到姐姐家几次，请她担保自己落户埼玉县。姐姐身上有日本老妇人的特质，神情温顺，细声细语，平和的冷淡中，一口拒绝了尾崎的要求。

尾崎说:“日本人的亲情淡,兄弟姐妹之间一点也不亲。我与养父母家的姐姐妹妹和弟弟都处得非常好,远隔重洋还经常打电话。但日本亲人之间却十分冷淡。我哥和我弟不来往。因为我妈回日本后生的我弟,我哥不高兴。父亲去世后,我妈到外面打工,挣钱供弟弟上学,累得驼背弯腰。住在我哥家时,哥哥对他的儿子好,对弟弟不好,对我妈也没好脸色。我弟高中毕业后,与我哥在一家工厂上班,但我弟恨我哥,两人不来往。”

尾崎还说:“我弟结婚后,我妈住到我姐家。我1985年探亲时,我妈为陪我,搬到了我哥家。我妈拿出40万日元补贴家用,我哥还不高兴,认为我们住在他家添了麻烦。”

尾崎说:“我与我姐有来往,也就是按日本风俗,每年7月,家人互送礼物。我们之间不亲热,她看不起我。”

说到弟弟,尾崎说她归国20多年,弟弟也只看望过她一次,还是因为有事要办。尾崎还是中国人的习惯,把家人统统都放在心上。一次,她买了啤酒和食品寄给弟弟,迟迟没有回音。尾崎打电话询问:“你收到我寄的啤酒和食品了吗?”弟弟说,收到了,阿力亚多(日语“谢谢”)。语气淡淡的,拒人千里之外的态度。谢谢只是礼节的应对程序,丝毫没有感情的色彩。尾崎说:“从那以后我也不再与他来往,免得他以为我是在巴结他。”

日语学习结束后,尾崎一家还是回到了茨城县水户市。尾崎与哥哥断绝了来往,到市役所申请孤儿的生活保护。政府给分了一间小房子,每月14万日元生活费。这个钱一家三口紧巴巴地够吃喝,赵玉祥每天到公园里的千泊湖钓鱼,有时候尾崎也跟着去。刚开始,钓上来的鱼拿回家食用,久而久之就吃腻了。钓鱼只是为了消磨时光,鱼钓上来即刻就放生了,时光在那一段日子里似乎放慢了脚步,钓鱼也变得寂寞,赵玉祥索性练起武术来。

一天,一个叫佐野义仁的中年男子走上前来拜赵玉祥为师,跟着学形意拳。佐野开了一个武术馆,请的教师以前在伪满洲国时学过太极拳,回到日本后加以改造叫流水拳。佐野觉得赵玉祥的形意拳比流水拳地道，便向他讨教，并由他夫人在报纸上介绍了形意拳，只是不提赵玉祥的名字，令赵玉祥心里不爽。

佐野把赵玉祥介绍给了青柳一宇。

我见到的青柳一宇是中等个，六十来岁模样，额头镌刻着深深的皱纹，细长眼，阔嘴，看上去似乎饱经风霜，像蓝领人员。采访他的那天在下小雨，十分阴冷。青柳一身的灰色装束，上衣是铅灰色的西服便装，里面的绒衣和灯芯绒休闲裤都是深灰色的，头上戴了一顶豆沙色毛线织的便帽，是一个随和的小老头。

青柳递给我的名片上写的单位是"敷岛之会"。他说敷岛之会是政治团体，研究农业问题。日本的农产品主要靠进口，而他认为自己吃的东西要自己生产，成立这个团体就是要把这个观念在社会上广泛传播。

交谈起来才知道他是商人，经营茶叶买卖。他说他不喜欢做买卖，喜欢艺术。他早年毕业于美术大学，28 岁之前在东京做美术设计。他还喜欢柔道，祖父是武士。他说，年纪大了，生意交给儿子经营，早就想开武馆，但没有找到合适的教师。

佐野把赵玉祥介绍给青柳之后，青柳跟着赵玉祥学了一年形意拳。他发现赵玉祥是真功夫，便决定盖一座武馆，聘请他为固定教练。武馆 1988 年 6 月落成，是一座两层楼房，赵玉祥命名为"中华武术馆"。青柳住在一层，道场在二楼。

道场有近 200 平方米左右，呈长方形。进门的墙上挂了十几面锦旗，都是上海、哈尔滨、大连等中国的武术团体赠送赵玉祥的锦旗。门正上方的画框里是白底黑字的练武宗旨，日文写就，主体是"正道"二字，附言"遵从平和之心，强健、清朗、正直与共是精进的要领"，笔力遒劲。

我采访时，赵玉祥在这里教授武术已经 22 年。他说："这就像我自己的馆，我收一个学生给馆里缴费 1200 日元，因为学生不多，每个月的收入也就七八万日元，不够用，还要找工作。"

12

赵玉祥的第一份工作在煤气罐厂。经人介绍，夫妻二人都到这家工厂打工。赵玉祥是喷漆工，现代工业都是流水线作业，工序是先喷漆，再烤漆，第二天上班要先清扫流水线。清扫流水线是个苦活儿，里面温度高，进去就汗流浃背，按规章，作业组里八个人轮流清扫。

在中国，中国人往往把外国人看得高贵，处处关照。在日本，日本人把欧美人当贵宾，而对中国人和韩国人歧视，嘴上不说，用行动体现。

清扫流水线的活儿，刚开始还规规矩矩地轮流值扫，几个月后，组里的人开始轮流请假，而且不约而同地都让赵玉祥替班，他平均两天就要干一次清扫流水线的活儿。谁都不是傻子，虽然赵玉祥不能确定日本员工是否串通好了欺负他，但因为他是中国人而受到歧视，而且是不动声色地欺负他，这是显而易见的。他心想：我在中国好歹是个处长，管着两千多人，跑到这里受你们摆弄，没门儿！

学习了4个月，他的日语仅仅初级水平，说个日常问候语没问题，要叙述想法就困难了。他跑到市役所找来了生活辅导员做翻译，对工头说："咱们有制度，大家轮流清扫流水线，凭什么两天就轮我一回？"

工头做出一副吃惊的样子，说："是这样的么？我没有注意到哇！好的，我提醒大家注意这个问题。"但情况仅好转了两天，就又故态复萌。

赵玉祥越干越憋气，坚持了一年多，终于忍无可忍。他找到课长，说他不干了！课长说："赵桑(さん，意为"君")，你干活儿很好哇，为什么要走？"赵玉祥说："你们日本人欺负中国人，我不干啦！"他坚决辞了工。

辞职后，赵玉祥去市役所申领了失业金，这笔钱只给6个月，尾崎则继续在煤气罐厂上班。

时光似乎又拉长了。赵玉祥每天清晨到公园教武术，中午到道场教学生，下午在家无所事事，6 个月一晃而过。不工作，日子就过得紧巴巴。赵玉祥从广告上找了一份日立建机厂分厂的工作。日立是一家大企业，生产挖土机，也做坦克。赵玉祥的活儿是往挖土机的壳里填装零件，一段流水线一分钟必须安装十几个零件，要眼疾手快。赵玉祥学习了一个礼拜就上了作业线。他手脚麻利，用了不到一半的时间，三下五除二，就把十几个零件填充了进去。流水线是恒速，按照设定的速度缓缓前行。干完活儿的他便坐在旁边的椅子上休息，看着机壳向下一个作业段缓缓行去。

工段长走过来，没有说话，只是对坐在椅子上的赵玉祥盯视了一眼就走过去了。第二天，工段长说："赵桑，现在人手不够，你顶顶班吧，把上一工段的活儿也兼顾一下。"赵玉祥没有多想，以为就是代班的事，在国内厂里干活儿，替人代班是平常事，就把两个工段的活儿包了下来。一天两天，一月两月，日复一日，春夏秋冬，一年就过去了。赵玉祥一人干两人的活儿，工资还是当初的一天 11000 日元，未加分毫。

赵玉祥终于忍不住了。他找到工段长，说："你老让我顶两个人的活儿，给我两人的工资么？"工段长说，那不行。老赵说："那凭什么让我干两个人的活儿？"他心头火苗直窜，一甩手说："那我不干啦！"说完，便转身走了人。

厂里劳务课长找了个翻译与赵玉祥谈话，说你甩手走人造成停工，工厂损失了多少多少。

赵玉祥说："损失关我屁事！一个人干一段活儿，凭什么让我干两个人的活儿？你给我加工资吗？"

课长说，不加。

赵说："那我辞工，不干啦！"

尾崎也因待遇不公平，从煤气罐厂辞了工，他们又过起了领取生活保护费的日子。

青柳一宇对赵玉祥印象不错。采访时他对我说："过去我不知道战争残留孤儿的事，与赵接触，感觉中国人心胸宽大，日本人国家小心胸也小，如果日本人抚养他人的孩子，不可能一视同仁，中国人的这种心胸，日本人是学不到的。"

他还说："对中国的理解，是通过与赵的接触开始的。赵在这个道场22年没有迟到和休息过，在日本很难有这种人，我很佩服他。"

他又说："说谎之人世界各国都有，赵不喜欢说谎，他是一个讲信用的人。现在一些年轻人会变坏，但从认识赵起，他始终如一，一直向前走，这种人什么时候都是令人羡慕和尊重的。"

说到赵玉祥的缺点，青柳说："一般人到国外都愿意学说外国语，而赵不愿意学日语，这是赵的缺点。"

13

赵玉祥打的最后一份工是青柳一宇介绍的。

青柳妻子的哥哥承包了日立电线厂下面的一个小厂。青柳的大舅子对赵玉祥说："我看你挺有能力的，你给我招10名中国人，你当我的副厂长。"

赵玉祥讲义气，善交际，不久就给青柳的大舅子招了8名中国人，其中包括自己的妻子尾崎，但他并没有当上副厂长，仍然是工人。先干的活儿是钉拖线板，把木轱辘的两端缠上电线，很沉很重。因为他不会日语，平常就埋头干活少言语，因此得罪了开铲车的藤原。藤原认为赵玉祥没礼貌，于是对他钉好的拖线板视而不见。赵玉祥把缠好的拖线板一块块摞起来，直到摞了一人高，无法再往上摞，于是拖了把椅子坐在旁边休息。工头走过来，冷着脸说："你怎么老坐着？干活儿呀！"赵玉祥说："开铲车的不给吊，我搬不动。"

工头找到藤原，问他怎么不给赵桑吊活儿？藤原嘿嘿一笑，没有答复。工头走，他就找赵玉祥的茬儿。他故意把吊板落到干活最不顺手的地方，有时还故意碰撞赵玉祥一下，让人哑巴吃黄连，有苦说不出。

赵玉祥心知肚明，他才不吃这一套呢。当吊板再一次磕打了赵玉祥时，他冲上去把藤原从吊车里揪下来，痛揍了一顿。藤原年轻，比赵玉祥小七八岁，人高马大，没把赵玉祥放在眼里，缠住厮打。赵玉祥是有武功的，猛的一脚，把他踹得老远，跌倒在地。

藤原爬起来往办公室跑，向课长告状。课长、部长都来到现场，指责赵玉祥怎么能打人。言语不通，赵玉祥用笔写，日文里的汉字多，能看明白是怎么回事。

部长当场训斥藤原，让他给赵玉祥赔礼道歉。部长让赵玉祥坐在椅子上，藤原跪在他面前赔不是。赵玉祥对我说："日本人把下跪不当回事，在中国，让我下跪，我跟你拼命！"

当天下班后，藤原说："赵桑，我请你去一个高级的地方吃饭。"赵玉祥心里一咯噔，心想，他不会叫一拨人来打我吧？如果拒绝，显然是示弱。他转念一想：我会武术我怕啥！

藤原的车往水库方向开去。天黑了，路边是原野，灯光也越来越稀疏。赵玉祥心里犯嘀咕，他如果找一伙暴力团的人揍我一顿怎么办？但转念就给自己打气，我怕啥！在国内时打过 20 多人的大架，不怕！

藤原把他拉到水库边的一个高级酒吧，赵玉祥曾经在这一带住过。酒吧小院深深，花木扶疏，散发着淡淡花香。隔窗是波光粼粼的水面，霓虹灯倒映在水面，美得令人迷幻。

藤原带赵玉祥在一个和式包间里落座，身穿和服的美女迈着细碎的步子穿梭其间，婀娜风骚。

藤原点的日本清酒，边喝边对赵玉祥说，这里的女人都是漂亮女人，吃喝玩女人都由你，费用他包。赵玉祥说，你愿意玩你玩，你先把我送回家。

于是，藤原开车跑了一个多小时把赵玉祥送回家去。从此，藤原对他客客气气，这个工段没人再敢欺负赵玉祥，但不久，上面把他调到另一个生产线，活儿不是很累。

新生产线上有个叫酒井的年轻人，头发染出一缕黄色，一副玩世不恭的派头。一天，酒井对赵玉祥说，听说你会武术不怕打？说着，冲上来给了他一拳。赵玉祥斜睨了他一眼，不予理睬。过了几天，赵玉祥正弯腰作业时，酒井捡了个小铁片扔过来，砸在了赵玉祥的脸上。

赵玉祥感觉脸上一麻，下意识地一抹手，一手掌的鲜红赫然眼前。他怒不可遏，冲上去，对酒井就是一顿拳打脚踢。旁边的人着了慌，急忙跑去向领导报告。

部长、课长惶然而至，把厮打成一团的二人拉开。赵玉祥满脸的血，面目模糊。部长急问，咋回事？咋回事？赵玉祥指着地上带血的铁片用中国话说，他用铁片打我。事情显而易见，不用翻译，部长、课长都明白了。

酒井被打得不轻，鼻青脸肿，捂着下腹，送进了医院。赵玉祥满脸的血，经过处理后伤口给包扎起来了。整个脸都包起来了，看上去挺吓人。第二天，他眼睛肿得像胡桃，厂长让他带薪休息。

酒井住了半个多月的医院，医疗费就花了26万日元。日本打架的治疗费不走医保，酒井出院后，拿着发票让赵玉祥报销。赵玉祥不服，上告部长。部长对酒井说，是你先打的赵桑，责任在你。酒井悻悻离去。

后来，赵玉祥又打了一架，把一个工头给揍了，索性辞职不干了。赵玉祥说，定居日本后，他走了三个厂子，干了三年零六个月，后来彻底放弃了工作，专心教授武术。

14

尾崎在青柳大舅子的工厂里只干了几个月就被解雇了，这令她至今都难以释怀。她在工作上向来要强，在中国时，无论在哪个单位都是先进工作者，不能想象自己会有被解雇的经历。

赵玉祥招来的8个中国人里有3个女人。除了尾崎，一个台湾人，一个上海人。尾崎说："她俩年轻漂亮，日语好，能说会道，挺会来事。她们常常给工段里的人买点吃的，说说笑笑，打打闹闹，我又老又丑，当然不把我放在眼里。"

冬天，工段里给那两个女人一人一条电褥子，没有尾崎的份儿。虽然这事令她不愉快，但她并没有去争执。令她愤怒的是，厂里一个干临时工的老太太走了后，厂长让尾崎去接替。

临时工干的是杂活儿，刷桶刷筐，被人指使着吆喝着干这儿干那儿，不仅是苦和累，是自尊心受不了。

尾崎对丈夫说："太可气了！是你给厂里招来的这些人，可他们看我是老太婆，就欺负我一个！"玉祥说，那咋办呢？

尾崎决意要和厂长说道说道。她到市役所，要求安排个翻译与厂家交涉。市役所对遗孤们已经厌烦了，推脱说："我们管不了，你们回国这么长时间了，要自立。"尾崎垂头丧气地走出来。

后来，赵玉祥的武术学生铃木把他们介绍给市议员川口玉留，川口介绍了懂汉语的山田部给尾崎当翻译，与厂方进行交涉。

尾崎说："你们太欺负人了，我就是岁数大一些，但这些中国人都是我爱人介绍来的，不是他，你们根本招不来这么多人。"

尾崎的话，山田部一句一句地译给社长听。社长就是青柳的大舅子。据尾崎讲，她与社长吵了起来，一周之后，日立电线厂总厂的人通知尾崎被解雇的消息，理由是她的日语不好，无法沟通，还说她"太厉害"。尾崎对我说："其实我一点都不厉害，是把我逼的。"

青柳的大舅子给尾崎支付了一个月的工资，这令她心里略微平衡一点。

她在家里闲了一个多月后，通过广告应聘到一家制作塑料板和建筑包装袋的工厂。厂子不大，十来个工人。这个厂里的人没有欺负她，从1992年到2000年，她在这家工厂干到退休。

15

汶川大地震发生在2008年5月12日14时27分59.5秒，震级达里氏8.0级。地动山摇，山川河流瞬间改了模样，三四层的楼房顷刻只露出屋顶在地面上。惨不忍睹的是生命遭遇的重创，前一刻还鲜活着的人，瞬间便没了声息。截至当年9月4日，国家公布的统计数据，灾难造成69227人遇难，374643人受伤，17923人失踪，直接经济损失8452亿元人民币。

那段时间，中国中央电视台24小时不间断地播报着地震和抢险救灾情况，全世界的目光都在关注，中国人则揪心裂肺。

赵玉祥几乎天天坐在电视机前，目不转睛地盯着屏幕。大自然的破坏力令人瞠目，人类的那点骄傲在它的面前荡然无存。成片的瓦砾，瞬间就失去的生命，流离失所的灾民，还有在灾难面前众志成城的激情，显示出中华民族的凝聚力。

赵玉祥坐在电视机前常常泪流满面。那是一段被泪水浸湿的日子。

尾崎说："汶川地震时，我没想要咋样，是玉祥提出捐款的。"

这时候的尾崎，经济上已不再拮据。她母亲1999年4月24日去世，临终前给了她100万日元。母亲对尾崎的姐姐说，把满智子扔在中国挺可怜的，对不住她，这笔钱是自己的心意，并为此立了遗嘱。另外，尾崎工作时每年交国民年金6.6万日元，2008年4月，政府实行孤儿新支援政策，退还孤儿们缴纳的国民年金，尾崎被退还了320万日元。

那天，赵玉祥看着电视里汶川地震的画面对尾崎说："你看四川那么困难。"说着流下了眼泪。他又说："是中国人养活了你，现在中国有困难，你捐不捐款？"

5月19日，赵玉祥和尾崎一起到东京的中国驻日本大使馆捐出赈灾款50万日元，其中，以尾崎和赵玉祥个人名义捐款40万日元，以日中传统武术协会名义捐款10万日元。尾崎说，这笔钱是从退还的320万国民年金中拿出的。

在日本遗孤为中国汶川地震捐款的数额中，他们位列第二。

第三章　被遗弃的日子

生命短促，日子却很漫长。

1

二田口国博的中国名叫陈先国。归国前他是沈阳矿山机械厂的工程师，职务是研究室主任。回日本后，他在一家门窗安装公司当安装工，干了17年。2008年4月，日本政府实施对遗华孤儿的新支援政策后，69岁的他便辞工不干了，享受厚生年金和生活费，夫妻两人月收入有19万余日元，享受免费住房和免费医疗。他说："对我来说，在中国的工作比在日本好；生活质量，日本好一些。"

他们居住在东京都江户区宇喜田町的一栋公屋楼里，我2010年深秋的一天前去采访。71岁的二田口灰白头发，瘦长脸，单眼皮，鼻梁上架着副玳瑁眼镜，白衬衫的扣子严严实实地扣到脖颈处，知识分子气质浓厚，性格沉静。

他是一个细致、心里存事的人，过往的点点滴滴都记得十分清楚。

他父亲二田口胜马是关东军的一名上等兵，1934年退役，时年25岁。当时关东军的退役军人大都到开拓团转入预备役，二田口胜马是熊本县人，便分到当时三江省鹤立县的熊本开拓团。时代变迁，如今已经没有三江省鹤立县，那一片土地现在属于黑龙江省汤原县。

二田口国博1939年9月出生在鹤立县。出生时父亲是鹤立县邮局局长，后来到佳木斯市邮局当局长，全家 1943 年搬到了汤原县。

战争，不仅改变国家的运势，也改变个人的命运。

1945 年 8 月 9 日，苏联出兵中国东北，曾经嚣张得不可一世的关东军也尝到了兵败如山倒的滋味。

二田口说，苏联出兵后的一天中午，父亲突然回家。父亲平时的生活十分规律，早上 8 点上班，下午 5 点回家，上下班的父亲，身上总斜挎着一个牛皮包。那天中午回来的父亲身上没有牛皮包了，两手空空，神色有些紧张。父亲把母亲叫出门外说话，二田口跟了出去。

他听到父亲对母亲说："我要去打仗了，上级给两个小时时间回家收拾行装。"母亲听罢，转身匆匆进屋，窸窸窣窣地给父亲收拾行装。父亲是预备役，家里有枪。他背上行装，提着枪，与左邻右舍的男人们一起走了。二田口说，是下午两点集合出发的。

过了几天，二田口在外面玩耍时看见屯子里那些参战的男人回来了，个个垂头丧气，穿军装，戴帽子，光着手。人群里没有父亲。他跑回家对母亲说："村子里的男人都回来了，咋没我爸呢？"

母亲是个瘦小、言语不多的女人。听了这话没吱声，立刻领着二田口到隔壁家打听。隔壁家的男人神态不自在，支支吾吾，说与二田口君不在一个连队，云云。母亲领着二田口走了几家，都说不知道。二田口明显感觉到母亲牵着他的手在微微颤抖。访问的最后一家姓藤川，藤川与父亲关系比较近，他对母亲说了实话。他说，8 月 13 日那天，在牡丹江北边 6 公里处作战时，苏军飞机扔的炸弹把二田口君炸死了。说着，他从上衣口袋里掏出阵亡通知书交给了母亲。

父亲的阵亡通知书二田口一直保存着，采访时他拿给我看。上面写的阵亡时间是昭和二十年（1945 年）8 月 13 日。

二田口说，母亲低着头，一言不发，似乎很镇定，当她起身告辞走到门口时晕倒在地。

二田口大声哭喊。藤川舀了一碗凉水泼到母亲脸上。母亲慢慢醒来，脸似一张白纸，但没有眼泪。她起身低声对藤川道歉，深鞠一躬，便转身领着二田口离去。

二田口当天夜里失眠了，心里昏天暗地。黑夜中，他听到母亲的啜泣声。

八九天后，熊本开拓团屯的负责人通知大家准备回国。二田口说，通知的人没有进屋，只是站在窗户外面对母亲说，后天早上8点半到某某车站集合。

车站的名称二田口不记得了。他说，开拓团附近就有一个火车站，站台很小，很少有火车停靠。通知他们前往集合的车站很远，母亲接到通知后，立刻拿出个大皮箱收拾行装。

母亲是个有主意的人，但收拾行装是件纠结的事。需要的东西多，但皮箱的容量有限。二田口见母亲把厚衣服装进去又拿出来，倒腾来去，最后将一张本来拿出来了的全家合影照片又放进了皮箱，就摆在最上面。

照片里父母并排坐着，母亲怀里抱着两岁半的妹妹，二田口立在父母的身后。采访时，二田口拿出这张照片给我看。

第二天下午，母亲决定提前动身了。她拎着皮箱，身背3岁的妹妹，二田口穿着背心裤衩，脚上是趿拉板鞋，跟在母亲身后，一路是“呱哒呱哒”的声响。

二田口一家在车站附近的村庄借宿一夜，以便第二天清晨能赶到车站。借宿的家里只有老头老太太二人，语言不通，用手势交流。

第二天清晨，二田口一家赶到车站是8时整，站台上已有了黑压压的人群。

这是一个大车站，铺排开来有三四个轨道，停满了车。二田口说，有客车、闷罐车，还有敞篷车。客车上挤满了人，货车上装满了货物。

等待是焦虑的。太阳升到中天，又落了下去。夕阳透着最后那一抹红，残阳如血，接着黑夜便绝望地落下了。

半夜里来了一辆运煤的火车，敞篷的，车厢很高，站台上的人们蜂拥而上，搭着梯子往上爬，二田口是被大人抱上去的。

二田口说，第一次乘这样的车，心里很害怕。天快亮时，上来了一伙强盗。强盗打开了他家的那个大皮箱，母亲赶紧把照片拿走。箱子里都是大人小孩的衣服，其中有一件和服。强盗拎起和服抖着，旁边的人说，给留下来吧,可以给孩子当被子。强盗瞪了他一眼,把和服往箱子里一扔,合上盖,拎着皮箱下去了。

二田口说，大约是第二天中午火车开到沈阳南站。南站是日本人修的，北站是张作霖修的。他们的目的地是沈阳铁西区应昌町街二段的一所日本人小学校,日本投降后改作难民所了。难民所离南站近,离北站远,但日本投降后南站不让用了,他们在北站下的车。

下车时已经下午两三点钟，阳光明亮。二田口还是头天早上在借宿的老头儿家吃的饭,一天半没有进食了,饿得浑身绵软。

从北站走到南站,再从南站往铁西区走,有10多公里路程。母亲背着妹妹,跟随人群,二田口紧随其后,趿拉板鞋敲在地面上,发出“呱哒呱哒”的声响。到达难民所的学校时,天已经黑透了。

当夜的饭是谷子煮的稀粥，一人一碗。谷子是带壳的小米，棱形，如芒刺，壳煮不烂，吃着扎嘴。二田口的妹妹吃了一口便被扎得哇哇大哭，拒绝再吃。二田口心想，我必须吃，要不会饿死，就一点一点地咀嚼。他吃完自己的一碗,把妹妹的那份也吃掉了。以后的日子,每天吃的不是煮豆子就是煮谷子,两三天后,二田口的妹妹就饿死了。

死人的事情每天发生，病死的，饿死的都有。学校操场跳远的沙坑，并在一起，有两个篮球场大，临时做了坟场，死去的人都埋在沙坑里。沙坑填满后，尸体就放在地面上，一层一层往上摞，没有遮盖。二田口妹妹的尸体放在上面,他想做个记号,捡了块石头,放在妹妹的脑袋上。

学校是一栋三层的楼，红砖灰瓦，楼里是木地板。二田口说，当时的难民起码有一千多人，每个房间都挤满了人。他们居住在二楼，一户人家挤在一堆，没有床，没有被褥，睡在地板上。他还说，白天感觉好一点，晚上特别冷,睡觉都是侧着身,让身体尽量少接触地面一些。

1946年元旦惨然到来。每天都是饥寒交迫，丝毫没有感觉到时光的脚步。

一天晚上，二田口的母亲突然发高烧，浑身打寒战，脸颊通红。二田口想给母亲借床被子，就挨个查看。他说，二三百平方米的屋子里，基本上都没有被子，个别人家有被子的，也是给小孩盖着，他不好意思开口。

二田口偎在母亲的身边躺下，想用自己的体温给母亲一点热量。第二天早晨，他醒来时发现母亲不动了。他先是轻轻地摇，后来拼命地摇，再拼命地喊，母亲毫无反应。

旁边的人说，你别喊了，你母亲死啦！

旁边另外一个人说，别喊啦！你去找找有没有认识的人，赶快给抬出去。

二田口跑到楼下，找到了藤川。藤川叫了几个熊本开拓团的人上来。藤川用手试了试二田口母亲的鼻孔，说你母亲死了。问道，还有没有钱？二田口说，出来时母亲带了钱。藤田就翻二田口母亲的衣服口袋，什么都没有。他挥挥手，对那几个人说，抬出去吧。

二田口清楚地记得母亲去世的日子，1946 年 1 月 6 日。那天下着鹅毛大雪，地上的积雪到他的膝盖，天地间一派混沌。那时候难民所每天都死三四十口人，大操场的尸体摞得有两米多高，被雪覆盖着。藤川等人像装卸货物一般，喊着一二三的号子，把二田口的母亲甩上了尸体垛。

母亲死后，二田口就搬到藤川的住处，每天躺在地上，白色的天花板像巨大的裹尸布，他望着天花板，心里会情不自禁地说，我要死了，妈妈你在哪里？

大概是春节前后，又冷又饿的二田口也奄奄一息了。

做了二田口国博养母的董淑清当年 35 岁。她本是农村人，沈阳的一个男人到他们村来说媳妇，给了她父母很多钱，父母就将她嫁给了他。

结婚后，她才知道这个男人患有梅毒，他们生下的孩子都没养活。几年后，男人也死了。董淑清改嫁给二田口的养父陈知山，是个老实巴交的山东人，在城里做点小生意，夏天卖菜，冬天干点零活儿，但结婚后没有生育。

冬天开始时，难民所的母亲们就开始将孩子送给中国人了。也有不少中国人到难民所来要孩子。董淑清也来难民所转了几圈，愿意送人的孩子都太小，她没有相中。

这一天，董淑清转到二田口附近时，藤田用手比划着对她说，这个孩子没有父母，你把他领走吧。董淑清同意了，把自己的姓名住址留给了藤川，便背起了奄奄一息的二田口。

腊月里，数九寒天，白雪皑皑。树梢结着冰凌挂，地面上的积雪很厚，冻得硬邦邦的，踩在上面发出嘎吱嘎吱的声响。

董淑清背着二田口，迎着北风前行，每一步都十分艰难。北风吹着口哨，像针一样扎进肌体。二田口的手脚冻僵了，他用微弱的声音说“萨姆依，萨姆依……”萨姆依日文写作“寒い”，一看就明白，但听就听不懂了。

董淑清把二田口放下来，看到他冻得通红的手脚，解开衣襟，暖在怀里。她脱掉棉袄，披在二田口身上，就这样把他背回了家。

二田口说，母亲对我特别好。采访中，二田口将养父母称为父母，没有那个“养”字。

日本人统治时期，不准东北的老百姓吃大米，董淑清家里只有杂粮。她用杂粮换大米，每天给二田口熬一碗大米粥，一口一口地喂他。一个多月后，二田口的气色转好，董淑清说，要多吃点，但不能吃得太猛。大米粥从一碗增加到两碗，二田口能坐起来了。他的养父母每天仍然吃的棒子面窝头。

二田口记得很清楚，在刚被领养的那段日子里，每天晚上都做噩梦，而且是同一个梦境。梦中的莲花池是无底深渊，他往这个深渊里坠落。梦中的他拼命挣扎，身体却止不住地下坠。梦中的他哇哇大哭。从梦中惊醒，脸上还挂着泪珠，心仍然惊悸。上学之后，他从书上看到与他梦境相同的故事，说释迦摩尼的莲花池，鬼掉进去就上不来了。

春天到来时他能起床下地了。绿色唤醒了生机。他到室外与左邻右舍的孩子们一起玩，大家问他的名字叫什么，他说“尼它库奇”（日语二田口的发音），小伙伴们面面相觑。一个人说，你写下来。他用树枝在地上写出“二田口”三个字，小伙伴们哄然大笑。有人嘲笑道，什么“尼它库奇”，不就是二田口嘛！也有人问他小名叫什么？中国人兴起小名，例如二蛋、狗剩等等，日本人不兴，二田口摇了摇头。

三月底的一天，藤川找到了董淑清家。他对董说，我们过几天就要走了，到葫芦岛登船回日本。董问，你是来领孩子的吗？藤川说不是。他说，这孩子的父母都去世了，这孩子就给你们了。二田口的养父问道，这孩子的生日是哪天？藤川道，1939 年 9 月 20 日。

采访时，二田口对我说，其实我的生日是9月23日，藤川说错了，所以我的中国户籍上写的是9月20日。

说着，二田口拿出日本户籍复印件给我看。日语的户籍写作“本籍”。我很惊讶，问道，你怎么能找到日本户籍？他说，在日本二田口是个小姓，姓这个姓的人大概不到200人，他是1986年到日本探亲时查到的。

二田口是1986年10月参加第十三批遗孤寻亲团到日本寻亲的。当时的报纸上登载了遗孤们的寻亲广告。广告上贴本人过去和现在的照片，还要写明在什么地方被什么人领养了。二田口贴的照片就是母亲收拾皮箱时放在最上面那张全家四口人的合影。看到寻亲广告后，当年与二田口父亲一起参战的植薄清重找来了。日本投降后，植薄被抓到了苏联，后来回到日本。他向二田口回忆了当时参战的情形，还拿出了当时的照片。他告诉二田口，其父在家里排行老三，下面还有一个弟弟有后人。没几天，二田口叔叔的儿子二田口惟一带着家人从九州到东京来认二田口，带来了户籍复印件。

二田口国博的户籍，是根据日本政府对残留中国的妇女儿童以死亡注销户籍的规定，1954年被注销的，1986年给予恢复。亲是认了，但二田口惟一已经继承了家产，是农民，有房产和田地。他不同意二田口国博归国，坚决不给他作保。最后是由早期归国在埼玉县福祉课工作的高丽博茂担保，二田口才归了国，落户在埼玉县加须市。

话说回来，藤川看望他时，董淑清问藤川，这孩子的父亲是做什么的？藤川说，不大清楚。董说，是工人？农民？藤川都摇头。藤川说，他爸老背着个皮包，是干部吧。

二田口是1948年上的学。家境虽然不富裕，过日子还凑合。那年他9岁，养父母说，不能耽误了孩子。学校离家很远，每天步行上学。冬天积雪深，买不起皮靴，他穿的矮腰毡靴，脚踏下去，雪便灌进鞋里，脚上生满冻疮，好似两只烂苹果。那时，辽沈战役开打，二田口只好辍学，随父母到新城的姥姥家躲避。

1949年春天，一家人搬回沈阳，二田口又上学了，重新从一年级开始。1960年夏天，已经更名为陈先国的二田口考入北京钢铁学院。时年21岁的他，高考一完，就到一家机械加工厂当临时工，每天挣一元多钱，一月下来近 40 元钱，在一家三口 15 元就能吃喝一个月的年代里，这份工资很有诱惑力。

陈先国接到大学录取通知书后对董淑清说："妈，我不打算上大学了，咱家经济挺困难的，我还是做工挣钱吧。"董淑清说："你若没考上就打工，考上了不去不是挺亏的吗？"

陈先国所在班组的班长对他说："高中生在咱们厂里就是文化人了，你若不去上大学，我给你申报个五级工。"

回到家，陈先国把话学给母亲听，说给他五级工，工资不少挣，上大学还要花钱。母亲说："你还是上吧，考上就上吧。"

二田口说，我们周围邻居百分之九十的人都反对母亲供他上大学。他母亲对邻居们说，这孩子亲生父母都是有地位的人，万一将来他回日本呢。只要他愿意读，就让他读。

读不读书，受教育程度的深浅，会左右一个人的前途，改变人生的命运。

二田口的养父 1961 年去世。养母 1975 年去世。二田口说："我母亲埋葬的地方孤零零的，2008 年我回去将养父母的坟移到了公墓，每年都回去上坟。"

二田口的感受是，养父母的亲情比有血缘关系的叔伯兄弟要深厚得多。他说："我认同自己是中国人，在国际关系中，我支持中国的立场。"

2

村田早苗的父母是有身份的人。

其父亲村田数马当年是日本驻佳木斯领事馆的副领事。母亲高田容子是舞台剧演员，容貌美丽。1986 年夏天，村田早苗到日本探亲时与家人的合影刊登在当时的报纸上，年近七旬的母亲优雅精致，很漂亮。弟弟西服革履，绅士风度。夹在二人中间的村田早苗苦着脸，头发烫得像一蓬鸡窝，浓眉，肉泡眼，皮肤黝黑，脸颊上的肉沉沉地坠了下来，长相粗糙，像农村的中年妇女，那一年她49岁。

经历和性情会改变一个人的容颜及气质。

村田早苗探亲时，日本的《福井新闻》报刊登了村田一家1944年在自宅拍摄的全家福。照片上，全家都跪坐在榻榻米上。村田早苗的父亲一副武士道气派，剃的平头，长方脸，眉梢上挑，眼如豆，最醒目的是唇上那两撇翘着的浓黑胡须，典型的日式仁丹胡。村田的母亲穿着和服，瓜子脸，皮肤白皙，明眸薄唇，沉静内敛，十分秀丽。小时候的村田早苗胖乎乎的，脸似银盘，虽然鼻梁有点塌，但梳着娃娃头，模样挺可爱，穿着制服，腰间还扎了条宽皮带。照片上，还有妹妹和弟弟，一家五口，另外还有一个表哥。

根据户籍记载，其父亲村田数马的原籍是福井县南条郡堺村，母亲高田荣子户籍在东京都芝区白金三光町，是户主高田善吉的第三个女儿。村田数马与高田荣子结婚后，户口从福井县迁出，入籍东京都高田荣子家，用中国话说叫上门女婿，所以高田荣子没有随夫姓，始终姓高田。结婚日期是昭和十二年（1937年）6月17日，村田早苗于当年10月13日出生在佳木斯，也就是说，高田荣子是先孕后婚。

早苗记不得是哪年搬家到牡丹江的。她说，父亲随关东军走了，姥姥到中国来了，母亲和姥姥带着他们姊妹三个在牡丹江生活。

她还说："1945年4月，父亲打电话让母亲带着我们去了一趟沈阳。坐闷罐车去的。父亲让我们搬到哈尔滨去。我们回到牡丹江后，就准备搬家，还没来得及搬走，苏军的轰炸就开始了。"

据户籍上记载，昭和二十年（1945年）4月25日，高田荣子与丈夫数马分家。村田早苗不知道，母亲带着他们去沈阳是去与父亲分家的。

显然，高田荣子与村田数马的婚姻很有故事，亦很曲折，只是村田早苗不知道罢了。

当时8岁的村田早苗记得，在逃难之前，母亲连夜炒米、炒面，而后把炒好的米面装在蛇形的布袋里。清晨，母亲背着干粮袋，带着姥姥和三个孩子与逃难的日本人们结伴上路了。

在村田早苗的记忆里，他们钻山沟，往宁安去。不清楚是走到了哪里，这一群逃难的日本老少被苏军俘虏了。

村田早苗说："他们把我们圈在原来关东军的马圈里，看着不顺眼的，就拉出去枪毙了。院子很大，一套一套，连成一片。关押期间，苏联兵给我们每人发一个小铁碗，一天两顿高粱米粥。熬粥的锅很大，米也不洗，哗啦啦地倒进锅里，粥煮得半生不熟。"

当年11月，母亲带着一家老小又回到牡丹江。村田早苗说，我们住的房子被中国人占了。碰到一个熟人，山东籍的年轻人，是厨师。"他挺热情，让我们先住在他家里。山东人新婚不久，家里盘了两张炕，让给我们一张，我妈、姥姥和我们姊妹三个都睡在这张炕上。"

不仅是住，吃饭也是问题。村田早苗说，老在他家吃饭也不行啊，他介绍我母亲到一家餐馆刷碗。人家吃剩下的饭食，母亲用个盆端回来给我们吃。在这个山东人家里住了一个多月，他帮我们找了小房，我们就搬出去住了。

1945年的冬天特别冷，西北风经常肆虐，呜呜地呼啸，把积雪搅得漫天雪霰。高田荣子打工洗碗挣不了多少钱，养活不起五口人。春节过后，她就把小女儿送给街对面的一户老两口。因为离得近，抬头不见低头见，高田就没有问对方的姓名。但女儿送出去不久，老两口就悄无声息地搬家了，不知去处，村田早苗的妹妹至今下落不明。

村田早苗是1946年春天送人的。她养父臧郁文是农民，有一个亲生儿子参加解放军了，家里只剩下老两口。村田早苗说，是养父来领的她，从此，她的少年时光就在纺车的嗡嗡声里度过。她说她成天坐在炕上纺线，没上过学。她对养父母有些怨恨。

东北解放成立人民政府后，高田荣子被安排在牡丹江火力发电厂当工人。母亲礼拜天时会到乡下来看望女儿。村田早苗已改名叫臧玉环。她怕忘记了自己的日本名字，让母亲教她写自己的名字，经常用树枝在地上偷偷地练习。

每个礼拜天，不是母亲就是姥姥来看望村田早苗。短暂的亲情愉悦之后，村田早苗心里的悲苦和思念就像纺出来的棉线，连绵不断。

村田早苗说："我成天坐在炕上纺线，一天要纺一斤棉花。我从礼拜一就开始盼望礼拜天，但养母怕她们把我领走，一到礼拜天，估摸着时间，差不多我妈该来了，就支我说到谁谁家玩去吧，就把我支走了。"

在村田早苗的记忆中，母亲是1952年日侨大批遣返时归国的。

她说："母亲走之前来看我，养母不想让我走。当时我哥（养母的儿子）已经是团级干部，他正好从家路过。他劝我别走，糊弄我说，咱俩一样（都是日本人），到时候咱俩一块走。就这样，我没走。"

她还说："我妈、姥姥和弟弟先到哈尔滨打工挣钱，姥姥死在了哈尔滨，我妈挣够钱，娘俩到葫芦岛坐船回日本了。"

户籍记载，昭和二十八年（1953年）10月23日，高田荣子与丈夫数马协议离婚，村田数马从高田家的户籍上除籍，因为他早已再婚。

高田荣子归国后，嫁给了一个姓石田的男子。村田早苗说："石田是我父亲的部下，管理食堂的。"

1969年12月，村田数马被要求注销遗留在中国的两个女儿的户籍。这一天，村田数马致信户籍课长道：

遥望异乡星空，幼小的孩子满怀希望地等待着。
长女早苗已经满32岁，次女千种满30岁。
课长，做父亲的能认为她们死了吗？
父母无论到什么时候都会等她们啊！
我从心里感谢大家的关照，
只盼望不知身居何处的孩子能够安康。
眼泪已经流干，
只剩满腹愁肠与牵挂。
作为父亲，
就是死也不能提交她们的死亡认定申请啊！
请课长勿要怪罪。

十二月二十日
数马　敬白

村田早苗1958年进入牡丹江市纺织厂当纺织工人，一干就是30年，直到回归日本。丈夫郑永福是纺织厂的修理工。村田早苗进厂后，正赶上扫盲运动，参加了厂里的识字班，每天下班后学习文化，她的字写得一笔一画，工工整整。

日子被柴米油盐、养儿育女充实着，1972年的中日恢复邦交并没有引起村田早苗的关注。时间到了1985年，一车间的日本遗孤孙桂荣到日本寻亲回来。她对二车间的臧玉环说："你也寻亲吧。你不会写，我帮你写。"

村田早苗说："厂里的人都知道我是'小日本'。我把经历说给孙桂荣，她写成材料寄给日本驻中国大使馆，情况登载在日本报纸上，我母亲看到后说，这不是我的女儿嘛！"

1986年6月12日，在东京代代木奥林匹克体育馆举行的认亲会上，村田早苗一眼就认出了母亲。她冲上前去，一把抱住母亲，大声哭诉："妈妈！你为什么把我扔在了中国？"她哭得呼天抢地，令在场的不少人动容。高田荣子的举止是日本女性的含蓄内敛，搂着女儿默默流泪。

村田早苗和丈夫还有小儿子于1988年10月13日办理了归国手续。按照日本政府规定，过了20岁的子女不能随之归国，那年小儿子正好20岁，搭上了末班车。大儿子、二儿子和女儿留在了中国，后来由归国孤儿社团"中国归国者·日中友好之会"会长池田澄江担保，三个子女自费来到日本。

村田早苗一家定居在八王子市。经过短暂的日语学习后，半年内必须自食其力。

村田早苗说："政府不管分配工作，我本想到纺织厂工作，但八王子的纺织厂倒闭了。我妈从报纸广告上看到田野市汽车制造厂食堂招人，对我说，你不会日语，到食堂刷碗去吧。我应聘上洗碗工，干了13年，直到66岁退休。"

村田早苗居住在八王子长房町的一套公屋里，面积不大，里外两间。房间的布置充满浓浓的中国风情，墙上贴着大红福字和有着孔子画像的孝道箴言。那天中午，她和老伴儿包饺子招待我。她说话大大咧咧，言谈举止与日本人迥异，是地道的中国味儿。

3

酒井久雄和酒井美代子夫妇二人同是战争遗孤，这在我采访的几十名遗孤中尚属首例。

他们也居住在茨城县，与尾崎满智子在同一个县。酒井中等个头，额头皱纹很深，岁月的苦难深藏其中。他眼里透着机警，讲了一口浓郁的东北话。交谈中，他会时不时地蹦出几个日语单词，问我懂不懂？我一律回答不懂。

美代子长相朴素，看上去像一生操持家务的妇女。他们的生活情况显然比尾崎好，有一个独家小院，两层楼房，院内有花草树木，优雅而洁净，但酒井并不愿意谈经济状况。

酒井现在的居所离他的出生地仅相隔 1000 多米的路程，他说哥哥仍在老家，做了上门女婿，改姓齐藤，与他有来往。

酒井不曾被收养，没有中国名字。美代子有过养父母，她的中国名叫蒋凤云。

1934 年 2 月，酒井出生在日本茨城县出岛村。父母哪年去的中国东北他不记得了，只记得他们在伪满洲国三江省鹤立县的茨城开拓团。

如今已没有鹤立县。鹤立县是 1939 年伪满时期的建制，当时隶属三江省。如今有鹤立镇，隶属黑龙江省佳木斯市汤原县，位于汤原县境东部。

酒井的父母都在开拓团里种地，日本投降之前，战事紧张，开拓团 18 至 45 岁的男子都必须参军上前线，那年酒井父亲 47 岁，幸免了兵役。

日本战败时，酒井 11 岁，在日本人学校里读五年级。他记得日本战败撤退时，老师领着学生们跑，夹杂在茨城开拓团的队伍中。队伍要去火车站，乘车到佳木斯或哈尔滨，在那里集合，安排返回日本。

天空阴沉沉的，苏军的几架飞机从空中掠过。不一会儿前面传来消息，说苏军炸毁了江桥，松花江南边的车过不来了，老师说要走到松花江北的望江车站。

路好长，秋景萧瑟，心里恓惶。走到中午时分，与撤退的熊本开拓团相遇。熊本开拓团刚吃过午饭，地灶里还有余火。茨城开拓团就借着熊本开拓团的锅灶烧火煮饭，饭刚熟，还没来得及吃，听到一个女人大呼救命。

年少的酒井不知道发生了什么。他说："我们的领队有枪，他拔出手枪朝天空开了三枪，命令大家快跑！于是，饭没顾上吃，男女老少撒开丫子就跑，像被狼群追赶的羊，风吹云散。"

酒井和姐姐跟着父母跑。一起跑的还有安达老头儿和儿媳妇。天下雨了，雨越下越大。酒井一伙穿过草甸子跑到一个山头上停下来时，个个都气喘吁吁，浑身上下湿透，狼狈不堪。

酒井父亲和安达商量着该去哪儿。四野茫茫，风雨交加。酒井的肚子咕噜咕噜地叫唤着饥饿，眼巴巴地望着父亲。父亲说，跑出来吃饭都成问题，还是回屯子里吧。安达老头儿点点头说是。于是两家人便又折回去了。

茨城开拓团的驻地叫新治屯，附近有中国人居住的屯子。伪满时期，中国人的屯子里有维持统治的安全理事会，简称"维持会"，酒井的父母认识维持会的人。陆陆续续又回来了4个开拓团的妇女。酒井父亲向维持会的人要了些粮食，大家就各自回家了。

酒井记不清日子了。他们回到屯子里没多久，一天，苏军的四五辆汽车气势汹汹地进了屯子。苏军士兵人高马大，金发碧眼，威风凛凛。他们把屯子里的日本人和伪满的警察都绑了起来，押上车，送到裕德村。

恓惶的酒井紧紧地拽着母亲的衣襟，跟着押解的人群。在裕德村的场院里，苏军对押解的人一一进行审讯。审讯毕，有8个男人被拉到野地里枪毙了，其中6个伪满警察，2个日本人，这两个日本人中就有酒井的父亲。

母亲领着酒井和姐姐，与其他4名日本妇女一起回到了新治屯。母亲一脸戚容。屯子里已没有炊烟，苍凉肃杀，空寂得像一片坟茔。妇女们都低着头抽泣。哭罢，商量生路。有人说："我们干脆嫁给中国人吧，起码能有饭吃。”大家说好。

那时候的婚姻也不需要办手续，进了男人的家，睡到一张炕上就是夫妻了。酒井母亲嫁的第一个男人姓李。酒井说：“我母亲脾气不好，总爱摆谱，说我大日本人怎么怎么样，成天吵架不断。而姓李的很懒，没多久就离婚了。”

酒井母亲嫁的第二家是个老头儿，家里有儿子有媳妇，过不到一块儿，又嫁了第三次。

酒井没有跟着母亲走，而是到地主韩德义家放牛。1947 年土改时，把地主的地分给贫下中农了，酒井没有牛可放了。他对土改工作组的人说他是孤儿，隐瞒了母亲在世的情况。几年后他母亲真的去世了。1980 年他归国后，对日本亲戚隐瞒了母亲改嫁的事。他对我说，按日本习惯，改嫁就进不了酒井家的坟，而他要把母亲的骨灰放进酒井家的坟冢。

土改那年酒井 13 岁，工作组的干部对他说：“你还是孩子，接着念书吧。”酒井说，他在日本人学校读到了五年级，到中国学校后上三年级。

1950 年，酒井小学毕业，那年他 16 岁。他缴不起学费，就到鹤岗矿务局当了学徒工。

鹤岗原为汤原县下的一个小镇，1914 年一个名叫曹凤阳的人在此地发现了碳层，此地便随着煤炭业的兴起而发展起来。1916 年，沈松年等人向民国政府申请了采掘权，1918 年沈松年与孙丙午等人合资 15 万元成立了兴华煤矿公司，当年便开始开采。同年，军阀鲍贵卿及黑龙江省财政厅长刘尚清等权贵们以个人名义投资，成立了鹤岗煤炭有限公司，铺设了一条从矿山到松花江岸的轻便铁道，由刘尚清任总办。“九一八”事变后，建立了伪满洲国，日本设立了满洲炭矿株式会社，鹤岗煤矿便归满洲炭矿株式会社经营。中华人民共和国成立后，鹤岗矿务局是国家特大型煤炭企业之一。

酒井学的是机械加工中的钳工。他一干就是 29 年。岁月如流水，铁棒也能磨成针。酒井的一手好活儿，使他回到日本后比其他的遗孤更容易找工作。他 1980 年秋天归国，学了 4 个月的日语后，1981 年 2 月就应聘到茨城县前岛工业所。上班一段时间后，社长对工段长说：“别看酒井语言不通，他在中国是老技工了，活儿细，让他加班。”虽然酒井的工资比日本人少，但加班多，积少成多。他在前岛工业所干了13年，直到60岁退休。

4

酒井的妻子美代子于1939年8月出生在鹤立县的东北村开拓团，居住的地方离酒井家不远。日本战败时她6岁。往事于她如烟，已经毫无记忆，其身世是酒井帮助她挖掘出来的。

1972年9月，就任日本第64任首相的田中角荣上任两个月后便开启了访华之旅，实现了中日邦交正常化。酒井说，从那时起，他就产生了归国的念头。1973年，他开车拉着美代子到她小时候居住的地方走访，求证她的日本遗孤身份。

酒井说，他早就知道美代子是日本人。他在中国人学校念书时，有一天，一个妇女带着姐妹俩到学校去，同学们指指点点，说她们是日本小姑娘，撺掇他用日语去搭话，他没有去。其中的姐姐就是美代子。

美代子17岁那年，妹妹养母的哥哥，即他们称二舅的人做媒人，把美代子介绍给酒井，第二年他们结婚。

酒井讲述的美代子的身世从日本战败后开始。他说，苏军的炮火把美代子居住的屯子给炸毁了，美代子的父母在这次炮击中双亡。

在苏军开炮之前，有一个姓黑田的日本妇女带着两个孩子到地里摘西红柿，炮弹呼啸而来时，她搂着孩子猫在菜地里，逃过了死劫。炮声停止了许久，黑田领着孩子回到屯子里，眼前一片残垣断壁，废墟上冒着黑烟。屯子里老人妇女都炸死了，只剩下5个孩子，黑田把他们招呼到一起，加上自己的孩子，一共7个人，给他们做饭团子吃。

酒井说：“这时附近的中国人来了，黑田对他们说，这么多孩子我也养活不起，你们谁想要就领去吧。一个姓胡的将美代子姐妹领走了。抚养了两三个月，胡家有孩子，生活贫困，家里没大米，成天吃南瓜、土豆。美代子姐妹俩不适应这种饮食，都拉肚子，老胡就把她们转送给两户人家。收养美代子的这家姓蒋，美代子改名蒋凤云。妹妹送给了蒋家的邻居。美代子 8 岁上学。13 岁那年，美代子的养父母相继过世，她就到妹妹的养父母家生活。"

1977 年，酒井夫妇回日本探亲，走之前，酒井到鹤岗市向阳区派出所开具了父母死亡证明。回到茨城县出岛村，他提出为父母恢复户籍。恢复户籍由日本法务局办理。接待酒井的办事员看了中国出具的死亡证明，对酒井冷冷地说："你父母都死了，还来恢复户籍？"说着，嘴角露出一丝轻蔑。办事员又说，死亡证明怎么是派出所出具的？在日本，派出所是管理治安的，户籍由市役所办理。办事员认为他在撒谎，厌恶地把证明丢还给了酒井。

酒井心里倍感委屈，但态度还是很谦卑的。他说："你不承认这个证明的话，我让中国驻日本大使馆出证明行不行？"工作人员说，行。酒井又说，让大使馆人员打电话证明行不行？工作人员又说，行。

酒井到了中国大使馆，接待他的工作人员姓李，对他热情而和蔼。他突然有了见到亲人的感觉，忍不住哭了起来。他哭诉了在法务局的遭遇，拿出证明信对李同志说："法务局说派出所的印章不行，你能给我证明一下么？"李说："中日两国的情况不同，日本管理户籍的是市政府，他们不了解，你别急。"说完，他当即就给法务局打电话说明了情况。

三十多年后，酒井给我讲述这件事时仍然哽咽，他对受到的歧视难以释怀。

第四章　战争弃儿

1

郜凤琴的亲生母亲心里背负着十字架。郜凤琴始终没有参透这一点。

2010年7月中旬的一天，哈尔滨市日本留华孤儿养父母联谊会秘书长石金楷陪我去采访日本遗孤郜凤琴。

郜凤琴住在哈尔滨南岗区闽江路拉林村小区的一栋居民楼里，房间不足20平方米，用穿衣柜隔成了一室一厅，卧室靠墙处是一张单人床，墙上贴了不少穿戴鲜艳的个人照片。

我用的“贴”，即直接把照片粘在白墙上。只有顶在床头的大衣柜的背面上方，挂了一帧镶镜框的大照片，照片上的郜凤琴身穿藕荷底上洒满百合花的和服站在绿茵地上，手里拎着个金色的手袋，满面春风。她告诉我，照片是1982年秋天拍的，在哈尔滨太阳岛上的日本园。那年她38岁。她说，那年6月6日，亲生母亲小林昭子从日本来看望她。母亲的出现，像艳阳高照，照亮了她的前程。之后的几年，每到秋天，她就到哈尔滨太阳岛上的日本园拍一张穿和服的照片，这些照片都夹在一个装潢精美的大相册里，她拿出来一页一页翻给我看，并开始讲述她的恩怨情仇。

站在我面前的郜凤琴穿着一件红色吊带背心，白休闲裤。脖颈上戴着廉价的珍珠项链，腕上的坤表是红色的皮表带。首饰和衣服都是红白搭配，搭配得相得益彰。她中等个，方圆脸，肤色略黯淡，浓眉细眼，卷发盘在脑后，一身女工气质。她说她每天都去跳广场舞。是年她66岁，看上去比实际年龄年轻许多，站在我面前，浑身洋溢着活力。

她开门见山地对我说，她是日本留华孤儿，但亲妈不让她回日本。说着，拿出了她亲妈的照片。背景是一栋有院墙的玄瓦朱棱白墙的房屋，十分雄伟。景只取了一半，就建筑的气势格局上看，该建筑不是住宅用房。人物取像也仅大半身，郜凤琴的母亲身穿藏蓝色和服外套，里面是白色的和服上衣，神情端庄而阴郁。她双手叠加在腹部，目光下垂，双唇紧抿，似有满腹心事，能感觉到从骨子里透出来的几分坚毅及铁石心肠。

郜凤琴说："照片是在老家日本长野县拍摄的，母亲来哈尔滨看望我时给的。"她还说："那年母亲59岁，但我俩站在一起像姐妹不像母女，她显得年轻。"按此推算，她母亲是1923年生人。从长相上看，郜凤琴长得随她母亲。

2

郜凤琴不知道父亲姓啥名谁。她说母亲从未提起。她说与母亲相见的时间太短暂，仅仅两个小时，她本打算下次见面时再问父亲的事，没想到根本就没有下一次了。

说到这里，能感受到她从心底发出的深深叹息，感受得到她的失望和失落。

郜凤琴的日本名字叫小林领第，随母姓而非父姓。2011年6月，郜凤琴跟随旅游团到日本旅行，在长野县的满蒙开拓和平纪念馆里，她看到了外祖父小林賛吉的名字和家谱。

据资料介绍，小林賛吉居住在长野县诹访郡富士见村。1940年5月20日，他带领全家12个成员移民到伪满洲国，是王家屯开拓团团长。这份名单上有小林昭子，还有其妹小林静香。日本投降后，1946年10月17

日，小林賛吉带领全家人回国的名单上就没有了小林昭子。家谱上也没有小林昭子。

郜凤琴找到了外祖父的住所，请翻译陪她前往。门铃摁响后，出来一位中年男子。郜凤琴自我介绍是小林昭子的女儿，从中国来，想见见家族的人。中年男子上下打量了她一番，神情冷峻地拒绝了她的要求。郜凤琴说："那我就在院子里看一看吧。"男子说，不行。郜凤琴又说："那请您告诉我小姨小林静香的联络方式，我想与她联系。"男子说，无可奉告。

郜凤琴几乎是在哀求，而那位男子冷若冰霜。

那一刻，郜凤琴感觉要崩溃了，血液从头到脚，一点点、一截一截地冰凉着，直至脚心。她感到天旋地转，太阳射下无数根金针，乱箭穿心。在她即将倒下去的那一刻，翻译一把扶住了她。

后来的日子她一直在思索，母亲来中国看我的目的是什么？小林家族为什么不认我？怕我分割财产吗？我的父亲是谁？母亲是个什么样的人？她到底经历了什么？

她的所有问题都只有问而无答。

3

1977年养父郜广忠病重时，一天，他躺在床上对老伴儿王玉华说："把莲喜的字据拿出来给她吧。"

莲喜是郜凤琴的小名。王玉华是郜凤琴的养母。

王玉华从箱子底翻出一个硬壳夹子，抽出一张平平展展的纸。纸已泛黄，是宣纸信笺。老式的竖行格式，左下角印着"滨江省劳务兴国会"字样。字据上写着：

生女领第现年五岁，因生母生活困难，无力抚养，不能爱护，为了小女的将来,托人给予部广忠名下教养成人,今后与亲生母脱离关系,恐后无凭,立据为证。

中正人:靳之田

立据人:小林昭子

中华民国卅八年六月廿一日立

养父对郜凤琴说:“你是日本人,战败时你母亲养活不了你,通过中介人靳之田把你给了我。现在日本的生活比中国好,你回去找你的亲妈去吧,玉华有儿子照顾。”

这张字据像《西游记》里东海龙王的定海神针,拔起来后,大海翻腾,再无宁静之日。郜凤琴平静的中国人生活因此被搅得翻天覆地,寻找生母、返回日本,成了她后半生的生活目标。

她拿着字据找到哈尔滨市公安局外事科,一位姓朴的工作人员接待她,收下了她的材料。中日恢复邦交之后,留华日本遗孤寻亲活动悄然兴起,外事科将她的材料寄到日本厚生省社会援护局,不久,郜凤琴就收到了厚生省寄来的日本报纸,上面刊登的都是留华遗孤寻找日本亲人的照片,其中有郜凤琴的寻亲启事。

当年12月,郜凤琴收到日本厚生省援护局的来函,是亲笔写就的中文信函,字迹工整:

郜凤琴先生:

你好。

相信你生活一切都好。

你们孤儿在战争结束时的逃难情况下,跟亲人分别,在异国过了40多年,你们的心情多么难受。但,认为你们一直受到中国政府、养父母以及中国人民的温暖关怀,成长大人,现在生活、工作都好。

日本政府厚生省援护局所担任的业务是帮助遗华日本孤儿查

找亲人。最近,中国政府给本局寄来了遗华日本孤儿的名单。

这一名单里有你的姓名。在此,请问,你是否想寻找在日本的亲人?

如果你希望寻找亲人,本局就需要了解你跟亲人分手时的情况等,以便做查找资料。因此,请按另一张调查表格尽详细地填写当时的情况。填写后,请将表格和你的照片一同寄回本局为盼。

祝你一家

身体健康

万事如意

敬礼

厚生省援护局庶务课

中国孤儿等对策室 室长

1987年12月10日

随信附有对策室室长的名片,姓名为竹之下和雄。

4

郜凤琴是1944年2月生人,1949年过继给养父郜广忠,1960年7月在哈尔滨量具厂上班,户口迁到了厂里。郜凤琴说,那时大饥荒,粮食紧张,供应的是杂粮,吃不饱。为了能填饱肚子,也为了能给家里补贴点粮食,她嫁给双城市太平庄农场的尚忠义。

双城市在哈尔滨的西南部,距市中心40公里,属于哈尔滨的市辖区,2014年改名为哈尔滨市双城区。尚忠义是复转军人,比郜凤琴大18岁,离过婚。婚后,郜凤琴育有一儿一女。得知自己是日本遗孤后,郜凤琴就开始寻找生母小林昭子。

她胸中鼓荡着熊熊火焰，像无头苍蝇，漫无目标地去佳木斯，去满洲里，去牡丹江，去沈阳，凡是遗华日本人比较集中的地方都跑遍了。她家里穷，坐火车刚开始还买票，后来就逃票，被抓过几回。因此，与丈夫矛盾加剧，她便断然与53岁的丈夫离婚，带着两个孩子回到郜家。

时光静静地流淌，逝者如斯夫。看似平淡重复，但今天的她已然不是昨天的她。

郜凤琴心焦，亦满心的疑惑。她想，为什么登报寻亲后没了下文？母亲还在世么？

她不停地到哈尔滨市公安局打听消息。公安局经过多方调查，查明小林昭子曾经的丈夫王福至居住在山东省莱州市驿道镇王家村。1979年12月，郜凤琴到山东找到了王福至。

王福至拿出1950年与小林昭子及女儿王红梅在哈尔滨拍摄的全家福照片。照片上的王福至高大白净，一表人才，看上去像是机关或商社的职员。小林昭子披肩卷发，目光淡漠，显得心事重重。四五岁的王红梅梳着日式娃娃头，头发上系着个大蝴蝶结，一脸的不高兴。这家人看上去很城市化，生活条件也不错。

郜凤琴与同母异父的王红梅认了姐妹。王红梅已更名叫王明珠，也住在莱州市驿道镇的王庄村。

王福至给她出具了身世证明。

王福至在证明材料里写道，中华人民共和国成立前他在哈尔滨南岗区食品公司工作。1945年日本投降后，他通过在南岗区开小饭店的靳之田认识了小林昭子。小林昭子曾在哈尔滨幼合医院当护士，丈夫是哈尔滨日本军官学校的军官，在日本投降前一个月逝世。王福至认识小林昭子时，她二十二岁左右，丧失了工作，流离失所，生活困苦。王福至说，出于同情，他经常照顾帮助小林昭子，日久生情就结了婚。王福至是有妇之夫，妻子在山东老家，王福至与小林昭子应该叫同居。1947年二人有了女儿王红梅。

1948年6月的一天，突然有人送来一个四五岁的女孩，就是现在的郜凤琴，当时叫领第。王福至在证明里写道：

直到此时，我才知道她已经有了孩子。因当时我家已是九口之家，经济来源全部靠我，这对本来家境十分贫困的我来说无疑是雪上加霜。我与小林昭子商量，想把领第送人，她也同意了。我也知道，母女之情是人世间最真挚的感情，可是条件不允许。我们在经过十几天的短暂欢聚之后，又忍痛把郜凤琴经靳之田介绍送给了郜广忠，脱离母女关系，并立据为证，从此再没有见到领第。

王福至在材料里写道，在一起生活的时间长了之后，小林昭子才向他透露了自己的家庭情况。她的家乡在日本长野县诹访郡富士见村，父亲叫小林赞吉，妹妹叫小林静香，其女儿叫邓喜子。小林静香在沈阳职工医院工作，小林昭子与父亲和妹妹经常通信。小林静香是头一批回国的，小林昭子是1952年三四月份回国的。日本政府当时规定，不能带与中国人生的孩子，王红梅不能随行，小林昭子想带领第走，听说郜广忠回老家去了，时间紧迫，就只身回国了。王福至最后写道："由于时间过长，加上岁数过大，记忆难免有误差，我所知道的、经历过的、能记起来的只有这些了。"

证明材料上，王福至按了指印，盖了章，只是没有落款日期。

4

郜凤琴讲，在把她送给郜广忠之前，曾把她送给了一户人家，那家人后来不要她了，送还给小林昭子时她已与王福至结婚。

记忆中，母亲把她藏在南岗区义洲街的一个大院的煤棚里，煤棚是木头搭的，里面堆着煤，她头上长满虱子，身上挠破的地方结了痂。母亲每天从门板外伸进手来，送几个饭团子给她。郜凤琴说，饭团子是甜的。

郜凤琴的另一段记忆，就是母亲把她送到郜家离去时，明白母亲要丢下自己，她不停地哭闹，一手抓住郜家的门框，一手抓住母亲，哭喊："妈妈，别丢下我……"她紧紧抱住母亲的腿不让走，母亲狠狠地把她推倒在地。

郜凤琴的记忆和证明人的证言有一些出入。

郜广忠和妻子王玉华是河北吴桥人。华北沦陷后，他们逃难到相对平静的沦陷区哈尔滨。照片上的郜广忠精明帅气。他在道外区南十六道街开了一家广兴车修理行，有两个儿子。大儿子叫郜凤立，1931 年生人。1949 年他已经 18 岁，在父亲的车行里干活。他们家就住在车行的后院里。他在证言里写道，那年 6 月份的一天，父亲的一个朋友陪着一个三十来岁的日本妇女到他家。妇女领着一个四五岁的女孩。女孩圆圆脸，梳着娃娃头，头上顶着一个蝴蝶结，十分可爱。中介人说，这个日本妇女死了丈夫，自己有病，养活不了女儿，想卖掉。郜广忠夫妇当即就同意了，立了字据，给了钱，留小林昭子在家里吃午饭，吃的面条。

郜家的孩子排"凤"字辈，郜广忠给小林领第起的中国名字叫郜凤琴，小名莲喜。王玉华是郜广忠的第二任妻子，上面两个儿子是前妻生的，后来自己也生了两个男孩。郜凤琴是家里的唯一女孩，童年的美好记忆都发生在郜家。

郜广忠家境殷实，从当年的照片上可窥知一二。冬季，郜广忠穿着狐皮氅，一副老板派头。郜凤琴说，一家人常常下馆子吃饭。王玉华年轻漂亮也喜欢打扮，她把郜凤琴也打扮得漂漂亮亮。在商店里看到了喜欢的衣服，都是一款买不同颜色的两件。这个习惯郜凤琴保持至今，虽然她经济上并不宽裕，但现在给自己买衣服，也是同一款式买不同花色两件。

中华人民共和国成立后，公私合营，郜广忠的修车行公私合营了，生活水准也下降成普罗大众了。郜凤琴记得，1960 年她刚参加工作在量具厂上班，看到商店橱窗里的连衣裙动了心。下班回到家里，她对母亲说，她想要一件"布拉吉"。布拉吉是连衣裙的俄语发音。母亲看了她一眼没有应声。那正是三年困难时期，吃不饱饭。她看见餐桌上玉米碴粥和咸菜，脸腾地红了，忙改口道："瞎说的，其实我有裙子。"

几天后的一个晚上，她熄灯睡觉了。二哥郜凤志轻轻敲她的房门，从门缝里塞进一个纸包，隔着门说：“莲喜，你看喜欢不？不行，哥明天再去换。”

郜凤琴猜到了，肯定是布拉吉。她接过来，黑灯瞎火地往衣柜里放，发现衣柜里多出一个纸盒，打开一看，也是件布拉吉，是母亲给买的。黑暗里，她的眼泪唰唰唰地流下来，心里洋溢着感动。

5

王福至不知道小林昭子回国后的情况，这令郜凤琴有点失望。她一度认为亲生母亲已经不在人世。离婚后，她住在养父母家，给郜家平添了经济负担。她再次结婚，嫁给比她大9岁的邱发城。丈夫为人忠厚，但病逝的前妻留下5个孩子，家里有10口吃饭之人。

1982年6月6日，这个日子后来固化在郜凤琴的生命里。

那天，郜凤琴在木器厂车间里上班，突然接到哈尔滨市公安局外事科的电话，说她的生母小林昭子6月3日随日本长野县富士见町访问团到中国访问，现在下榻哈尔滨国际饭店，提出要去她家见她的家人，让她立刻去国际饭店接人。

喜讯来得太突然，让她一时不知所措。她首先打电话告诉养父母，让他们准备午餐，并转告兄弟们在家等候，而后与丈夫邱发城一同前往国际饭店。

国际饭店位于南岗区西大直街，地处繁华的商业中心。这是一座五层楼的俄式建筑，米色外墙，墨绿色屋顶，由俄国的建筑师设计，外观素朴，里面富丽堂皇，是老旅馆了，1937年即开始营业。

郜凤琴与丈夫在大厅里等候。当小林昭子与访问团的秘书长樋口平及女翻译一起从楼梯上走下来时，她立刻认定那个气质端庄的中年妇女是自己的亲生母亲。

郜凤琴迎上去时，已经泪如雨下。小林昭子矜持着。她通过翻译问道:“你认识王福至吗？”郜凤琴使劲地点头。

小林昭子仔细端详着她,然后张开双臂拥抱她。郜凤琴哭得呜呜响，泣不成声,小林昭子矜持而优雅地掏出手绢,抹去眼角的泪花。

一行人乘出租车到郜广忠家。还在老地方。平房已经破旧，像一排被岁月风干的腊肉。郜家包饺子招待小林昭子一行。饭后，郜凤琴与母亲在平房前合影留念。郜凤琴挽着母亲的手臂,身体紧贴着母亲,脸上洋溢着灿烂的笑容,小林昭子则正襟危坐,表情沉郁。

小林昭子告诉郜家人，她的家族在日本长野县。她说自己回国时差点病死,后来嫁给一个年长的企业家,改名叫田边照代,这时丈夫刚去世不久。

小林昭子从钱包里取出 800 元人民币。当年的外汇比价是 1 万日元兑换 800 多元人民币。她把钱分给郜家的所有成员,郜凤琴得到几十元，得到份额最多的是郜广忠夫妇。

小林昭子送给郜凤琴一本日本出版的《日常中国语会话词典》。郜凤琴说:“母亲要求我好好学习日语和日本文化,表示在她有生之年让我回到日本。”

郜凤琴在接受媒体采访时特别强调这一点，但我认为这些话有幻想的成分。小林昭子当年立的字据上写得清清楚楚:“今后与亲生母脱离关系”,她怎能食言呢？还有,小林昭子始终没有提及郜凤琴的亲生父亲是谁,郜凤琴从小随母姓。也许她是非婚生子女,这似乎就注定了她人生的悲剧色彩。

相聚前后两个小时。亲生母亲的出现似划过夜空的流星,虽然璀璨，但稍纵即逝。

郜凤琴按照小林昭子夹在词典里的通信地址写了无数封思念的信。过年时,买不起贵重礼品的她给小林昭子寄过挂历,其邮费比物品本身还要贵,统统石沉大海。她托人打听,得到回复那是个无效地址。

6

部凤琴始终没有意识到，小林昭子的昙花一现，是对她在日本寻亲启事的答复，也是作最终的告别。

部凤琴说，1995年，日本厚生省社会援护局中国孤儿等对策室室长竹之下和雄率9名工作人员到中国调查时特意到她家调查。竹之下表示，虽然没有在日本相应的县市找到部凤琴的户籍，但承诺待她年满60岁以后，即便不能解决归国问题，每年也可以回日本旅游一次，费用由日本政府承担。

竹之下和雄在1996年3月27日给部凤琴的亲笔信里这样写道："至今为止，厚生省依据您的申述，调查了本室所保管的资料，通过神奈川县也进行了户籍等的调查。但遗憾的是没查找到您的名字。"要求她再寄一些补充材料。

小林昭子的老家是长野县，厚生省为什么到神奈川县进行户籍调查？

日本遗孤归国热在20世纪80年代初至90年代中期，随后逐渐冷却。部凤琴一直在苦苦等待。2002年之后，她又收集了11份证明材料，其中王福至和儿子王书发都证明部凤琴是小林昭子之女。兄长部凤立证明收养部凤琴的经过。另外还有哈尔滨市道外区红十字会、道外区南市办事处、派出所、居委会、邻居等，都证明部凤琴是日本遗孤。

材料寄到日本厚生省，部凤琴附信要求归国。2002年9月9日，厚生省的中国孤儿等对策室打印了一份中文回函：

部凤琴女士：

您好。

我们收到了您寄来的希望得到归国援助的信件。

厚生劳动省所进行的援助的对象原则上仅限于以1945年9月

2 日为基准，本人的本籍（籍贯）在日本者，或其父母的本籍在日本者。您在 1945 年 9 月 2 日当时有无日本国籍，因本籍地不明，厚生劳动省无法确认。

因此，厚生劳动省不能对您进行援助。

祝您与您的家人身体安康。

对于郜凤琴不懈的请求，三年之后的 2005 年 12 月 7 日，厚生劳动省将上述信函更改日期后又寄发一次。

石金楷对我说，据他了解，小林昭子回国后，重新组建了家庭，隐瞒了在中国有两个女儿的事，她在日本也有一对儿女。而我采访时，他正与郜凤琴策划参加旅游团自费去日本寻亲的事。

2011 年 6 月，郜凤琴终于踏上了日本的土地。傍晚时分，飞机降落在东京成田机场。行程安排得十分紧凑，第二天一早就乘新干线前往富士山旅游观光。

郜凤琴舍弃了去富士山游览，只身前往厚生劳动省，打听自己不能回国的真实原因。接待她的援护局工作人员坦诚告诉她："我们曾经找过你的生母，问她是否愿意让你回来。她说你回来会影响她的家庭生活，不同意你回国，也不肯为你担保。"他们还告诉她，小林昭子已经去世。

走出厚生劳动省大楼，本来晴朗的天空艳阳高照，突然下起了一阵瓢泼大雨。郜凤琴在屋檐下躲雨，泪水喷涌而出。她哭得呜呜咽咽，心里说，亲妈你太薄情了！

长野县满蒙开拓和平纪念馆的理事长寺泽秀文十分同情她，对她说了一句话，政府不给办的事，找私人也能办成。

郜凤琴决定最后搏一次。

2013 年，郜凤琴在哈尔滨的一次日本遗孤联谊活动中，结识了大阪中日友好促进会的一位先生，他是归国多年的遗孤。郜凤琴给了他 1.5 万元人民币，请他为自己申办日本户籍，并担保她回国。但一晃两年过去了，"黄鹤一去不复返，白云千载空悠悠"，没了下文。

7

郜凤琴的养父郜广忠1984年去世。养母王玉华1996年去世。大哥、二哥也相继过世了。王福至、王红梅去世了。小林昭子去世了。商忠义、邱发城也都去世了。与她一茬的亲人都走了。郜凤琴禁不住哀叹，我们这代人要翻篇了。她说："我用40年的时间做一件本来是简单的事，别人轻而易举就做到了，我却因为亲生母亲而失败了。"

郜凤琴2011年从日本伤心地归来之后就独居了。大儿子商伟曾经安慰她说，等他的庄园收拾妥当，就带她去日本自助游，把日本游个遍，看个够。挂历换了一本又一本，商伟每天都会给她打一通电话。几年后，她问儿子的庄园收拾得咋样了，儿子总是说，快了，快了。

媒体来采访时，她必定会拿出相册，一遍一遍地回忆过往的点点滴滴。1982年秋天拍的那张穿和服的照片，始终放在相册的第一页。相册最后一帧照片是一幅纯粹的雪景，洁净，静谧，美丽。这是长野县满蒙开拓团和平纪念馆理事长寺泽秀文寄给她的，是长野县冬天的景致。她开始爱听久石让的音乐，因为久石让也是日本长野县人。

她开始信佛。

她希望自己能死在日本。

8

往年的清明节，郜凤琴都是去哈尔滨皇山公墓给养父母郜广忠和王玉华扫墓。如今她已 71 岁，腿脚不便，走不动了。

在家里，郜凤琴把养父母的照片都装在一个塑料文件袋里，把当年生母给养父母留下的收养字据和一些发黄的老照片塑封在另一个塑料袋里。隔段时间，她就会把养父母的照片摊在床上，一张张拿起来看。看着看着，原本带着笑意的眼眶就红了，泪水也会跟着落下来。如果有人在跟前，她会说："你看我养母多好看啊，真是好看……"

2015 年清明节这天黄昏，夕阳燃烧着晚霞。她拎着几包纸钱来到街上的十字路口。民间风俗的说法是，十字路口四通八达，在这里烧纸钱，逝者会前来领取，或者风之使者会把钱和祭奠者的心意捎往另一个世界。

郜凤琴把纸钱分为三份，在地上用水泼出三个圈，分别是养父郜广忠、养母王玉华和生母小林昭子的认领地。

给郜广忠烧纸钱时，她口里叨念着："爸啊，我给你送钱来了！"给王玉华烧纸时，除了说："妈啊，我给你送钱来了！"还说："妈啊，那个叫了一辈子的'妈'才是我的母亲！"

最后烧的那份是给小林昭子的。郜凤琴念叨着："亲妈啊，我也给你送钱来了！"还说："亲妈，即使你不愿认我，你也是我的亲妈呀！"说着，眼泪已经挂在了腮边。

风来了。风是信使。飞起来的灰烬变成一只只黑蝴蝶，翩翩起舞。它们随风而去，把祭奠者的心声送到另一个世界。

第五章 证明自己

1

池田澄江 1944 年 10 月 14 日出生在中国黑龙江省虎林县虎头镇，被送人时才 10 个月大小。她说：“母亲背着我，一手牵着大姐，一手牵着二姐，走在牡丹江市的街道上，心里十分恓惶。”

我问：“你父亲呢?”

她说：“我父亲是军人，日本战败后被苏联红军抓捕到了西伯利亚。”

这一切她也是 52 年之后找到了亲人才知道的。2010 年 7 月 9 日，我与池田等人参观虎头要塞时，在展览图板上看到了她父亲的名字。

虎头要塞被日本关东军吹嘘为东方的马其诺防线，是第二次世界大战的终结地。它位于黑龙江省虎林市虎头镇，匍匐于完达山余脉的丘陵之中。虎头是乌苏里江流向苏联境内倒“U”字形舌状地带的尖端。虎头要塞与俄罗斯军事重镇达里涅钦列斯克市及远东大铁路隔江相望，战略价值在于既是扼制苏联远东乌苏里铁路的咽喉，又可以作为进攻苏联的基地。

日本的侵略胃口很大，不仅是吞并中国，同时也觊觎苏联。关东军的高级参谋——策划了“九一八”事变的石原莞尔被公认为战略家。他说：“称霸世界的最后决斗在日本与美国之间。”为了对付苏联，关东军从 1934 年开始，沿着乌苏里江、黑龙江的中国边境一侧及大兴安岭，由东向西修建了 17 个军事要塞，分别是珲春、东宁、鹿鸣台、绥芬河、观月台、半截河、庙岭、虎头、富锦、凤翔、霍尔莫津、瑷珲、黑河、法别拉、乌奴耳、海拉尔、阿尔山，并为防守要塞编制了14个国境守备队。

虎头要塞于1934年开工，1939年主体工程完成。由第四国境守备队守卫，番号为满洲第九四八部队，辖3个步兵大队、5个炮兵中队、1个工兵中队。池田澄江的父亲池田忠一是第四国境守备队司令部副官，军阶少佐，两杠一星。

池田的母亲是随军家属，生养了5个孩子，1个男孩，4个女孩。日本战败后兵荒马乱的日子，不知丈夫下落的池田母亲带着孩子们，颠沛流离地逃到了牡丹江市的日本难民收容所。一路上的饥寒交迫、担惊受怕，使池田的母亲断了奶水。难民所里顿顿都是半生不熟的高粱米粥，没有婴儿食品，饥饿的池田澄江先是哇哇大哭，后来哭的力气都没有了，奄奄一息。母亲想，送给中国人吧，找一条活路。

于是，母亲背着襁褓里的池田澄江，一手牵着大姐，一手牵着二姐，在牡丹江的大街小巷走着，寻找愿意收养孩子的人家。遇到路人，见穿戴模样还行的，就上前问对方是否愿意收养她的女儿。语言不通，她用手势比画着，路人匆匆躲闪开来。走到一个木匠铺子时，木匠叫李成义，其妻王曙光，夫妇俩收留了池田澄江。

后来，李木匠把池田澄江卖给了徐本志。徐本志是闯关东到东北的，当时在牡丹江做泥瓦匠，长得相貌堂堂。其妻叫刘秀芬，是一个相貌朴实、心地善良的女人。两口子不能生育，于是收养了这个日本孩子，起名徐明。小徐明营养不良，瘦弱得像只小猫，户口登记时，他们估摸着也就六七个月大小，于是填写的出生日期是1945年5月14日。

徐氏夫妇视徐明为掌上明珠，疼爱有加。在徐明的记忆中，幼年的她患眼疾，养父背着她四处求医。徐本志后来改做生意了。池田澄江说，7岁之前，家境殷实，住在四合院里，养母总是把她打扮得漂漂亮亮，出门牵着手，怕她摔倒或走丢了。但好景不长，养父欠了一屁股债，逢年过节，讨债的人堵在门口。再后来，养父因为做黑帮工被抓进了监狱。

家境因此一落千丈，孤儿寡母搬进了大杂院平房里的一间狭小房屋。徐明的养母是旧时代过来的人，有一双三寸金莲。养父坐牢的那几年，生计全部落到养母弱小的身躯上。每天凌晨3点，养母便起床去排队批发冰棍，春夏秋冬，哪怕大雪纷飞都是如此。冬天，积雪成冰的路十分湿滑，小脚的养母推着卖冰棍的小车，小心翼翼地走着，沿街叫卖，从清晨到黄昏，日复一日。

生活异常艰难，养母却毫不犹豫地供徐明念书，给了她超乎寻常的母爱。

在徐明记忆中，有一次过年，邻居知道她家穷，给了一块肉。养母把肉卖了，换成玉米面，因为家里已经没有存粮。过年时，同学们都有新衣服，徐明没有。养母为了徐明免遭歧视，从锁着的木箱里拿出她结婚时的丝绸夹袄，改制成小棉袄给徐明穿，那一个春节徐明心情特别明媚，特别快乐。

徐明记得在一个夜晚，被噩梦惊醒的她伸手一摸，发现睡在身边的母亲不在了。她一个激灵坐起来，看见母亲正站在叠着的两个凳子上，一根结了套的麻绳从房梁上垂下来。徐明扑过去，搂住母亲的脚，哭道："妈，不能啊！你走了我咋活！"母亲在凳子上木木地呆了许久，终于无奈而哀戚地从凳子上下来，搂着徐明呜呜地哭了起来。

徐明记得是1953年的一天，她放学回家，见屋里有警察便没有进屋去。在窗户下，她听到警察问她妈："你姑娘是日本孩子吧？"母亲一口咬定说，不是。警察说："你对政府要讲实话，我们不是来领孩子的，只是调查登记。"母亲沉默了一会儿，哭泣着讲述了领养徐明的经过。

那天晚上，8岁的徐明第一次尝到失眠的滋味。她想，我是日本人，我的亲妈是谁？我有兄弟姐妹吗？亲妈为什么不要我了？

自从知道自己是日本人后，她对日本就格外关注。上地理课时，徐明的目光紧紧盯着挂在黑板上的地图。老师说："中国地图像一只雄鸡。"徐明瞅见了雄鸡脖子下方像条毛毛虫的地方叫日本。

小学毕业后，徐明考入牡丹江市师范学校。18岁那年，她从师范学校毕业，自愿要求到地处偏僻的大海林业局，在中心小学任教。后来，徐明与林场工人李景福结婚，养育有两女一男三个孩子，日子平凡平淡而安宁，像小河流水，波澜不惊。

20 世纪 70 年代初，徐明与丈夫调到牡丹江市郊区的青梅林业学校工作。为了解决孩子的上学问题，徐明调进牡丹江市，在西安区爱民粮店工作。

1975 年春天，日本民间团体到中国东北调查日本遗华孤儿情况。接着，厚生省也派人来调查。1976 年 5 月，日本政府和民间团体联合公开调查，消息一传十，十传百，当地媒体也有报道。

徐明家里的顶棚是用旧报纸糊的。床头上方的那张报纸正好是中日恢复邦交的报道。每天晚上睡觉时，中日恢复邦交的字样直勾勾地映入她的眼帘，而日本人到东北地区调查遗华孤儿的消息她也有所耳闻。她想，中日友好了，我该找我的亲生父母了。

她开始悄悄地在外面打听自己的身世，毫无线索。有一天，她鼓足勇气对养母说："妈，我想找我的亲生父母，您不会不高兴吧？"

养母神情坦然，淡淡地一笑，说那有啥不高兴。亲生父母嘛，那是血亲。

徐明说："妈，你知道我亲生父母是谁、是干啥的吗？"

养母说，不知道。

养母领着徐明去找李木匠问。李木匠原先住在牡丹江火车站附近过了三条街的士英街上。养母找到了地方，但房屋已易主，物是人非。住户说："李家搬走好多年了，不知搬到哪儿去了。"

线索断了。

2

1980 年 6 月 23 日上午，正在上班的徐明接到牡丹江市公安局外事科的电话，说来了一个日本访华团，调查遗华孤儿情况，让她晚上 7 点前到北山宾馆。

日本访华团的核心人物是 1974 年在《朝日新闻》发表《生死离别记录》一文引起社会轰动的记者菅原幸助。他是 1925 年生人，是年 55 岁。日本侵华战争期间，他曾在关东军当宪兵。1945 年 8 月，苏军进入中国东北时，他在保护关东军干部家属避难的火车上执勤。他当时拿枪威胁过那些企图上火车的日本难民。战后，他知道了有20多万日本人被留在中国，许多孩子成了孤儿，内心开始忏悔。他带着负疚感，开始关注遗华孤儿问题。他全力以赴地调查报道，想为孤儿们做些什么，并开始反省那场战争。

徐明如约去了北山宾馆。会议室里满满当当的人。战争遗孤有25人，日本访华团25人，还有牡丹江市政府外事部门的干部及公安局外事科的工作人员。

公安局外事科的副科长说："朝日新闻社是日本的一家大媒体，记者菅原幸助先生此次前来调查遗华孤儿的情况，既是来看望你们，也是来帮助你们的。"遗孤们激动不已。

菅原幸助学过中文，多年不用，虽然说起来有些费劲，但他听得懂，没有带翻译。他让大家一个一个谈自己的身世。有一名遗孤谈到与亲生父亲离别的场景时先是泣不成声，后来索性蹲在地上号啕大哭。其他人也哭诉自己的身世，一人在讲，另外的人就按捺不住地抢诉，于是形成了多人同时讲述的场面，各讲各的，哭成了一片。

原定的两小时的会面，在你哭我哭、你说我讲的嘈杂声中倏然而逝，菅原幸助始终没有听清楚任何一位遗孤的完整叙述，心情焦躁起来。他大声喊道："不要哭嘛！你们可以把我当作大哥，以后有困难尽管给我写信。如果是日本人就不要哭啦！希望你们今后要学点儿日语！"

后来，菅原幸助在文章里写道："'不要哭嘛！'这句汉语虽然学过但已淡忘，在遗孤的号啕大哭声中，不由自主地脱口而出。"

他还写道："和中方约定与遗孤会面时间是到夜里9点，但遗孤们说有生以来第一次见到日本人很兴奋，哭泣着在宾馆滞留了6个小时。市政府的陪同人员以及宾馆的工作人员对此比较了解，并没有以时间太晚为由撵这些遗孤。一直到了下半夜1点，宾馆的工作人员终于按捺不住说：'现在已经是第二天了。'在这种情况下只好和遗孤分手了。"

会见过程中，徐明插不上话。她被送人的时候才几个月大小，也说不出什么来。她对菅原说："我不知道我的亲生父母是谁，拜托您帮我寻找。"说着，立刻写下自己的姓名、生辰和住址，交给菅原。临别时，徐明对菅原说：

"我明天还要上班,不能去车站送行了,拜托您千万帮我找到在日本的亲人。"

第二天早上,列车启动的瞬间,菅原幸助看到站台上徐明奔跑的身影。她神色匆匆,脸红扑扑的。个头矮小的她,不顾一切地拨开前面挡道的人,蹦跳着冲向列车。菅原坐在车窗边,正在向前来送行的遗孤及家属们握手致别,只见徐明冲过来,把一封信从开启的车窗缝里塞了进来。

徐明的信很短:

我叫徐明,是日本战争遗孤,我的中国养父母能证明此事。我究竟是谁的孩子?我的生身父母又在何处?请您帮助我去寻找。今后我会把您当作亲哥看待。

汽笛一声长鸣,列车徐徐启动了。徐明跟着列车跑着,突然大喊了一声:"大哥!"站台上的遗孤及家属有好几十人,黑压压的一片。他们眼含热泪,依依不舍地挥着手,菅原幸助的眼眶湿润了,脑海中浮现出35年前日本在东北战败的惨状。他心想,日本将众多的幼童遗弃在敌对国家,而大人却逃回了日本,究竟是为什么?心里不免慨叹:战争,罪孽深重!

列车加速了,轰隆轰隆,带走了徐明及其他遗孤的期盼。

3

菅原幸助回国后,在《朝日新闻》晚报的"新闻漫笔"栏目里用整版篇幅报道了遗华战争遗孤情况。其中写徐明的篇幅很短,仅仅十几行字,转引了徐明在火车启动的那一刻递给他的那封信。

这短短的十几行字带来徐明命运的转机。北海道札幌市的一位老人很快与菅原幸助取得联系,了解徐明的情况。

老人姓吉川,是年58岁,是札幌市某公司职员。二战时期,他曾在关东军驻牡丹江市的部队服役，下士军衔。服役期间他结了婚，妻子的预产期是1945年5月。当年3月，他被派往边境执勤，临行前与妻子约定，如果生女孩就起名明子。因为他感到战争形势险恶，便嘱咐妻子，生下孩子后就回老家日本秋田去。日本投降后吉川回到日本，听妻子说，女儿太小，在那混乱的局面下无力抚养，送给了牡丹江市的一户中国人家。

吉川的妻子早些年去世了。吉川认为徐明很可能是他的女儿明子，理由是：徐明的名字中有个“明”字，而她的女儿叫明子；另外，徐明是1945年5月出生，与女儿相同；徐明住在牡丹江市，他女儿也是送给了牡丹江市一户人家。于是，吉川给徐明写信，让她寄张照片来。徐明寄了。吉川一看十分兴奋，徐明长得与他的亡妻及大女儿一模一样。他又写信让徐明化验血型。徐明到牡丹江市铁路医院验血，A型血，与吉川相同。吉川无比激动，就此认定徐明就是他遗弃在中国的女儿明子。于是他出面担保，给徐明申请了6个月的探亲签证。

突然的喜悦令徐明兴奋激动不已。她没有想到亲生父亲还在世，并如此顺利地找到了，决心归国。她要走了，虽然养父母不舍，但还是支持她回到亲生父亲身边。

徐明辞去工作领了退职金，变卖了所有家产。她与丈夫商定，自己先带着三个孩子自费回国，定居下来后，丈夫再前往。

回日本前，全家四口人在居住的平房前合影留念。照片上的徐明和丈夫表情都充满喜悦，三个孩子，大女儿10岁，二女儿8岁，儿子6岁，眼神迷茫。

4

1981年7月24日。

这个日子对徐明而言刻骨铭心。当飞机降落在日本东京时，她的人生旅途转换成了另一番风景。

在东京机场，吉川与徐明父女相见，二人相拥在一起，都流下激动的泪水。吉川带着徐明与孩子们从上野乘火车，来到他在札幌的家。

吉川现在的太太是他第二任妻子。徐明到来后，虽然语言不通，交谈要通过查日汉词典，但相处状况还好。

徐明为自己找到了亲生父亲而高兴，孩子们为新鲜的生活而欢欣。但愉悦是短暂的，跋涉是长久的，所有的人生大都如此。

按照日本规定，恢复国籍必须有原来的户籍登记，而徐明的出生证并没有提交给老家秋田的户籍部门。于是，吉川带徐明到札幌民事法院，提出办理户籍的申请。

法官问吉川："你如何认定她是你的女儿？"

吉川说："她与我的亡妻长相酷似，而且出生日期、遗弃地点都与离别时的情况相符，她就是我的女儿。"

法院要求二人去札幌医科大学进行亲子鉴定，费用 20 万日元由个人承担。吉川对此愤愤不平。他嘀咕着，是由于战争使父女离散，国家却袖手旁观不负任何责任，完全由个人承担费用，太不合理了！不满归不满，吉川还是花费 20 万日元带徐明去札幌医科大学验血，进行亲子鉴定。

三个月后，检测结果出来，对徐明和吉川都是当头一棒。

检测证明，徐明与吉川没有血缘关系。吉川的脸当时就沉了下来。他接过裁决书，板着脸转身而去。徐明的心倏然冰凉。她与法院配备的翻译一起跟在吉川身后往外走时，低声对翻译说："我一句日语也不会，如果以后有什么事，我可以找你吗？"

翻译是中国人，他说可以。说着，他拿出一张名片递给徐明，叫习战明。

徐明问："您住哪儿？"

翻译说，法井大楼。

回到家的吉川变得歇斯底里，把徐明带给他的礼物一件一件地当着徐明和孩子们的面扔到了门外。这些东西价值不菲。徐明与丈夫的收入不高，为了给吉川带像样的礼物，把家里的缝纫机、自行车和手表都变卖了。

徐明 6 岁的儿子看到这种情景，吓得紧紧抱住母亲的腿。

吉川大声地吼叫着,徐明听不懂,但知道不是好话。她觉得很无辜。心想:认错了人也是你认错的啊,是你认的我,而且我确实是日本遗孤啊!

这些话她只能在心里对自己说。她心想,等吉川的愤怒过去之后好好谈谈,她想在日本寻找到自己的亲人。

吉川根本不由分说地立刻撵徐明走人。他说:“你是中国人,赶紧回你的中国去!”

徐明解释道:“我是日本人,您不是我的父亲,但我的父母是日本人,我想留在日本寻亲。”

吉川不予理睬。

从第二天开始,吉川清晨起来就酗酒,借着酒劲冲徐明大吼大叫,撵她走。三天后就不给她和孩子吃饭了,举目无亲的她只有向习战明律师寻求帮助。

吉川家的电话不便使用,徐明决定亲自去找习律师。虽然名片上有地址,但她不知道路该怎么走。记得裁决的那天从法院出来,吉川开车带他到习律师的事务所去致谢,虽然不认得路,但楼房有印象。乘吉川上班不在家时,徐明领着儿子匆匆出门,她想乘出租车去。

20世纪80年代初,中国的出租汽车行业还未兴盛,徐明不曾坐过。她站在路边,眼见两辆出租汽车从身边驶过,不知该如何让它停下来。6岁的儿子说:“妈,你把手举起来,出租车就停了。”孩子是从电视上看到过的。

采访时池田说:“儿子这么一说,我就举起手来,果然一辆出租车就停在了身边。”

司机用日语问:“去哪儿?”

徐明递上名片,用中国话答:“法井大楼。”

司机不再说话,打开车门,示意母子上车。

不知道司机是真找不到地方还是故意,开着车转了一圈又一圈,同一个街景在徐明眼前重复闪过。关键是计价表上的数字精灵般不停地往上跳,从600跳到了3000日元。徐明心悸不已。她出国时一共换了4万日元,现在手里只剩3万日元。寻亲的路还长,日子还长,需要花钱的地方还多着呢。

徐明一面打手势一面说:“请停车！我要下去！”司机嘴里呜噜呜噜冒出一长串音节,手仍然打着方向盘在马路上转悠。坐在后座上的徐明急了,拍着司机的肩头,厉声说:“我要下去！我要下去！停车！”司机才把车停下来。

徐明心里好恓惶,好悲伤。街面上的车似生产线上的流水作业,一辆辆在眼前稍纵即逝,大海捞针,她不知道该往哪里走。

就在她感到绝望时,一转身,发现对面的楼房似曾相识,便领着儿子走了过去。可能是苍天有眼,不忍心看她落入绝境。日本的住宅门口都嵌有住户的姓名牌,徐明看到住户牌里有习战明的名字,房号207。

徐明上去敲门,没人。她坐在楼梯的台阶上给习律师写了一封信,塞进门缝里。信上说:“我现在非常困难,举目无亲,谁也不认识,就只认识你。只有你能救我们了,我不是一个人,我还有三个孩子。”她在信尾留下了吉川家的电话号码。

当晚,习律师给徐明打来电话。他说:“你不要害怕,真的不行就找中国领事馆。”

徐明急切地问:“领事馆的电话是多少？”

习律师说:“你别急,我给领事馆打电话,让领事馆打电话给你。”

习律师第二天一早就给中国驻札幌领事馆打了电话。上午,领事馆人员就把电话打了过来。徐明握着听筒,似乎遇见了亲人,眼泪哗哗地往下流,她哽咽着叙述自己的处境。领事馆人员说:“你让吉川先生接电话。”

领事馆人员对吉川说,明天领事馆正好放电影,让他把徐明领来。翌日,在去领事馆的路上,吉川给徐明买了一套服装。

领事馆的人与吉川进行了交谈,请他在徐明找到新住处前不要赶她走。

5

这已经是11月了,徐明的签证期限到来年1月24日,如果逾期不离开日本，就属非法滞留。

采访时池田说："吉川不是我的亲生父亲，但我有亲生父母，我还有姊妹呢，我想找他们。"

徐明到札幌入境管理事务所申请签证延期。她说："我想找我的亲人，请给我延期几个月。我不会给你们找麻烦的，我打工挣钱来维持生计。"

签证官说："不行！你必须得回去！"

徐明说："我为什么要走？我是日本人呀！"

签证官问："你怎么证明你是日本人？"

徐明说："我有公证书啊。"说着，拿出公证书交给签证官。

签证官说："这是中国做的公证书，只能说明中国人说你是日本人，而不能证明你真正是日本人。你有亲人吗？你有父母吗？你有亲属吗？日本谁能证明你是日本人？！"

签证官连珠炮般地发问，淋漓酣畅，他为自己流畅的逻辑性显示出自鸣得意的神情。

徐明说："不是现在没有找到亲人吗？如果找到了，还用证明吗？"

签证官不耐烦了，说："不行！你必须回去，你若不回去就强制送还！"

说着，就将护照扔给了她。

从入境管理事务所出来，徐明的两条腿似灌了铅。她拖着沉重的步履往回走，心情十分沮丧。她没法回中国去了，身上所有的钱连一个人的机票都买不起，何况还有三个孩子。另外，如果回到中国就再也没有寻亲的机会了。而且，回去之后可能会遭到嘲讽，周围的人会认为她是浑水摸鱼冒充日本人，她怎么抬得起头来？越想越烦乱，心头似坠着秤砣，心太嫩，秤砣太重，她感觉有些撑不住了。

走到了丰平川桥，桥上人头攒动，画着鱼的幡旗猎猎飘扬，这是当地市民在举行欢迎大马哈鱼回归故里的仪式。

"札幌"是阿依努语，意思是大河川。日语里，"川"即河。流经札幌的河流有数条，丰平川最大，是札幌的母亲河，从札幌市的街里横穿而过。

丰平川在江户时代是著名的大马哈鱼渔场。大马哈鱼亦称蛙鱼，是洄游鱼类。据说它们的祖辈原本生活在寒冷地区的河流中，为了觅食，顺流而下，到海洋中成长。大马哈鱼有强烈的思乡情结，无论走出多远，都要返回故乡生儿育女。据科学家研究，大马哈鱼有极灵敏的嗅觉器官，是故乡的气味引领它们回家。冬天，大马哈鱼在故乡的河里产卵，生殖完毕，它们也走到了生命尽头，慢慢死去。后代在它们的尸体上孵化生长，当春天来临时，小马哈鱼便离开故乡，向大海进发。循环往复。

欢迎大马哈鱼的场面兴高采烈，锣鼓喧天。徐明的心里越发感到悲凉。她觉得归国的孤儿在国人的眼里还不如大马哈鱼，活着还有什么意思！

桥底下河水波光潋滟，这个突然冒出的念头，却紧箍咒似地攥住了她的思绪。

晚上，把孩子们安顿睡下，她拿出纸和笔写了7封遗书。有给养父母、丈夫、孩子们的，还有给她在中国的好朋友的。内容基本是，自从我知道自己是日本人后，多年来一直想回到祖国。回来后的亲子鉴定，吉川不是我的父亲。他撵我走，可我没法回到中国去，我没钱，带着三个孩子，一共四口人，而我手上的钱连买一个人的机票都不够。这里没法待，我又回不到中国去，如果我死了，希望能帮我找到我的亲生父母或姊妹，告诉他们，我一直没有忘记寻找亲人。他们把我留在中国为什么不来找我呢？她在给丈夫的信中特别叮嘱，拜托照顾好她的养父母，把孩子培养成人。

写着，写着，泪流满面。

写完之后，她挨个亲吻着每个孩子的额头告别。突然，当年养母自杀的情景幻影般出现在眼前，她抱着养母的腿哭诉“你走了我咋活”的情景历历在目，她的心理防线顷刻崩溃。她想，我若死了，我的三个孩子不又成了孤儿？

她想到了菅原幸助，因为他说过“你们可以把我当作大哥，以后有困难尽管给我写信”。徐明立刻提笔给菅原写信。信中写道：

我以为找到了生身父亲，就变卖了所有的家产来到日本，走到这一步，我已经不能回中国！前些天，大马哈鱼由大海回游到札幌的河里，众多的札幌市民都去迎接这些回归的大马哈鱼。报刊、电视媒体对这些进行了大量的报道，据说大马哈鱼有每隔三四年就回游到故乡河里的习性，人们会兴高采烈地欢迎它的回归。我们母子四人不是大马哈鱼而是人，相隔35年回归祖国，却没有一个人欢迎我们。别说是欢迎，还以找不到生身父母为由撵我们回中国。造成妻离子散、家破人亡的原因是战争，战争是由国家发动的，从人道主义出发，国家应负责帮我找到生身父母，但国家却要对我进行强制遣返，这是个多么残酷无情的国家！我非常羡慕大马哈鱼，我们战争遗孤也是人，但在日本人眼里，还不如一条大马哈鱼，这是多么可悲呀！中国政府曾通过调查确认了我们作为战争遗孤的身份，并发了公证书，尽管这样，日本政府还要把我们强制遣返中国，我将以死抗议日本政府对待本国国民的态度！

大马哈鱼的回归比人的回归更感到喜悦，对在战争中失去亲人的战争遗孤采取强制遣返的无情祖国和国民，我将纵身跳进丰平川，以一家集体自杀以示抗议。

菅原收到徐明的信心急如焚。这是人命关天的大事，他决定做徐明的保护人。

菅原1965年前后在朝日新闻社北海道分社工作，分管札幌市的报道工作，与板垣市长有深交。他还与札幌市西区手稻山口地区的柴田正雄医师相熟。“二战”时，柴田曾当过满洲开拓团的医生，日本战败后，他亲眼见证了大批日本开拓团农民妻离子散、家破人亡的惨状，回到日本后，他成为遗孤救援志愿者。

菅原立刻给板垣市长和柴田医师发了传真，让他们协助徐明母子到东京来。他给柴田的信中，请柴田立刻去安慰徐明，阻止她走绝路。他写道：“务将徐明安全送到东京羽田机场，我会在羽田机场迎接，帮助办理和交涉签证延期等事项。”在给板垣市长的信中，他请求政府能给予徐明资助，并把她们母子安全送到东京。

柴田接到传真立刻去见徐明，告诉她：“菅原先生做你的保护人，他会帮助你办理签证延期的事。”还说：“我们都会帮助你，你一定要坚定生活的勇气。”

板垣市长回复给菅原的传真十分简短:“情况了解,务请放心”。随后,他给徐明母子4人购买了前往东京的机票,并赠送了20万日元生活费,还委派福祉事务所的一名工作人员护送徐明母子到东京。

徐明离开时，柴田组织居住在札幌市内的遗孤们为徐明举行了热烈而盛大的欢送会。

这些天，菅原在东京正紧锣密鼓地给徐明安排住处。他与遗孤问题全国性志愿组织——遗孤联合会事务局局长郡司彦商量，动员东京的志愿者,在东京都江东区盐滨的临时住宿设施“新幸庄”找到了一间房屋。又通过志愿者千野诚治牵线,得到东京都议员铃木源太郎的帮助,不到一周的时间,他们在住房紧张的东京为徐明一家安排好了落脚之处。

6

到东京后,徐明先去了厚生省中国孤儿对策室。她说明情况后,接待她的官员说:“我们帮助不了你。”徐明问:“为什么?你们不就是帮助孤儿的吗?”那人说:“你没法证明你是日本人。”徐明说:“你这么说就不讲道理了,你们去了中国,中国公安局证明我是日本孤儿,你们为什么又不承认了呢?”那人说:“那是中国的证明,你在日本什么材料也没有,我们当然不承认。”

看来,世界上的道理是转着圈的,怎么说都可以有理。

当务之急,是把滞留日本的签证延期。

1981年12月21日,菅原带着徐明母子4人来到位于东京霞关的法务省入境审查科。这是一座红色楼房,富丽堂皇。

徐明通过翻译向法务省官员讲述了来日本后的经历。她说，希望能延长一年滞留日本的签证,以便在日本寻亲。

菅原掏出一张朝日新闻社的名片递给法务省官员，那位官员并没有交换名片，只是报了一下姓名。菅原简要介绍了从牡丹江车站分别到札幌寻父期间与徐明母子交往的经过，强调说："徐明是日本遗华孤儿，回国来寻亲，先要让她安居下来。"那位官员说："你的意思我明白，但徐明要到品川的东京入境管理事务所办理签证延期手续。"

菅原问："这种情况签证延期有没有可能。"

官员道："这是罕见的例子，审批会很难，但估计不会那么无情吧。"

另一位在场的副课长插了话，语气冷淡。他说："无论是什么情况，无国籍就是外国人，基本上应作为外国人来处理。受理窗口设在品川东京入境管理事务所，在那里会得到最终结论。"

听了这番话，菅原心中愤愤然。他心想，无国籍者即外国人，这是连儿童都明白的道理。徐明母子是由于战争失去亲人才变成不明国籍，根本原因在于战争，这是秃头虱子明摆的事！他没有说出来的话是，战争是政府发动的，难道政府不应该给这些战争遗孤恢复国籍吗？

从法务省出来，菅原带着徐明母子乘出租车赶往位于品川的东京入境管理事务所，到达时已近下午5点，政府机关快要下班了。

菅原因为是记者身份，与其他记者一起被拒之门外，只允许徐明与翻译入内，接受签证延期的审理。

从入境管理事务所出来，街上已经华灯初放。东京的大街小巷处处洋溢着圣诞节的欢乐和喜悦。商店门前的圣诞树上挂满彩灯和礼物，橱窗上喷涂着雪花和圣诞老人的头像，一片灯火璀璨。

徐明母子回到住处，家徒四壁，冷冷清清，孩子们挤在榻榻米上，一副寒酸的样子。这时门铃响了，《朝日新闻》的记者清水胜彦前来采访。他看到徐明家的寒酸情景不胜唏嘘……他将徐明的情况写成报道，配上图片，刊登在12月26日《朝日新闻》晚报的"新闻漫笔"栏目里，题为《寻觅的父亲却为路人，羡慕大马哈鱼》。

菅原感到自己势单力薄，便联络千野诚治成立了"徐明声援会"。清水记者的文章后面附上了"徐明声援会"的联络方式。报道刊出后，社会反响强烈，有同情的，有反感的，激烈的争论似石头投入湖水，涟漪越扩越大……全国各地寄来800多封信件，还有几百万日元的捐款。

与此同时，东京入境管理事务所寄来了批准签证延期的通知。

下一步的目标是加入日本国籍。

对于归国孤儿入籍，日本政府规定，原来户籍上有登记的，恢复就行。没有户籍的，或者找不到亲人的，必须经过法律诉讼程序，证明是日本人才能恢复国籍。而经过法院裁定恢复国籍的被称为“就籍”。

菅原决定通过诉讼帮助徐明就籍。

孤儿们把诉讼称作“打裁判”。打裁判请律师要花一大笔钱。菅原找律师咨询。律师说：“遗华孤儿是特殊群体，当年的战争是国家行为，徐明是因为国家行为才沦落成孤儿、丢失国籍的，申请国籍的费用，应该由国家承担。”

菅原到厚生省援护局申请经费，答复是，恢复户籍属个人问题，应自费负担。

这时，有一个大律师站出来，愿意免费替徐明打裁判。他名望很高，精通日本会社法、独禁法、金融商品取引法、不动产法，是多家大企业的法律顾问，他就是河合弘之律师。

7

河合弘之律师的事务所叫樱花共同法律事务所，在东京都千代区的日比谷大楼。这是一座宏伟的建筑，与帝国大厦比邻。事务所在大楼16层，整整占据了一层，可见规模和实力。

我见到的河合律师是一个矮个子小老头，一副笑眯眯的模样，慈蔼祥和。他的名片上有诸多的社会头衔，不仅是中国残留孤儿援护基金会理事，还是环境政策研究所的监事，等等。

河合律师1944年4月18日出生在中国吉林省长春市。他说他也差点成了遗华孤儿。长春在伪满洲国时期叫“新京”。战争期间，河合律师的父亲在长春的满洲铁道公司下属的一家公司当课长。日本战败时，苏联军队以迅雷不及掩耳之势攻占了长春，把日本企业的员工们都集中起来。

苏军让这些平日里高高在上的日本白领们先干苦力活儿，河合律师的父亲被分配打扫厕所。干完活儿，苏军令他们按官阶大小排队，第一列是课长以上职务的。河合律师的父亲当时想可能不是什么好事，就没有站出来，而那些站出来的人都被押上火车，运到了西伯利亚。

采访时，河合律师说："我父亲撒了谎，没有出列。我父亲当时很聪明，才没有被带走，和家庭没有分离。"

河合律师还说："可以设想一下，如果我父亲站出来被送到西伯利亚，母亲带着4个孩子，或者嫁人，或者我们被中国人收养，我可能也变成了孤儿，后果是不可想象的。"

河合律师停顿了一下，目光似乎在穿越时空。

他说："当时生活很困难，没有饭吃，我们在回国的途中，弟弟饿死了。我们在葫芦岛乘船去福冈的博多。当时我两岁，妈妈抱着我，弟弟才几个月，背在妈妈的背上。一路上弟弟很乖，不哭不闹，从长春走到葫芦岛后，发现弟弟死了。"

孩子的死，对母亲的打击最大。河合律师说："妈妈哭都哭不出来了，她想一定要把这3个孩子保住，否则就没有生存下来的力量了。我是长男，上面有两个姐姐，日本人特别重视男孩子，特别是长男，一定要保住的。"

河合律师的弟弟被放在一个木盒子里，丢进大海里安葬。可以想象，这个幼小的躯壳在海面漂浮的孤独和悲哀。

河合律师说："人生就是这样，一步之差，结果完全不同。因为父亲没被抓，我们回到国内，受到了高等教育，否则我险些也成了孤儿。我从东京大学法律系毕业后当了律师，才有了我的今天。我自己是幸运的，跟着父母回来了，过上了好日子。孤儿们是不幸的，我愿意帮助孤儿，因为这事跟我有缘。"

河合律师是从《朝日新闻》上看到关于徐明的报道的。当时社会普遍认为，徐明父亲是假的，那这个孤儿也是假的。

河合律师说："最早的孤儿归国入籍案是1976年千叶县的韩玉琴（山

本纯江），因为是个案，没有产生影响。第二件是 1978 年李云祥（小岛文子）在被强制送还前夕得到了就籍许可。”当时日本政府规定，孤儿没有国籍回不来。当时他心问，那是谁把孤儿丢在中国的？

他还说：“现在徐明的案子在社会上议论纷纷，我感到很气愤的是，为什么会产生这么多的孤儿？他们过着痛苦的生活，正是日本政府的怠慢造成的。如果终战后，政府尽快把他们撤回来，还会产生现在这些问题么？”

他说，造成这么多孤儿的原因，不仅是国家的罪过，民间也是有责任的。当年开拓团到满洲是开拓乐园去了，是各地组织起来去的。如今遗孤归国，不仅国家有责任帮助他们，民间也应该组织起来帮助他们。“我也是民间的一员，我差一点儿也成了孤儿，我是律师，要尽自己的力量来帮助他们，这就是我做这件事的最大动力。”

河合律师打电话给“徐明声援会”，很快与徐明取得了联系，向法院提起了诉讼。

河合律师说：“当时什么证据也没有，只能用法律手段来斗争。”法庭上，河合律师辩护道，对于处于困境中的人，让徐明拿出证据不可能，但她有中国出具的证明。徐明当庭将牡丹江市公安局出具的她是日本遗孤的身份证明交给法官。

证明是手写的，盖了个大红印章。法官说：“这么破旧的纸，连打字都不是，这样的东西可信吗？”

河合律师拿着这纸证明到了中国大使馆，问使馆官员：“你们开具的这个证明能不能说明问题？是不是能当证据？”使馆官员说：“我们开具的证明绝对有法律效力的。”河合律师说，那好，请使馆开一个说明这个证明有法律效力的证明书。中国大使馆于是出具了证明书。

河合律师将大使馆出具的证明书递交法庭。他在庭上强调道：“你没有看到过这个东西，并不能说明这个东西不是事实。”法官认可这个逻辑，裁定徐明就籍。

法庭上，法官问徐明：“你要留在日本，你的日本名字叫什么？”徐明说，我没有日本名字。法官说：“那怎么行？”这时，给徐明做翻译的先生说：“你没有日本名，就借用我的姓吧。”徐明说：“太好啦，谢谢！”翻译姓今村，徐明保留了中国名字中的“明”，加上日本女性名字中常用的“子”，当庭更名为今村明子。

池田澄江一生中用过三个名字，今村明子是第二个。

徐明是第一个通过打裁判就籍的归国孤儿，案件被称为“徐明事件”。菅原幸助说：“新闻媒体正式提出日本战争孤儿恢复日本籍的问题是以‘徐明事件’为开端的。”

河合律师帮助徐明打赢裁判后一发不可收拾。没有日本户籍的归国孤儿们纷纷找河合律师寻求帮助。1984 年 2 月，河合律师注册了“中国残留孤儿国籍取得支援会”，自任会长。帮助徐明打裁判的那年，河合律师 38 岁，我 2010 年 10 月采访时他 66 岁，他已两鬓斑白，皱纹也爬上了额头。

28 年，不短的岁月。他就这么坚持着，为 1043 名遗华孤儿办理了就籍手续，几乎占全部归国孤儿的一半。

8

徐明在改名为今村明子五年后，于 1987 年 2 月 3 日到樱花共同法律事务所就职。

之前，她打的第一份工是推销生命保险。语言不通，拉不到客户就没有收入。后来她在技术学校学了一年裁缝，拿到了资格证书，又是因为语言不通，没有服装厂愿意雇用她。她在日本定居下来后，丈夫也来到日本。丈夫在国内是电工，到日本后找到了工作。而今村明子则打零工，在餐馆里端盘子、洗碗、扫地，关键是没有正式工作就意味着没有养老金。

徐明求助于河合律师。

自“徐明事件”之后，归国孤儿就籍案件纷至沓来，确实需要一个懂中文的人来做这方面的工作，河合律师就把徐明留下来试用。

虽然徐明已更名为今村明子，但河合律师还是习惯称呼她为徐明。

采访时河合律师说：“徐明不会日语，就配了一个年轻的懂一点汉语的日本职员给她当翻译，但这个女孩子一年之后结婚辞职了。徐明对河合律师说，她干不了了。河合律师说：“你只要想干，下决心学习日语就能干下来。”徐明想了一夜，第二天上班时对河合律师说：“我干。”这样，她一干就是 20 多年，帮助 1300 多名归国孤儿办理了入籍手续。

1994 年 12 月 4 日下午，河合律师在事务所举行归国孤儿说明会，徐明做现场翻译。活动结束后，她在附近的咖啡店用餐，买了一个面包、一根香肠，坐在依窗的餐桌旁，边吃边望着窗外。暮色降临，窗外的霓虹闪烁，把夜景闹腾得非常绚烂。

她的身后响起一个妇人的声音：”打扰了，我可以坐在这里吗？”

徐明回过头来，客气地回答道：“可以，请。”

这是一位 60 多岁的老妇人，参加了下午的孤儿说明会。她落座在对面，对徐明说：“你的中国话说得非常好啊！”

徐明说：“我是在中国长大的。”

妇人：“哦！你也是遗华孤儿？”

徐明：“是的。”

妇人神情有些沉吟，似乎在回忆。她说：“终战时我妹妹也留在了中国。”

徐明：“是吗？你妹妹留在中国的什么地方？”

妇人：“黑龙江省。”

徐明：“我也被留在黑龙江省。”

妇人：“黑龙江省什么地方？”

徐明：“牡丹江。”

妇人：“是吗？我妹妹也留在牡丹江了。”

过了一会儿，妇人又问：“你姓啥？”

徐明：“我姓徐。”

妇人：“那不是。我妹妹当时送给了姓李的人家。”

徐明：“我最先也是送给一个姓李的人家，叫李成义。他把我卖给了徐家。”

妇人的表情惊讶了，问道：“姓李的是干什么的？”

徐明:“木匠。”

妇人的语气便急促起来,说:“你能把姓李那家住的地方画出来吗?”

徐明:“可以啊。”

说着,徐明从手提袋里拿出纸和笔,边画边解说道,这是牡丹江车站,过一条街,东二条街,西二条街,第三条街是士英街……”

妇人看着看着就站起身来,问:“李家旁边是什么?”

徐明答:“紫英学校。那是条大道,在街面上,不是很难找。”

妇人激动起来,上下打量着徐明,说:“那年我小妹妹送人后,我和大妹妹到李家去过,就是你说的这个地方。”说完,她立刻给她大妹妹打电话,压低嗓音激动地说:“米丝扣,米丝扣(名字的音),我碰到的这个人很像澄江呀!”

妇人当即约徐明一起过去见她的妹妹。徐明有过认错父亲的经历,这次不敢再冒失。她说:“这样吧,明天我到事务所与河合律师商量一下再说。你能把联系方式留给我吗?”妇人立刻就将住址和电话留给了她。

第二天,徐明问河合律师她该怎么办?河合律师说,做DNA检测呗。又说,哪有这么巧的,别抱希望。

1996年8月,徐明的DNA检测结果终于出来了,这次检测用了一年七个月零五天的时间,算下来582天,格外漫长。期间,徐明曾到厚生省询问为什么需要这么长时间。接待她的官员说,因为你认亲认错过,这次要格外慎重。

池田对我说:“DNA检测项目有47项,是分散到几个地方同时做的,化验结果送到东京,由政府一个部门综合鉴定。”还说:“我的检测结果与池田家族DNA有99.999%相同,5个9,这才确定了我与池田家的血缘关系。”

俗话说,无巧不成书。但徐明的寻亲路也太具传奇色彩了。她认错一次亲,已经不作指望了,却在归国13年后偶遇亲人。人生的悲欢离合戏剧性地出现在她身上。

她终于知道了自己的真实名字叫池田澄江。也知道了自己的准确出生日期是1944年10月14日。池田家的户籍上有她的记载,只是在她的那一栏里,盖了个“已死亡”的印章。

认亲两个月后，亲姐妹们欢聚一堂，给她过了50岁的生日。她得知父亲战后从西伯利亚返回日本后不久就去世了，而母亲是在她认亲的半年前离世，与她相见也就差一步之遥。

悲欢离合她都经历了，苦辣酸甜亦都尝尽了。

池田说："是战争造成了我曲折坎坷的人生路。"

9

2010年7月7日，池田澄江到牡丹江的龙凤公墓给养父母扫墓，我与小野寺正子和佐佐木一同前往。小野寺正子是"中国残留孤儿辩护团"副团长小野寺利孝的夫人，佐佐木女士是归国孤儿。

龙凤公墓位于牡丹江市阳明区，是国家公墓，依山傍水。公墓群背靠郁郁葱葱的凤雏山，面临涓涓流淌的龙须河。池田扫墓的那一天艳阳高照，风和日丽。

墓地很拥挤。一排排的墓碑顺着山坡由下而上，一个一个紧挨着，排列整齐。池田养父母的墓在高处，她在墓前摆上供品，到山坡下的一块场地上烧纸。

火苗由小到大，火光似乎被阳光吞噬，在明亮里若隐若现。我和小野寺、佐佐木几乎是同时看到，又几乎同时异口同声地喊道："蝴蝶！"

我们看到一只巴掌大的白蝴蝶从火堆里飞出来，由低至高，斜刺着向上飞去，融化在蓝天里。

池田说："这是我妈来了！"说着泪流满面，双手合十。

兴许是我们看走了眼，蝴蝶不是从火堆里而是从火旁飞过。但我们确实看到了一只硕大的白蝴蝶，难道它寓意着池田澄江的浴火重生么？

第六章　状告祖国

1

我与小野寺利孝律师相识在 2001 年春天。

3 月 10 日，在讨论设立中国劳工基金问题的中日律师研讨会上，一位曾经做过“花冈事件”诉讼案顾问的中国学者建议成立一个全国性的被强掳到日本的中国劳工联谊会与日本律师团合作。他说，关键是经费问题，日本团体如果真的支持这件事，应拨一笔款来，由受害者自己支配，而不是像花冈诉讼案那样，仅是一笔一笔的报销路费，受害者没有自主权。

日本律师小野寺利孝赞成成立全国性劳工联谊会的提议。但他说，经费方面，由双方各自解决。日方筹措自己的费用，中方的经费也应该自己来解决。他有一句话令我印象深刻，说：“花别人的钱，怎么可能有自主权呢？”这个话说得坦率，却也很实在。是的，没有实力，完全依附他人，其代价就是丧失当家做主的权利。

事后，我采访了小野寺律师。这是一位身材高大，面容宽阔，待人温和的中年男子。日本律师界有一个由 200 多人组成的“中国人战争受害赔偿要求事件律师团”，帮助“二战”中受害的中国人打跨国官司，其中有 731 部队人体实验杀戮案、毒气弹案、南京大屠杀及强奸案、无差别轰炸案、慰安妇案、平顶山惨案、强掳中国劳工案等 16 起案件，小野寺是这个律师团的干事长，是核心人物。

小野寺1941年出生。他父亲是矿工，家境贫寒。他念中学时，父亲得尘肺病被解雇，家庭因此破裂，少年的他便尝到了世态炎凉。

战争给他的家庭铸下的烙印是，一个舅舅被征兵到了菲律宾，登陆时被美国飞机炸死了，另一个舅舅被强征到军工厂，工伤致死了。

小野寺高中毕业后，在化工厂做工一年，而后考取中央大学法学部，1965年毕业后当律师。他是一个活动能力很强、有凝聚力的人，担任过日本青年律师协会干事长和会长，还担任日本民主律师协会干事长。

他对日本是战争加害者这一事实的了解，源自1994年随日本司法代表考察团首次访问中国时参观的南京大屠杀纪念馆。在幽暗的展览厅里，一堆堆的白骨似锥子般扎在他的心上。他过去不知道日本人如此残暴。在现实生活中，日本人彬彬有礼，讲究不给他人添麻烦。展厅里展示的日本兵光天化日下的烧杀、抢掠、奸淫无恶不作，让他这个日本人羞愧地抬不起头来。他说："我为自己对日军犯下的人权侵害事件的无知感到羞愧。"

两个月后，他第二次访问中国是到中国东北地区，接触到了平顶山惨案幸存者、强掳劳工幸存者和"三光"政策受害者，他们的血泪控诉，令小野寺不忍卒听。

小野寺说："我过去曾读过本多胜一的《中国之旅》，从书本上知道一些事情，然而，与亲耳听到受害者对日军野蛮罪行控诉的感觉完全不同，不知有多少次都不忍听下去。"

小野寺还说："第二次访问中国，受害者要求我为他们辩护，当时的心情复杂而痛苦。这种官司是超高难度的，然而作为一个日本律师，必须作出决断，对我来说有两种选择：要么接受战争受害者的要求，为改变到目前为止拒绝承认战争责任的日本的现状而战斗，要么支持不承认战争责任的日本政府，拒绝受害者的要求。我之所以选择了前者，是因为我了解受害者的想法，日本和日本人只有对受害者负起责任，才能赢得中国和亚洲各国人民的信任，以相互信任为基础，日中两国才能确立真正友好和平的关系。正因为如此，我想一生为此而战。"

1995年9月，日本律师界成立了"中国人战争受害赔偿要求事件律师团"，小野寺任干事长。一晃20多年过去，青丝已成白发。

中国劳工对日本西松建设株式会社的安野诉讼案败诉，是中国民间对日战争索赔走向末路的转折点。这起案件由花冈事件诉讼案的律师团代理。

1998年，由5名受害者组成的原告团向广岛地方法院提起诉讼，要求西松公司对历史罪行谢罪并赔偿受害者每人550万日元，还要求建立纪念馆。

诉讼经历了三审六年。2002年7月，一审的广岛地方法院以超过诉讼时效为由，判原告败诉。随后，原告上诉到广岛高等法院。2004年7月，广岛高等法院否决了地方法院的一审判决，判处西松公司向原告每人支付550万日元的赔偿。但西松公司不服判决，上诉到日本最高法院进行三审。

2007年4月27日，日本最高法院作出了“根据《中日联合声明》，中国国民的请求权已经被放弃”的判决。尽管中国政府当天就抗议日本法院单方面对《中日联合声明》作出解释，并指出这种解释无效，但日本最高法院的判决无疑发出了明确信息，即关闭中国战争受害者对日索赔的大门。

就在当天，由小野寺所在的律师团代理诉讼的5件中国战争受害者诉讼案在日本各地法院被宣判败诉。当年底，又有小野寺所在律师团代理诉讼的4件中国战争受害者诉讼案在日本法庭审结，仍是败诉。中国民间对日索赔的大门给关闭了，但中国受害者和日本律师团仍不屈不挠，试图通过与加害人和解的方式获得补偿，路一直走到现在还没有结局。

我2010年10月去日本采访归国遗孤时见到小野寺律师，是在东京中国归国孤儿的“孤儿之家”，他与米仓洋子律师一起接受我的采访。小野寺已近古稀之年，人还是那么精神矍铄。他送给我一本由他主持编辑的《政策形成诉讼——请求中国残留孤儿尊严的裁判与实现新支援政策的轨迹》一书，说诉讼的过程都在书里面，让我采访米仓律师。

2

归国遗华孤儿决定要与政府打裁判是2001年9月的事。

河合弘之律师说："我们虽然帮助了几乎占全部归国孤儿一半的遗华孤儿办理了就籍手续，但他们接下来遇到的是生存困境。20 世纪 90 年代初，日本的经济泡沫破裂，很多孤儿都失业了。他们本来就干着又苦又累的最底层工作，一失业，连基本的生活保障都没有了。而且，他们归国时大都是四五十岁的人了，接着就是养老问题。在日本，缴纳国民年金 40 年以上，退休后每月可领取 20 万日元的养老金并享受免费医疗，孤儿们不可能缴够年限，退休后，每月只有几万日元的养老金，吃饭都不够，生活很苦。"

运动发轫于神奈川县，领军人物是菅原幸助。

从朝日新闻社退休后的菅原幸助居住在横滨市，建立了社团法人神奈川中国归国者福祉援护协会，担任理事长。对孤儿们老后的生活保障问题他早有所思，但他觉得须要孤儿们自己站出来争取，他们这些民间义务支援者才能给予帮助。

2000 年 8 月的一天，东京、神奈川的孤儿们在一起聚会，对老后生活忧心忡忡。回家的路上，四位神奈川的孤儿与菅原同行。一位说："菅原先生，您为什么不帮助我们呢？"另一位说："我们只能等死吗？"第三位说："菅原先生，您太无情了！"第四位说："想请您来帮助我们啊！"

菅原反问道："你们开会能聚集 200 名孤儿吗？如果你们有决心的话，我就帮助你们。"

菅原知道孤儿们的生活不富裕，没有人愿意自费来参加活动。而且他也知道，孤儿们并不是很团结。

事情出乎他的意料。当年 9 月，神奈川县归国孤儿成立"中国养父母谢恩会"，有 320 名孤儿前来参加开幕式，其中有从东京赶来的孤儿。会上，大家决定为向政府要求保障老年生活发起街头签名活动。

从 10 月开始，每个星期天孤儿们都走上街头。他们头上系着白布条，看上去便有几分悲愤。他们举着白色和黄色的标语旗，上面分别写着"中国归国者の老后に保障を""中国养父母谢恩会"。日语好的人拿着话筒宣讲："我们是 50 年前被日本政府和日本军队遗弃的孤儿。回国后没有工作，没有老后的生活依靠！"路人询问："这是什么活动呢？"不会日语的孤儿就将宣传单分发给他们。孤儿们不停地鞠躬表示谢意，口口声声道：

"请多关照！请多关照！"

不管刮风下雨，还是雪花飘飘，冬去春来，时间的脚步走到了夏天。2001年6月，孤儿们征集到了10万余人的签名，他们到厚生省递交请愿书，受到冷遇。于是他们将请愿书和签名递交到参众两院，要求立法解决其诉求。国会并没有对该提案召开听证会，只听取了个别议员的反对意见，就将此案定为废案。

一名叫井上征男的孤儿愤慨地撰文道：

> 1993年2月12日，一支背部中箭的野鸭牵动了整个日本。举国媒介每天都怀着极深的爱心，关注野鸭的命运。当时的宫泽首相特意指示"当局一定要救它……"。最终，野鸭获救，全日本几乎都沉浸在良知与爱心的慰藉中。警方全力搜捕违反鸟兽保护法的罪犯……此情此景令归国者百感交集，面对这只落难的野鸭心中无比羡慕，联想自身命运遭遇，欲诉无词，欲哭无泪。
>
> 历时漫漫50年的归程，归国者见到了久违的祖国发达了，先进了，却离自己那么遥远；而阔别多年的母亲华丽了，富贵了，却显得如此冷漠无情。归国者明白了：他们远远没有获得祖国母亲的接纳与呵护，远远没有受到同胞兄弟姐妹的包容和理解。
>
> 难道在祖国母亲的情怀里，在国民同胞的心目中，归国者还远远不及那只仅被射中一箭的野鸭么？要知道归国者的身心谁不是万箭穿心，伤痕累累，而这些利剑中，又有多少正恰恰出自祖国母亲之手！为什么会这样？为什么要这样？……

8月15日是日本在第二次世界大战的投降日，但日本暧昧地称为"终战纪念日"。

每年的这一天，日本政府都会在东京武道馆举行"全国战殁者追悼会"。规格之高，天皇、皇后、首相都出席。战争遗属及各界人士有6000人左右，会上高唱国歌，首相发表讲话。那一天政府机关降半旗，体育赛事被停止。1963年5月14日，日本国会通过终战纪念日法案时强调："希望每个国民都能够在家庭、公司等各种场所缅怀战殁者，衷心为他们的牺牲默哀。”

2001 年终战纪念日这一天，关东地区聚集的 800 余人的孤儿队伍走上东京街头游行示威，抗议国会对孤儿们请愿的不当处理。街面上比平日冷清，气氛肃穆，行人都低着头，脚步匆匆，似乎心里怀着悲伤。孤儿们昂首挺胸行进在大街上，一脸的沧桑和愤慨。游行队伍高呼要求公平待遇及反对战争的口号，声音撞击着周边冷冰冰的建筑物，被落寞地弹了回来。没有人关注，队伍显得无趣。

游行结束时，大家情绪愤愤不平。有人问：“政府和国会都不理咱们，咋办？”于是有人气呼呼地说：“告他！”“告谁？”“告政府！”“对！告国家！”就这样七嘴八舌的，状告国家的事就提了出来。

萌发这个念头，有一个背景，是当年春天麻风病患者为争取公平待遇，长年斗争没有结果，最后通过诉讼取得了胜利。

菅原幸助找到河合律师，请他出面替孤儿们打裁判。跟菅原一起前来的孤儿代表也态度坚决。他们说：“我们没出路了，一定要打裁判！打裁判！”

河合律师从专业角度平心静气地说：“你们这么长的历史背景，证据也不够，怎么打裁判？”

河合律师很清楚，起诉国家，很少能赢，但孤儿们似乎也只有这一条路可走，但一般官司都是一个原告，这个案子光原告就得 2000 多人，一个律师根本承担不起，必须是集团诉讼。

采访时，河合律师对我说：“孤儿们分散在日本各地有 15 个点，打官司必须是全国各地的 15 个孤儿团体形成网络一起打。以东京为中心，把全国各地的律师动员起来，要有总部，不是一件容易的事情啊！”他还说：“我不能接这个案子，因为我是厚生省下面一个研究机构的理事，不便出面。”

面对菅原和孤儿代表们，河合律师说：“我不能出面，但我可以给你们介绍律师，我做你们的后援吧。”

河合律师介绍的都是些能力很强、打过一些棘手官司的律师，但都不愿意接手。有的律师面谈也是要收他们手续费的，面谈的结果是拒绝了他们的请求。

菅原领着孤儿们挨个去律师事务所接洽，头一个不接，第二个不接……七个、八个、九个、十个，直到第十六位律师才接，这位律师就是小野寺利孝。

3

小野寺律师和归国孤儿第一次接触是 2001 年 11 月的一天。菅原幸助领着“中国养父母谢恩会”和“扶桑同心会”的孤儿代表到他的事务所，他开门见山地说：“我们要进行国赔诉讼（国家赔偿诉讼），请您帮助组织辩护团。”

采访时小野寺对我说：“我当时对此唐突的要求不知如何是好。说老实话，以前我对孤儿的事情不怎么了解。有关残留孤儿来日寻亲的报道看过，可是有关残留孤儿的归国和归国后的苦痛我并不了解。会面时，孤儿们说，他们被国家多次遗弃，他们的人权也多次被侵害。我均一无所知，也无法应对。我用了两天时间，请孤儿们一个个将他们自己的人生经历详细叙述了一遍。”

池田澄江对我说：“其他律师都没有小野寺律师这样认真地听我们讲自己的经历，听到悲惨处，小野寺律师多次流下了眼泪。”

小野寺的心被深深触动。他说：“孤儿们是我同辈的人，他们所走过的人生和我自己的人生相比照，我理解了他们的想法和抱怨。通过与他们相谈，理解了他们所说的国家与自己的关系绝不只是 60 年前 8・15 的悲剧；也绝不只是战后半个世纪以来国家对被遗弃孤儿的非人道政策的继续；更不只是国家拒绝对孤儿们回国后的适当支援的非人道的政策等等，也就是说，孤儿们认为，政府一味否认自己的历史罪责，不觉得对自己的国民采取遗弃政策问心有愧，是现在日本政府的施政根源，他们对此愤慨，因而要用法律手段控诉。”

菅原对小野寺说：“我们在8月15日号召孤儿们参加控告国家的原告团，不到3个月，就有500多人报名了，年内参加者会有700名。”

这令小野寺十分吃惊。

采访时他说：“这时别说辩护团没有成立，就连一名律师还没有。我本人代理过几起有关人权的集体诉讼，可从未像残留孤儿们这样的神速行动。为什么会发生这种不可思议的现象呢？又应当怎么去评价这种现状呢？”

当时，他对菅原说：“请给我一段时间来思考。”

小野寺与一些律师商量后，决定接下这个案子。他们认为，残留孤儿们一生的人权，无疑是被国家政策所剥夺了。因为战后政府没有尽快实施妥善政策让孤儿归国，反而以死亡宣告作为托词遗弃孤儿，这一不可推卸的弃民责任将通过诉讼得到彰显。诉讼是追究国家弃民政策的国家赔偿诉讼，辩护团的名称暂定为“中国残留孤儿辩护团”。

最初成立的是关东地区律师辩护团，成立于2002年7月1日。最初只有20位律师参加，团长铃木经夫，副团长小野寺利孝，干事长安原幸彦。

在辩护团宣告成立的前一天，辩护团为原告们召开了中国残留孤儿国家赔偿诉讼说明会。在谈到裁判目的时，小野寺说：

“各位在年幼时被遗弃在旧满洲之地，迫使你们经历了战后的苦难生活。进而，回到了多年渴望的祖国之后，也没有得到日本政府的维持正常生活的支援。特别是现在，各位已经步入老年，面临着依靠自己力量维持基本生活也不可能的情况。但是，政府却未考虑生活保护以外的任何救济手段。面对这样冷淡的政府，各位深感强烈不满与愤慨是理所当然的。”

为什么政府无视孤儿的正当要求呢？

小野寺说：“那是因为，保障各位老后安定生活是国家责任这一点尚未形成正当的舆论，我们本次诉讼的目的，就是要追究这个国家责任。”

他说：“从现在开始，大家要进行的诉讼，原告是残留孤儿的各位，被告是国家，以国家为对方，要求进行损害赔偿的裁判，这是‘国家赔偿诉讼’，简称‘国赔诉讼’。”

“诉讼内容：一，日本政府败战后将各位遗弃在中国的问题；二，战后无视各位归国问题；三，归国后对各位没有给予充分支援问题。这些就是对各位的违法行为，所以要求赔偿各位所受到的损害。政府方面肯定是否定这一事实的，不会承认是违法行为，会主张不赔偿。我们就是要击破政府的论点，必须要让法庭承认我们的主张是正确的。因此，此次诉讼一定是一场激烈的斗争。”

他要求原告之间一定要相互信赖，说：“团结统一是十分重要的。不相互信赖、不团结统一就无法进行斗争。”

他还说：“现在辩护团20位律师远远不够，今后要增加更多的律师。另外，为争取裁判胜利，取得社会关注，要组织支援团体。只要原告团、辩护团及支援团体三位一体，团结一致，面向胜利的道路是一定会向我们开放的。”

当年8月下旬及9月初，辩护团分别在东京都品川区立中小企业中心、上原区民会馆、横滨开港纪念馆、五反田法律事务所4个场所，对653名孤儿进行了8场集中式会面调查。他们对“孤儿”之称进行了定义，即指国家以建伪满洲国为理由派出开拓团这一政策产生的特殊群体。

9月9日，在东京都文京区役所，关东地区孤儿原告团宣告成立，有650名孤儿参加，而辩护团的律师增加到了30名。

当年12月初，政府发布了“支援有关被朝鲜当局绑架被害者”的法律，其内容是，为了被害者回到日本后生活得有尊严，政府负责他们5年的生活费，一人每月17万日元，两口之家每月24万日元，让他们安心地免费补习日语进行技能训练，在就业上也给予帮助。而且，这些被绑架者在朝鲜的时间都算入了国民年金，由政府代替他们负担保险费。这个政策一出台，残留孤儿们炸了锅，说同样是受害者，凭什么两样待遇？！我们要求政府给我们同样的援助！于是，便出现了前面描写的12月20日上午孤儿们在东京街头游行的场面。随后，50名原告代表在律师的陪伴下，将厚厚的诉讼状郑重地递交给东京地方法院。

诉讼状的前言这样写道：

日中战争前后，被告日本政府把原告们遗弃在中国东北地区，原告们离别父母，无法在中国活下去。原告中国残留孤儿以下简称“残留孤儿”，为了要恢复与普通日本公民一样生活的权利而提出诉讼。日本政府虽然知道大量的日本孤儿还活着，遗留在中国，但是无视这一事实和放置不管，而且很长时间拒绝残留孤儿回国。诉讼的目的是起诉被告日本政府的政策之违法行为，同时起诉日本政府的责任。还起诉日本政府对千辛万苦才回到祖国的残留孤儿们没能合理给予像普通日本人一样的生活水平的措施。这一项应该是改革的基本要点。

递交诉讼状后，小野寺律师在接受采访时说：“这是要求成立新政策的诉讼，就是要求政府改变原来的错误政策。可以说这场集体诉讼是前所未有的裁判斗争！”

关东地区位于日本之中央，以东京为中心，除东京都外，还包括神奈川县、茨城县、枥木县、群马县、埼玉县、千叶县。关东地区孤儿的国赔诉讼是燎原的星星之火。之后，鹿儿岛、名古屋、京都、广岛、德岛、高知、大阪、札幌、仙台、山形、长野、神户、冈山、福冈等15个地区的孤儿纷纷向当地法院提起国赔诉讼，原告人数达2212名，占归国孤儿2500人的90%。2003年11月1日，15个地区的辩护团成立了“中国残留孤儿国家赔偿诉讼辩护团全国联络会”，小栗孝夫和小野寺利孝任联络会代表（会长），清水洋任事务局长。参与诉讼的律师达798名，其中关东地区辩护团最庞大，律师214名。

一场长达5年的国家赔偿诉讼就这样拉开了大幕。

4

采访佐藤京子时，约好在东京的“孤儿之家”会面。但在前去的路上我接到她的电话。她的声音沉郁而柔弱。她说:“对不起,我不能接受你的采访,我归国时与部队有过约定,不谈个人经历。”我以为她指的是“文革”中因日本人身份被关押之事,我说:“你可以不谈这一段,我主要想了解你被中国养父母收养的经过。”但她执意放弃这次采访,我尊重了她的意愿。

她的经历记载在《朝日新闻》记者大久保真纪写的《啊,我的祖国!》一书里,我向大久保求证过其真实性,大久保说:“是真的。”

佐藤京子的经历中最触动我的,是她的养母为保护她而失去了自己的亲生女儿。

佐藤京子1940年2月13日出生在东京,年幼时随母亲和哥哥到中国东北与父亲团聚。父母的情况都是养父母告诉她的,说她父亲通汉语、俄语、朝鲜语三国语言,在关东军做翻译,驻扎在中苏边境的黑龙江省黑河西岗子。还说她母亲是医生。

他们住在瑷珲县(现在叫爱辉)。佐藤记得,家里的佣人姓李,会日语,经常背着她去买东西。记忆中,父亲身材高大,胡子浓密,父亲抱她时会贴着她的脸,胡子刺扎扎的。她喜欢父亲,可是父亲总不在家。

养母是她家的邻居,富裕人家,曾在苏联留过学。其丈夫在德国,家里两男一女三个孩子,养母与19岁的妹妹生活在一起。

养母对她说,日本战败前的一个晚上,她父亲突然回家,对母亲说,苏联进攻了,日本战败了,赶快走吧。说完,匆匆离去。日本败战后,她父亲被苏军押解到西伯利亚日本军人收容所,死在了那里。

养母说,苏联军队打过来后,社会上传言纷纷,说日本女人会被强奸,孩子会被扔进河里,于是佐藤的母亲把佐藤京子和哥哥托付给她,在一个漆黑的夜里,佐藤的母亲脸上抹着黑泥走了,集中到收容所准备回国,但在收容所里自杀了。

苏联军队最初进入中国东北后,对边境上的日本人搜查得很紧。担惊受怕的养母把佐藤的哥哥送给了在哈尔滨满洲铁路工作的亲戚,留下佐藤,藏在自家的地下仓库里,让妹妹陪伴她生活。养母的女儿比佐藤大一岁,二人姐妹相称,在一起玩耍。

一天,苏联士兵搜查藏匿的日本人,养母为了保护佐藤,舍去了亲生女儿。

佐藤的养父先在日本留学，后来去了德国，从事物理原子能工作。他在德国结了婚，娶了个德国女人，育有两子。

养母托养父的妹妹送佐藤去战后的联邦德国。佐藤称养父的妹妹为养姑母。养母给养姑母一些钱和酒，让她用来打点苏联边境检查人员。因此，养姑母带着佐藤顺利过了边卡，前往列宁格勒（圣彼得堡），居住在养母留学时的一个朋友家里。一个月后取得护照，途径瑞士到达西德，已是1946年春天。

佐藤与养父一家生活了12年，1958年高中毕业后回到中国。回国后，养母给她起名郭淑珍，考入上海军医大学，1962年毕业，分配到北京的一家解放军医院当外科医生。她与医院的一位主任医生结婚后育有二女。

她萌发回日本的念头是在1975年，因为军人身份，归国申请没有获批。她通过养父的经济援助，在1984和1985年先后把两个女儿送到日本留学。1985年她参加了访日寻亲团，但没有找到亲属。1986年冬天，她辞职退伍。1987年2月，她由日本人尾崎诚担保回到日本，那年她46岁。

她的两个女儿在日本的大学毕业后，先后去美国留学，与美国人结婚，定居纽约。佐藤一个人生活在东京，接受日本政府的孤儿生活保护费，每月8万日元。1993年，养母去世，她想回中国料理丧事，按照规定，接受生活保护的人出国要扣除生活保护费，她只好打消了念头。

她接受大久保真纪的采访时一脸的凄凉。她说："养母舍弃了自己的女儿救了我的命。我应该回去参加她的葬礼，可我去不了，只能将省吃俭用的钱委托他人带给养母家的人。"

她还说："中国人把杀死自己同胞的日本人的孩子养大了，而日本政府是怎样对待这些战争孤儿的呢？生活保护制度是侵犯人权！"

她在家里包饺子招待日本朋友，福祉事务所的人看见了，质问她道，吃得这么好，钱是从哪里来的？

福祉事务所的人到她家访问时，她同样包饺子招待他们，他们又说："你吃的这些都是日本国民的血汗钱。"这些话让佐藤很寒心。

有一年，东京的盛夏酷热，佐藤在家中两次中暑晕倒。义务支援者为她买了台空调，被福祉事务所的人员看到，质问她："你怎么买得起空调？"孤儿的生活水平被监督着，超出了最低生活标准，就会被取消生活保护费。

圣诞节时，在德国的养父给她寄的圣诞礼物是衣服鞋子，督查人员看到了便问：这么好的衣服很贵吧？佐藤说，朋友送的。对方追问，朋友是谁？

佐藤向大久保讲述这些事情时愤愤不平，说："日本政府不拿我当个人看待。我想问日本政府，我们孤儿是日本人吗？美国打仗日本出大笔钱去援助，为什么孤儿回国后没受到保护，还欺负我们这些人？"

辩护团给参加诉讼的孤儿们发了《中国归国者诉讼原告调查表》，列了十几项条目，其中有一条是"这次参加归国者裁判起诉你有什么要求？"佐藤写道：

"那场战争不是我们发动的，责任在日本政府。我们失去亲人，在中国受了许多苦。归国后、老后无生活保障。因此要求政府，给予我们人权，并承认对孤儿们没有全面负责任，要赔礼道歉。承认我们在中国的那段工龄，并给予经济上的损失赔偿和老后的年金，改变一切不合理的规定，让我们享受人权。"

5

东京地方法院首次开庭审理中国残留孤儿的国赔诉讼案是2003年4月18日下午，在103号法庭。

我采访花冈事件当事人时曾去东京高等法院旁听过。东京地方法院和高等法院在同一座大楼里，这是一座色调冷峻的高层建筑。

出席首次开庭的原告有40名，原告辩护律师20多名。被告席上是厚生省、法务省的代表以及律师11名。

100多个旁听席位已经座无虚席，就座者除了原告、律师，还有社会知名人士、民间支援团体代表及新闻记者。

下午2时30分，三名法官准时而入，全场起立致礼，而后默然就座。法庭司仪官宣布“敬肃三分钟”，顿时会场哑然无声，能听到呼吸的气息，造就出一种氛围，崇高神圣，震慑敬畏，法律至高无上。

小岛裁判长宣布开庭后，先是三名原告辩护律师分别就当事者原告团的组成及意义、日本政府一系列弃民事件、国家对原告的种种伤害、历史与现实国家侵权伤害所应承担的责任、违反国籍法和宪法条款的证据进行了简洁陈述。接着，原告陈述意见，第一个陈述的是池田澄江，第二个是内海忠志。

内海忠志是当年“麻山事件”的7名幸存者之一，62岁，中国名叫王金生。他中等个，头发灰白，国字脸，面相温和，身穿米黄色夹克衫和黑色西裤。他掏出陈诉书，尚未开口，手便开始轻微颤抖。看得出他在竭力克制着，但颤抖却像电流传导，先是声音颤抖，接着身体瑟瑟发抖，他未语泪先流。

对内海忠志来说，那一刻他在时空里穿越。往事潮水般从时间的黑洞中涌出，气味色彩全部还原，令他不堪回首。

内海忠志的父母是哈达河开拓团团员，在伪满洲时的东安省鸡宁县（今黑龙江省鸡西市），离苏联国境仅40公里。他和妹妹都出生在当地，哥哥和姐姐是父母从日本带过去的。

记忆中，1945年8月9日，苏联出兵东北后，开拓团便接到通知，到某一个地方去集合。内海不记得地名了，记忆中当时父亲不在家，母亲简单收拾了行装，带着4个孩子赶赴集结地点。开拓团是集体行动，但各家的情况不一样，有乘马车的，有骑自行车的，母亲身上背着妹妹，手里牵着他，哥哥姐姐背着行囊，全家人跟着队伍步行。

路很长，大都是妇女儿童，稀稀疏疏，队伍拉得很长。记忆中，母亲带着他们爬了一个很长的坡，气喘吁吁。她说歇歇吧，一家人便躲进一丛矮树林里坐下来，吃着从家里带出来的饼干和熟肉。

这时，苏军飞机来了，像张开翅膀的老鹰在他们头顶上盘旋。山坡上的人群立刻四处逃散，向坡下的高粱地冲去。飞机紧追不舍，死神一般反复呼啸着掠过天空，密集的大口径机枪子弹雨点般落下，奔跑的人们纷纷倒下。

大家钻进了高粱地，飞机消失后，活着的人继续前行。天下雨了，大雨滂沱，人群在白色的雨帘中瑟瑟发抖。

内海的记忆是一天清晨，太阳从地平线升上天空时，遇到了五六个扎着绑腿的日本兵。他们突然向难民开枪，大人们一个一个地倒下去，他被刺刀刺了两下，昏死过去。

据史料记载，哈达河开拓团撤退到麻山地区时遭到苏军阻截。持枪的男团员嫌妇女儿童行动缓慢暴躁起来，端起机关枪冲着妇女儿童扫射，当场死亡70多名。开拓团团长贝沼洋二得知后，用手枪自杀身亡。这成了自决信号，剩下的男团员将所有妇女儿童枪杀后自决，事件死亡500余人，只有7名幸存孤儿被当地中国人收养。此谓“麻山事件”。

内海的记忆基本准确。他看到的日本兵其实是男开拓团团员。开拓团本身就是半军事化单位，青壮年男人是预备役，有枪有军装。

躺在母亲尸体下的内海不知过了多长时间醒了过来。母亲胸口敞着一个血窟窿，血像一条条扭动的红蚯蚓在地上漫延。母亲的嘴半阖着，瞪大的双眼像被黑夜吞噬的深渊。母亲周围都是横七竖八的尸体，内海挤夹在尸体中间。

过了一会儿，姐姐从死人堆里爬了出来。她爬到母亲身边，拼命地摇喊着母亲。尸体软塌塌的，躺在血泊中。姐姐放声大哭，内海也放声大哭。姐姐搂着内海哭，两个孩子的哭声像幽魂在荒野上孤零零地飘荡。

那年内海5岁，姐姐7岁，他们就这样成了孤儿。

内海的头部被刺刀划了一个口子，伤口敞着。伤疤50多年后依然清晰，他在法庭上展示给法官看。

他每天跟着姐姐去找吃的。记忆里每天肚子都饿得要命。记得有一次走到一个茅屋前，一对老夫妻在熬粥。姐弟二人靠在门口，闻着飘出来的诱人香气，深深地吸了一口气。老头儿走出来，端了一碗玉米粥，他们刚伸出手去接，老太太拎起根棍子向他们冲将过来，二人撒腿就跑。

日本满洲开拓史刊行会出版的《满洲开拓史》里写道：“日本政府从中国农民手里把田地抢来让开拓团使用，所以中国农民对日本人很憎恨。而且，日本政府强行征用大量农民到煤矿做苦力，并苛刻地对农民征缴高粱、黄豆等农作物作为战争末期的劳务动员，所有这些原因，造成了中国农民对日本人的反感和仇视越发强烈，一旦日本败降，便可想而知，开拓团和普通平民在逃难时的遭遇和命运了。”

姐弟二人白天找吃的，晚上回到母亲的尸体边睡觉。几天后，母亲的尸体肿胀起来，开始腐烂，发出恶臭。但他们舍不得离开母亲，依旧挨着母亲的尸体睡。

他在法庭上陈述时，那股恶臭味从心底翻腾起来，母亲肿胀的尸体似乎也呈现在眼前。记忆中的恶臭味刺激得他不停地咳嗽。他试图忍住，却越忍咳得越厉害，无奈的他呜呜地哭起来，法庭里也响起一片啜泣声。

一个星期后，姐弟二人饿昏在路边。一个过路的男人发现了，背走了男孩，丢下了女孩，从此内海忠志没了姐姐的音信。

这个男人把内海忠志送给了他的姐姐，即内海的养母。当时养母 40 岁左右，生育过五六个孩子，只活下来一个比内海大 6 岁的女儿，其余全部夭折。她想要一个能干活的男孩，但看着内海忠志的情形也打起退堂鼓。

此刻的内海奄奄一息，浑身脏兮兮的，头上的刀伤已经化脓，流出黄色汁液，一股扑鼻恶臭。他的胳膊和腿被蚊虫叮满了包，挠破后也流着黄水。养母说：“这个孩子恐怕活不了，我不要！”养父说：“要是死了也就算了，如果能活下来就养着他吧。”

这是一个贫穷的小山村，缺医少药。养父母每天用烟草叶子煮水给他洗伤口消毒，吃玉米糊糊、高粱米粥和窝窝头。内海的身体竟然慢慢地恢复起来，活过来的内海更名为王金生。

内海说，小小年纪的他要帮助家里干活，担水、砍柴、放猪，等等。他放牧的不仅是自家的牲畜，还有另外三户邻居家的猪和牛，加起来有 30 头。每天清晨天一亮，他就赶着牛和猪出去，天黑了才回来。山区里有狼出没，孩子被伤害的事情时有发生。

他说：“想起那时候真苦啊！”

王金生 10 岁时已经是中华人民共和国成立之后了。村里的学龄儿童大都上了学，只有王金生还在地里干活。村干部对他的养父母说：“让孩子上学吧。”养父母虽然不情愿还是同意了。养母给他做了双新鞋，他说这是他第一次穿鞋，万分激动。上学归上学，放牧不能丢。春天地里长出青草时，他凌晨3点就起床去放牛，地上虽然没了雪，也十分泥泞，他舍不得弄脏鞋，光着脚踩在冰凉的土地上，脚冻得通红。

小学毕业后，他考进了鸡西市滴边区第五中学，但只上学3个月，就到电站做了学徒工。月工资有18元，他留下五六元的饭费，剩下的都交给养父母，他们很高兴。

有一次，电站组织职工到煤矿参观万人坑，了解日本法西斯在中国犯下的罪行。讲解员介绍道，那时日本人为防止中国矿工逃跑，把工人的眉毛刮掉做记号，如果得病或干不了活了，就扔进沟里任其死亡。王金生恍然大悟：怪不得我在村里受欺负，是因为日本人做了那么多坏事。他心里暗想，出来了，就再不能让别人知道我是日本人了。

1971年他调到农场开拖拉机。后来是在农场的电视里得知中日恢复邦交的信息。那天晚上他突然特别思念故土，心想也不知道自己的老家在哪儿，自己的日本名字叫啥？

他打听到附近有一位日本残留妇人，日本战败后与当地的中国人结婚了，会讲日语，便找到她，把自己记忆里残存的事情讲给妇人听。他说当时住的房子边有一口井，屋前是条大马路，马路前面是铁路，还有一座草山。草山的底座烂了后就成了肥料，等等等等。

妇人领他一起到他说的地点去查看。地形和他的记忆不符，也没有他说的那口井。内海垂头丧气，他说那时我还小，可能是记错了。就在他们准备离去时，发现不远处有户人家。他们走过去，向里面的老大爷打听情况。内海重新讲述记忆中的点点滴滴，老大爷听着，不时点点头。大爷说："你讲的过去那些事是那么回事。"原来大爷是他家当年的邻居，大爷告诉他，他的日本名字叫内海忠志，还将他父亲的名字告诉了他。

1980年，一个日本访问团到鸡西市，听说里面有原来哈达河开拓团的人。他请那位日本残留妇人做翻译，把情况讲述给那位哈达河开拓团的人听，请他帮助寻找亲属。

1982年的一天，他突然收到日本父亲的来信。父亲说，战败前他被征兵入伍，做了苏军的俘虏，押送到西伯利亚，1950年回国。听说了"麻山事件"，以为没有亲人了。他回国后，与一个丈夫死在中国的寡妇结婚，她带了三个孩子，他们又生了两个男孩，家有7口人。

内海十分兴奋，没想到父亲还在。他回信说想回日本与父亲团聚。给他复信的是继母，说你回来不能分财产。内海回信道，我不要财产，只不过是想回家。

1984年3月，由日本政府出资，他回国探亲。父亲到成田机场去接他，二人相见，无言相拥，失声痛哭。回到神奈川父亲的家，因为语言不通，父子二人经常是无言相对，感情也隔得遥远。

父亲是农民，家里有房产、土地和30头乳牛。他几次与父亲笔谈，说我想回来定居。父亲不同意，笔答道：你回来的话，孩子们找不到对象。

3个月的探亲假满了，他回到中国，多次给父亲写信要求归国，父亲不同意。后来，他找到一个定居在京都的归国孤儿做保人，开始办理归国手续。手续快办下来时，父亲突然来信说："还是家人作保吧。"这样，他把定居地从京都改成了神奈川县平冢市。1986年2月，他一家5口人回到日本。

从找到父亲到回国定居，整整花了5年时间。法庭上，内海忠志愤怒地质问："日本人回日本怎么要保证人呢？亲属不给担保就回不来，真没有道理！"他说："由于多年与亲属失去联系，语言又不通，谁都不愿意照顾我们这些遗华孤儿。问题是，决定回不回来的权利在于孤儿自己，而不应该是亲属。找不到亲属的孤儿咋办？这是日本政府的责任，不应该推到亲属身上！"

6

2005年6月8日，福冈中国残留孤儿国赔诉讼原告山田博义在法庭上陈述：

尊敬的各位法官先生：

我叫山田博义。1999 年 11 月 10 日从中国辽宁省回国。我 4 岁成为孤儿,现年 64 岁。

我们残留孤儿今年迎来了终战 60 年。残留孤儿是那场战争的直接受害者。后来由于日本政府的弃民政策直到现在还在受害,没有真正得到做日本人的权利。因此,我们要求政府对残留孤儿进行道歉和赔偿。我们不会说日语,也听不懂日语,看不懂日语的书报。这正是日本政府的弃民政策给我们带来的最大损害。

众所周知,语言是人与人交流思想感情以及熟悉社会、认识世界的重要手段。在这个法庭,我们 90% 以上的孤儿完全听不懂日语。在上次的审理中,木村琴江和川内光雄在法庭陈述意见时,只有日语翻译,而没有中文翻译,我们不明白这是为什么。所以我们要求在法庭上为孤儿配备一个专门的中文翻译。我们认为这是对我们人权和法律的尊重。

一,90% 以上的孤儿不懂或不会说日语,这是谁造成的?在这个问题上必须实事求是地对待历史,真实客观地认识历史。60 年前,由于日本政府下达了放弃满洲的指令,在逃生避难的路上,成千上万的婴幼儿及儿童因饥饿和疾病失去亲人,相继死去。幸运的人被好心的中国养父母救了并抚养长大。这些孩子正是我们残留孤儿。我们不懂日语,其原因是政府遗弃了我们,为了活命,我们不得不依靠中国的养父母。

我想说的是,如果把日本政府比作母亲,我们就是孩子。如果母亲早日把孩子带回日本,孩子就不会遭受如此苦难。这难道不是弃民政策造成的吗?我们残留孤儿在青年时代经受的恐惧,日本政府是怎么考虑的呢?日本政府侵略中国引起的憎恨,我们必须全身承受。在这种社会中,我们绝对不可能学习日语。

二,回到日本的残留孤儿,没有作为日本人对待,也没有受到任何人都受过的义务教育。

回日本时,我有回家的感觉。但是,不仅我自己,几乎所有的残留孤儿回日本后都感到失望。日本政府不把我们当作日本人对待。众所周知,国民的义务教育是九年。但是全体孤儿都一样,回日本后在一个中心学四个月,在另一个中心学八个月,每周一、三、五学习,以后就要融入日本社会。但是我们年纪老了才回到日本,仅仅一年的时间能学习到多少日语呢?不会日语怎么能融入日本社会呢?怎么工作呢?这并不是我们不努力,也不是我们低能。我在中国边工作边攻读,大学毕业,取得了优异成绩。大家推荐我当学生会的副主席。回到日本后,我仍坚持学习日语。但是,尽管我这样努力,靠政府提供的日语教育是学不会的。回到祖国,却不会说母语,这种痛苦有谁能比我们更清楚呢?由于语言障碍,我们低人一等,去医院看病,去商店购物,甚至在团地扫除、活动,我们都总是说不清,道不明,这种感觉真令人悲伤。我记得刚来日本时,区役所的负责人突然来家走访,他全说日语,我们根本听不懂。但他不容分说打开了所有的门和拉门,是在找什么,还是在看什么?我很反感,打电话给指导员,才知道他是来看我孩子是否在家,是否真的搬出去自立了。听起来好笑,这是对我们人权的侵害,对我们人格的侮辱。这是因为我们受生活保护,不会说日语的缘故。妻子气得直掉泪。如果我会说日语的话,我要告他侵犯我的人权。

来日本一年左右,妻子做了乳癌手术,我切除了胆囊,做了狭心症的手术。语言的障碍又给我们带来了痛苦。恐惧和担心无法用语言表达,对自己的生死存亡都弄不清,听不懂,看书也看不懂,只能听天由命。手术后疼痛,护士打针时说:"20分钟我慢。"我不明白是什么意思。汉语的"我慢"是"晚"或"慢慢"的意思,憋了一天一夜后,才明白是忍耐20分钟就不疼了。想想这些,又可怜又可悲。我是日本人却不会说日语,不懂日语。这是日本政府造成的最大悲哀。

我们的父母兄弟都是响应政府的国策去中国的,为日本政府效力,为国家作出了贡献。但是家破人亡,妻离子散几十年,三代人都受牵连和损害。难道政府不应该赔偿我们残留孤儿的生命、健康以及作为日本人所遭受的损失吗?难道不应该保障我们的晚年生活吗?还给我们做日本人的人权!还给我们自由和平等!

我们怀着这样的心情决定进行诉讼。但是即使在这一诉讼中，我们的人权也没有得到保障。在第一次法庭上，只有把中文的陈述翻译成日语，而用日语陈述时，却没有中文翻译。旁听席上的原告几乎都听不懂，不明白本案诉讼的内容。我们什么也听不懂，只好呆坐在旁听席上。虽然是我们自己的诉讼，但我们却不明白内容是什么。这能说明我们的人权得到了保障吗？请法官先生深思。

法官先生，请明察原告以前的经纬和晚年归国的这种状况，用法律的天平作出公平的判断，使我们每个人都能在祖国安心生存。最后，再次强烈要求法官为孤儿在法庭上配备专门的中文翻译，给予我们做日本人的人权尊严。

我的陈述到此结束。谢谢！

7

小野寺律师对东京地方法院的裁判一直抱有信心，因为东京裁判之前的大阪裁判虽然败诉，但神户裁判胜诉了。

神户地方法院是2006年12月1日上午10时开庭宣判的。裁判长是桥诘均，裁判官是山本正道和同宫端谦一。神户原告团有65名原告，法庭判决61名原告获得总额为46860万日元的损害赔偿金。

判决书上说：原告们曾经跟家人在满洲（现在的中国东北部）生活过。1945年8月9日苏联军队进攻满洲以后，在逃难的过程中他们与家人生离死别而成为孤儿。而后中国人将他们抚养成人，在1972年9月中日建交后才陆续回到日本。

判决书转述了原告们的诉讼理由，一是由于政府有关人员采取了妨碍残留孤儿回国的措施；二是由于政府有关人员及国会议员怠慢了援助归国者过上自立生活的义务，这两条违法的公务行为给原告们带来了极大损害，他们基于《国家赔偿法》第一条向被告提出对每个人赔偿 3300 万日元的要求。

法庭根据每个原告的不同情况作出了不同判决。对于其中的 17 名原告，因为被告拖延了他们早日回国定居，判被告承担《国家赔偿法》的责任，按拖延一个月 10 万日元计算，向这 17 名原告支付赔偿金。

另外，法庭认定，政府对绑架的受害者采取了在法律上给予保护的学习日语、就业和职业训练等援助措施，归国遗孤们也应该享受同样的援助自立措施。政府有关人员对原告们负有回国定居 5 年里援助他们在日本放心生活、学习日语、就业以及职业训练的法律责任，然而政府却怠慢了这个义务。为了偿还由于怠慢义务而造成的无形损害，判被告承担国家赔偿责任，对每位原告支付赔偿金 600 万日元。但早期回国的 19 号、43 号、44 号、65 号原告，因超过了法律上的除斥期 20 年时效，国家的损害赔偿责任自动失效。

法庭判决的理由这样写道：

> 昭和二十年(1945 年)春天，苏联进攻满洲已经势在必行，政府以朝鲜半岛及其邻近地区作为绝对性防卫地带，为了持久战将其他的满洲地区作为战场，制定了使大部分开拓民沦为牺牲品的作战方针。基于此，大部分的开拓民在苏联军进攻时，无法期待关东军的保护，处在被苏联军屠杀、掠夺的危险状态下。
>
> 尽管如此，政府却坚持假装镇静的方针，既没有向开拓民传达关于关东军和苏联军的动向等消息，也没有事先采取让开拓民避难的措施。不仅如此，于昭和二十年(1945 年)7 月，为了补充军事力量削弱的关东军人数，实施所谓的“全民皆兵动员运动”，开拓民的青壮年全被征兵，使开拓团成为只有老年人、妇女和孩子们组成的没有防御能力的群体。
>
> 将在满洲的非战斗人员的一般日本人搁置在无防卫的状态，这个政府的政策，明显的是轻视本国国民的生命、身体财产的无慈悲的政策，对现政府来说，必须要以宪法的理念作为国政之本，负

有尽最大的可能救济因无慈悲的政策而产生的残留孤儿的高度政治责任。

到日中邦交正常化为止，可以说，为实现救助残留孤儿，去实施具体的政策实为困难，但是，通过日中邦交正常化，政府实现救助孤儿的责任实施具体的政策成为了可能。因此，日中邦交正常化后，涉及残留孤儿归国的政府相关人员，不能作出和政府救助残留孤儿责任相矛盾的行政行为，如果在没有特殊的合乎情理的根据的情况下，作出限制残留孤儿回国的行政行为，那就是侵害残留孤儿个人归国权利的违法公务行为。

关于支援归国孤儿自立的政府责任问题，法庭的判决理由是：

残留孤儿的大部分在归国时，已到了很难适应日本社会的年龄，完全是由于政府在日中邦交正常化后未及时采取救助残留孤儿的政策以及采取限制归国等违法行为造成的。所以，政府应基于社会常理，对残留孤儿在日本社会自立生活采取必要的支援政策，这是政府所应肩负的法律义务（自立支援义务）。

对残留孤儿应采取怎样的自立支援政策时，参考了政府对被朝鲜绑架的受害者采取的自立支援政策。被朝鲜绑架的受害者在永住归国后5年内，每月收到比生活保护更高的被绑架受害者给付金，此外还接受社会适应性指导、日语辅导，及其他周到的就业援助。总之，被绑架受害者在永住归国后5年内，在收入有保障、不用被迫就业的状况下，集中精力学习日语和受到职业培训，无论在肉体上还是精神上都较为轻松。

政府在支援被绑架受害者自立方面没有什么欠缺，但是在对待残留孤儿问题上不足之处却相当多。因此，从道理上来讲，希望政府实施支援残留孤儿自立的政策不应差于被绑架受害者。

原告们的诉讼请求里还有一条，就是国会议员没有制定在生活保护之外，对残留孤儿持续支付“给付金”或实施年金制度进行特别立法（法律术语是“立法不履行”），提出赔偿要求。法庭不予支持，理由是：“法院难于判断它是违法的，所以不能接受原告们把立法不履行责任作为理由向国家提出赔偿这一请求。”

另外，关于战争责任，判决说：“本判决认定的损害，是日中邦交正常化后政府有关人员的违法公务行为所造成的损害，而不是战争损害。因此不能以战争损害论来否定国家赔偿责任。”

神户地方法院的判决，无疑给原告及律师团以莫大鼓舞。小野寺律师说：“虽然判决的内容还有点遗憾，但让我们看到了一线希望。”他说：“通过神户判决使残留孤儿问题应该在政治上尽早解决的声音与力度有了极大的飞跃。这个结果，使残留孤儿问题由厚生劳动省级别上升到交给首相来政治判断的这个局面。”

他们高兴得有点早。10天之后，被告不服判决，12月11日上诉到大阪高等法院。

8

东京地方法院对孤儿原告团国赔诉讼案的宣判日期是2007年1月30日。案件审理了4年零41天。

日语将地方法院简称为“地裁”。小野寺律师说：“本来东京地裁与大阪地裁是同步进行，大阪地裁是2005年7月6日判决，东京地裁拖延的原因是更换了法官。”

东京地裁原定2005年2月结审，但在结审前小岛裁判官突然调离，使裁判不得不拖延。东京原告团团长池田澄江说：“我们第一次尝到了被法庭愚弄的滋味。”

之前，已经进行了5次法庭辩论。关东原告团十分庞大，有1092名原告。每次原告席上只能坐40名孤儿和律师，旁听席上则满满当当。法庭辩论，每次由2至4名原告陈述意见，而后是被告答辩。被告是日本政府，对原告律师质询的问题只有一句固定的答辩词，即“原告的主张是不对的！”只有第5次法庭辩论时，被告律师申辩道，战后20多年日中没有邦交，恢复邦交后，发布了《中国残留邦人等归国促进及自立法》，法律上已经实施了不少支援对策了。

那天庭审下来，86岁的中国归国者问题同友会代表干事庵谷磐接受《朝日新闻》记者大久保真纪采访时忿忿地说：“我们民间义务支援者从前一直说，从开始时期政府就应该来出面负责解决问题。可是已过了几十年，孤儿也老了，到现在孤儿向日本政府打官司，政府真是太丢人！这些问题不采取诉讼也应该能解决的。到了现在，政府一直不闻不问，真让人生气愤怒！政府应好好考虑为什么孤儿打官司，政府能为他们做些什么？应该认真地想一想。希望政府和法院千万不要忘掉的是孤儿，是活着的人，他们是为国家牺牲的人们，对于这些现实问题，希望政府应该认真地接受才是。”

大久保感慨：“日本是什么样的国家？战后遗留在中国大地，后来经历过苦难的孤儿们终于实现了念想已久的归国定居，可是定居祖国却不能让孤儿们感觉高兴，我太伤心了。国家还想再把孤儿们遗弃吗？”

东京地方法院一审裁判长小岛2006年1月离任，接任者加藤谦一4月上任，6月开始重新审理此案。接着，7月6日大阪地方法院的判决出台，原告败诉，核心理由是：“残留孤儿的被害是属于为战争牺牲。战争的损害是国民必须同等忍受……”

法律没有绝对的公正，它更像是游戏，玩的是程序，而且会倾向于权力。

根据大阪的判决，东京律师团认为要加强立证。他们向法院申请，追加8名原告的法庭询问和3名学者的法庭证言。

2006年2月，三名历史学者出庭作证。

冈部牧夫是日本历史学家，1965年毕业于日本成蹊大学，先后参加过《太平洋战争史》《日本民众历史》和《日本史》的编撰，1979年出版《伪满洲国》一书，对日本的侵略予以批判。他在法庭上简要介绍了伪满洲国的历史，证明往满洲输送百姓是当时的国策，战败时对这些移民抛弃不管就是弃民。

另一位学者远藤誉，是日本著名的女物理学家、教育学专家、社会学家、作家。她 1941 年出生在中国吉林省长春市，当时叫“新京”，是伪满洲国“首都”。她 1952 年回到日本，战后在中国居住了 7 年。她用亲身经历证明，如果日本政府按时实施归国政策，孤儿们用不着等待日中邦交也能归国。

川万太郎是日本历史学家，著有《日中战后关系史》等著作。他根据自己对战后日中关系的研究成果，证明即便没有国交，通过各种途径，日中之间的交涉渠道是有的。

律师团精心准备了 800 页的关于国家遗孤政策违法的书面辩词，东京诉讼于 2006 年 5 月结审。在之前的 2 月，东京地方法院对 3 位残留妇人的国赔诉讼作出判决，虽然原告败诉，但否定了“战争被害全民一样，都要忍受”的说法，因此律师团对东京地方法院的裁判信心十足。

9

东京的 1 月十分寒冷，30 日那天天空飘洒着细碎的雪粒子，风也凛冽。

宣判仍然在 103 号法庭。裁判长加藤谦一，裁判官杉本宏之、同伊藤大介驳回了原告团的诉讼请求。理由是，原告控告的政府三次弃民政策给残留孤儿造成的损害，事实与因果关系很难断定；政府的赔偿义务没有法律根据。在事实认定中，裁判将残留孤儿所经受的苦难一股脑儿推到苏联军队身上，似乎日本政府没有责任。

东京法庭法官进出的门就在审判席的背后，门与墙壁饰为一体，不留意看不出来。裁判官宣判完毕，转身就消失了，法庭里留下的是愤怒的原告和辩护团的律师们。有原告怒喊:“这是冷酷无情的判决!是不讲道理的谬论!”小野寺律师讲:“这是最糟糕、最令人失望的判决!”

从法院出来,愤怒的原告团、辩护团和支援者们组成游行队伍到厚生劳动省、首相官邸和国会前请愿。

“中国残留孤儿的人性复归市民联络会”给内阁总理大臣写了一份《中国残留孤儿人性复归请愿书》:

内阁总理大臣　阁下

1945年日本败战当时,年幼的孤儿们被抛弃在中国(主要是东北地区)。经历了千辛万苦,年逾四五十岁才得以回归祖国。可是,殷切期望在日本自立生活的中国残留孤儿,没有受过正式的日语教育,同时也没有得到适宜的工作介绍,结果有将近七成的人迫不得已过着靠吃生活救济而维生的悲惨生活。至于孤儿们老后的忧患则更为不堪设想。

造成孤儿们如此的悲剧,原因在于日本政府从败战后到1980年代初没有实施让孤儿们早日归国的政策,以及归国后支援孤儿自立的政策过于缺乏。

我们为早日实现孤儿们的作为普通日本人活得有尊严的心愿,对如下事项进行请愿:

1.国家要承认长期以来对中国残留孤儿所实施的政策的失误,对孤儿道歉、谢罪。

2.国家要为孤儿剩下的人生活得具有人的尊严的生活建立妥当的赔偿制度。

2月1日,由学者、作家及演艺界人士向社会发出“中国残留孤儿人性复归斗争,需要您伸手相助”的100万人署名活动呼吁书,其中写道:“祖国啊,请对中国残留孤儿的苦难的人生谢罪!请为他们的人性复归作出政治决断！”

孤儿田中友子写了一首《遗孤叹》：

遗孤曾有几多愁？
恰似这雨打樱花落水逐波流。
残留异国多坎坷，
望乡无归路，
熬白了头。

遗孤更有多少难？
恰似这料峭樱花初绽遇春寒。
历经曲折归乡后，
故国难容身，
仰首长叹。

遗孤心有何所求？
恰似这夕阳樱花相映别样秀。
团结起来齐抗争，
讨人权公道，
还我自由。

第七章　首相决断

1

采访国会议员野田毅是在 2010 年 10 月 26 日。我听小野寺律师说，是由于野田毅先生的推动，最后国会立法解决了遗孤们的生活保障问题。

东京的秋季阴雨连绵，那天下着小雨。采访时间约在下午 4 时。国会大厦一层是接待厅，门口就是伞架。办完手续，发一个牌照挂在脖子上，而后经过安检方能进去。记得 20 世纪 90 年代中期到日本国会采访，参议员和众议员的楼是分开的，没有安检。

野田毅先生在他办公室隔壁的一个小会议室里等着我。是年 69 岁的野田毅身材高大，国字脸，平眉细眼，长相和善。他 1941 年 10 月 3 日出生在日本大阪府。他说："父亲 1945 年 7 月在战争中去世。"说这个话时，他的嗓音低沉。

战后的日本生活在废墟中。父亲去世后，家里没了顶梁柱，少年的野田毅分担了母亲的生活压力。他当过报童，清晨早早地到报社发行所门口排队领取报纸，在街上叫卖。另外还给一些订户送报纸，有时候还要打零工。总之，他自己挣钱供自己上学。1960 年他以优异成绩考上东京大学法律系。在日本，法律系是文科中的最好专业。大学期间，他业余时间当家庭教师，挣钱维持学业。他学习、生活都很努力，1964 年毕业后，进入大藏省做财务工作。

那一年正好在东京举办第十八届奥林匹克运动会。这是奥运会第一次在亚洲举办，日本举国都非常重视。城市扩建，新干线就是那时候修建的。资料显示，日本政府为改进交通设施，兴建体育场馆和其他设施耗费近30亿美元。野田毅说："这是日本经济建设最兴旺发达时期，日本从发展中国家进入了发达国家行列，而我在主管经济建设的大藏省工作很荣幸。"

野田毅在大藏省做了8年官员。他说他从官员变成政治家与婚姻有关。他这话的概念是，公务员属于官员，而议员是政治家。

野田毅的岳父是昭和时代的政治家野田武夫。日本昭和时代是指1926年12月25日至1989年1月7日裕仁成为天皇的时代。昭和年号是日本历史上时间最长的年号。

野田武夫1895年2月生人。他毕业于早稻田大学法学部。早期从事新闻工作，从记者当到神奈川新闻社社长。他后来做了商工大臣町田忠治的秘书官，1936年当选众议院议员，战前曾任军需政务次官。他先是民主党党员，1955年，同属于保守主义的自由党与民主党合并为自由民主党，简称"自民党"，他成为自民党议员。1963年，野田武夫在被称为揭开了20世纪60年代日本经济高度成长时期序幕的池田勇人内阁任总理府总务长，1968年他在佐藤荣作内阁任自治大臣兼北海道开发厅长官。1972年6月野田去世，享年77岁。

野田毅1968年与野田武夫的女儿结婚，是上门女婿，婚后改姓野田。野田毅说："1972年是日本历史大转折的一年，5月冲绳回归，9月日中恢复邦交。我岳父6月逝世，没有看到日中建交就走了。岳父主张日中友好，去世前对我说：'我看不到日中友好这一天了，你要成为一个政治家，实现我的梦想。'岳父去世后，我辞掉了政府官员的职务，参加当年12月的议员选举，当选为众议员。"

野田毅先生12次连任国会议员，任过日本内阁建设大臣、经济企划厅长官、自治大臣兼国家公安委员长，2000年7月就任日中协会会长。

日中协会是外务省中国课所管辖的社团法人，成立于1975年，野田毅是第三任会长。该协会是日中友好交流七大团体之一，主要进行中日之间外交、科技、教育、文化、经贸、人才培训等交流工作，宗旨是加深日中两国人民间的相互了解，促进两国的友好关系。2010 年 5 月 30 日，到访日本的温家宝总理向野田毅颁发了中日友好贡献奖。

野田毅说："1978 年以后，日本民间开始了遗华孤儿寻亲活动，那时政府尚未行动。我从电视上看到一批批的孤儿到日本寻亲，有的找到了亲人，有的没找到，我坐在电视机前流泪，因为我们是同龄人。"

他还说："刚开始，我觉得政府已经做得够了，把孤儿们一个个弄回来就够了。结果他们老年后，不满的情况暴露出来。五六年前，他们诉讼了。听律师团的人说，孤儿们回到日本，他们中间有 80%～90%的人不会日语，没有很好的工作，过着贫困生活，半数以上的人都是吃生活保护费，而吃生活保护费的人受到监视，没有尊严，如果回中国探望养父母就要扣他们的生活费，对他们人格侵犯的事情也时有发生。另一方面，中国养父母也抱怨，说他们忘恩负义。而实际上不是孤儿们忘恩负义，是日本政府的限制，使他们不能探望养父母。这个情况令我吃惊。我就想怎么也要把这个问题解决掉。先是在自民党内提出这个问题，后来公民党议员还有其他支持我们的党派议员也参加进来了。"

他说："起初厚生劳动省根本不理睬我们，好像我们是在跟他们开玩笑，因此什么工作也开展不了。我想，用政府提案的方式不行，官僚不配合，只能通过议员立法了，把法律改了。日本现行法律中没有相关条款，只有完善法律，才能改变官僚的态度。很幸运，安倍内阁上台后很支持我们的想法，开始立法。"

野田毅特别强调："不是政府来立案，而是我们议员来立法。"

2

遗孤提起诉讼之后，2003 年 10 月 2 日，在参议院预算委员会的质询会上，议员松冈满寿男就中国残留孤儿、残留妇人问题向时任首相小泉纯一郎质询。

小泉纯一郎出生于政治世家，其祖父与父亲都任过内阁大臣。他于2001年4月28日就任日本第87届内阁总理，连任了三届。按照日本政坛的规矩，执政党党首就任内阁总理（首相），只能连任三届。战后的日本首相如走马灯般更替，小泉纯一郎算是政治生命力比较长的人物了。

在10月2日的质询会上，松冈议员向小泉首相质询如下：

松冈：今天，我想就中国残留孤儿、残留妇人的问题，问一下总理的见解。

去年，小泉先生为朝鲜问题去了平壤，从那以后，国民认为小泉先生毕竟还是一位重视现实的人，可是在前次总裁选举时也有人说（小泉）是无情的人，可我觉得国民还是认为（小泉）是心有温情的人，而感到放心。

然而，国家对待中国残留孤儿和残留妇人实在是太过冷淡。《冷漠的祖国》这本书在8月份出版了，总理，您看过了吗？想必没有看吧。书中记述了他们好不容易回到了日本，现在已归国的中国残留孤儿2400人，残留妇人3700人，合计6100人，含家属在内近2万人回到了日本。可是，他们陆续步入了老年，不会说日语，也找不到工作，不能就业。70%的人接受生活保护维持生活，国民年金每月2.2万至6.7万日元之间。在这样的情况下，他们实感作为祖国的日本真是冷酷无情的国家呀！

但是，在他们身上出现的问题并不是他们的责任。广田内阁时决定，在满蒙日本人要占满蒙5000万人口的10%，即达到500万，要在20年内实现。由于终战，计划受挫折。当时在中国有155万日本人，其中105万人回到了日本，21万人死亡。特别是满蒙开拓团去了27万人，其中30%的人死亡。这是由于国家推行的政策所造成的结果吧。

第一次，是他们被遗弃在中国东北。第二次，在安信介内阁时，说已经是独立国家了，这个问题必须得重新整理一次，就制定了《未归还者特别处置法》。在明明知道1万数千人仍生存的情况下，却实施了战时死亡宣告，他们的户籍被抹消，这是第二次被遗弃。日中国交正常化恢复以后，结果仍被放置了20来年，直至昭和五十四年才开始寻找调查，形成了今天这样的现状。

关于这个问题是国家的责任吧？他们说："被朝鲜拉去的人能得到特别亲切的无微不至的关怀，而我们为什么被放置不管？"作为日本人，对此如何解释才好呢？关于这一问题，想听一听总理的想法。

小泉首相：我在担任厚生大臣的时代与中国残留孤儿会见过。大都和我是同龄人。他们的遭遇的确很悲惨，令人感伤。像那样的遭遇，和家族、两亲离散，是怎样的心情啊！另外，虽不是自己的孩子，善良的中国国民却给我们收养抚育了他们。对具有广阔胸怀的中国人感谢的同时，感到他们因长年在中国生活，然后想回归日本，结果在日本的生活与想象的不一样，难以生活，这也实在是很不幸。

对这一问题，(政府)还是认真地采取了一些支援对策，这些对策通过厚生省至今一直在实行。到了最近，仍然是语言问题，再就是与在日亲族间关系处理得也不太好。有各种各样的事情，听了这些情况，实在是处在可怜的境地啊！因为是祖国，必须采取尽可能的温暖的欢迎的对策。

松冈：总理在担任厚生大臣时代，曾在国会答辩说，希望能得到他们"回到日本还是好的"的回答。但是很遗憾，现实是1200名残留孤儿向国家提出损害赔偿请求，2400人的一半参加了诉讼吧？

但是，他们要求的并不是赔偿金。这次对被朝鲜绑架的各位，每人月给17万日元。给中国残留孤儿应该至少每人15万日元，而且不要作为生活保护费发给。军人恩给，过去一年曾经达到1兆数千亿，现在每年人员自然减少，金额减少了600亿日元，(遗孤们)的费用全部从这里出，也才80亿日元左右。为使他们感受到日本国民是善良、有同情心的国民，我希望这件事一定要这样去实施。

我之前在国会质问过，（厚生省）局长曾答辩说：朝鲜的问题是和平时期出现的问题，而残留孤儿的问题是战争时期的问题。可是，（政府）不是也曾说过和朝鲜还是战争中的状态吗？

总理，现在与朝鲜的关系是局长所说的和平时期呢？还是战争时期呢？关于这方面的问题，您是怎样认识的？

小泉首相：现在因还没有实现国交正常化，正在朝着国交正常化的方向去努力，绝不是正常的状况。

松冈：我认为在这点上应是平等的立场。他们都是国家政策的牺牲品。

在《冷漠的祖国》里，书中记述了他们的迫切愿望，残留孤儿代表及菅原先生向小泉首相请愿时，一位有名的大人物的秘书作了如下回答："你们什么也不知道！支给中国残留孤儿每月2.2万日元，如果不足，靠生活保护去生活。这是决定了的，现在又提出老后保障等等，不行！你转告他们就说：'小泉的秘书是这样说的。'"这样的回答激怒了菅原先生。

这个事实在书中写了，总理您怎样接受这个事实呢？

小泉首相：我没有说过那样的话。我没说过的话也被到处报道。那样的大谎言竟能写得出来，到了没完没了的程度。那个事已经问过秘书官了，根本没有说过那样的话。另外，最近也看到一些报道，许多都是谎言，可真让人讨厌呀！我想写文章还是要更加注意些，否则报道机关也会感到为难。

松冈：衷心希望，诚恳请求小泉首相以温暖的胸怀对待中国残留孤儿、残留妇人这一问题，去推进适当的措施和政策。

这时，主持会议的参议院预算委员会委员长片山虎之助出来打圆场，他说："松冈满寿男君的质问到此结束！"说着率先鼓起掌来，这件事就算告一段落。

3

采用政治手段解决中国残留孤儿问题是在大阪地方法院的判决之后。

大阪地方法院于2005年7月6日对残留孤儿的国赔诉讼作出一审判决，判原告败诉。裁判长大鹰一郎的判决理由是："残留孤儿的被害是属于为战争牺牲。战争的损害国民必须同等忍受……"云云。

池田澄江说："大阪地裁出乎意料的败诉判决，对我们的冲击之大是无法用语言形容的，我们尝到了法律的冷酷无情。"

小野寺律师的认识更冷静客观些，他说："大阪判决虽然驳回了原告的请求，但对一些事实进行了认定，认定国家有让孤儿们早期归国的义务，但是否定了国家对孤儿们有援助自立义务。将孤儿们的产生归结为战争损害，没有援助救济的必要，可以说这是一个无情的判决。这个判决一经报道，国民舆论对残留孤儿的历史及现状有了了解和认识，对于政府对孤儿们的冷酷政策的批判一下子高涨起来。政府、厚生劳动省只接受胜诉这个结果，而不面对舆论的批判。各界开始针对政府的政治责任进行质疑，在国会中也有一些人响应质疑的呼声。"

例如，一位国会议员说："一个国家不能保卫自己的人民，这个国家就失去了存在的意义；一个国家任凭它的人民遭受不幸，还要这个国家干什么？"

早在4月份时，小野寺和律师团的同仁们想到了通过政治途径解决孤儿养老的问题。当月，他们在东京召开全国原告团联络会与律师团联席会，草拟了一份要求全面解决问题的《要求书》。要求：一，明确国家责任并谢罪；二，建立针对孤儿的给付金制度，使孤儿的生活有保障；三，对孤儿的后人即二代、三代的支援对策，包括日语教育、就业支援、解决住宅等等；四，检视历史，加强国民对中国残留孤儿问题的历史认识；五，损害赔偿；六，定期协议。等等。

大阪判决的当天下午，孤儿们集会抗议，向厚生劳动省和各政党提交了抗议声明。

判决的第二天（7日）和第三天（8日），上千名孤儿静坐在厚生劳动省和参众两院门前。这些老人们，顶着骄阳烈日，举着写着抗议和诉求的幡旗示威。一张张饱经风霜的脸上写满了苦难，沉默就是诉说。行人驻足，接过散发的传单，摇摇头表示悲悯。

7月7日，在国会议员馆院内，孤儿们与62名参众两院的议员举行了见面会。气氛显得沉重而压抑。先是孤儿发言，讲述战后的苦难人生经历。一个又一个的悲惨故事，令生活优越的议员们低垂着头。接着，诉讼团辩护律师表达了要求立法解决孤儿问题的意向。小野寺律师说，行政解决不了的问题，只能通过立法来解决，政治解决。孤儿代表们齐声赞成，说："对！我们要求立法解决！政治解决！"

7月20日，由执政的自民党、公民党及在野的民主党的61名国会议员召开中国残留孤儿问题研讨会，组成了超党派议员联盟"中国残留孤儿支援会"，野田毅为会长，日语称"座长"。公明党的漆原良夫为会长助理，自民党的中谷元为事务局长。支援会的成立，预示着孤儿老后生活的立法保障有了可能。

曙光似乎在海面上出现，但8月份众议院解散，9月份要选举。原告团顾问菅原幸助担心时间拖长了，议员们的热情会冷却。他说："要趁热打铁。"便发动全国各地原告团成员纷纷给小泉首相、参众两院议长及各政党党首写信，他们称之为"写信运动"。据统计，关东地区1092名原告，寄信的有811名，达74%。信件在议员当中传阅，孤儿问题像一股潮水，涌进了议员们的视野。

12月初，由野田毅牵头的"执政党支援中国残留邦人计划小组"（简称PT小组）开始活动。8日，菅原幸助和律师们带着原告团代表分别走访了公明党干事长漆原良夫和自民党议员野田毅、中谷元。在16日的PT小组座谈会上，原告代表明确表示，孤儿们不接受生活保护政策和在生活保护的基础上修修补补的方案，要求脱离生活保护，重新立法，在生活、医疗、看护等方面给予充分的支援。

目标变得清晰了。

4

东京地方法院于2007年1月30日上午宣判孤儿国赔案原告败诉。这个结果超出了小野寺律师的预期。

之前，小野寺律师对东京审判信心满满。信心来自于两个方面：一是2006年2月，东京地方法院对3位残留妇人的国赔诉讼作出的判决。虽然判原告败诉，但否定了“战争被害全民一样，都要忍受”的说法；二是两个月前孤儿国赔案在神户地方法院胜诉。虽然被告不服，上诉到大阪高等法院，但多数地方法院即便是判原告败诉，也在孤儿被害事实的历史认识基础上，认定国家对孤儿负有政治责任。

小野寺说：“残留孤儿问题，其本质在于战争责任、战后责任。我们以此为理由，要求国家对孤儿谢罪与赔偿就顺理成章。如果东京胜诉，各报的社论会纷纷支持，要求政治解决孤儿问题的呼声就会高涨，相信可因此加速安倍首相作出政治决断的决心，政治解决也就一气呵成。”

东京判决出来时安倍晋三才当首相4个月。他是2006年9月26日就任日本第90届首相，接任小泉纯一郎，成为日本第二次世界大战后最年轻的首相。

日本政坛大都是政治世家，所谓民主选举，不过是民众给那个政治小圈子的人投投票。安倍晋三的外祖父岸信介、外叔公佐藤荣作都担任过日本首相，加上安倍晋三，一门出了三个首相。

岸信介与佐藤荣作是亲兄弟，原名佐藤信介。岸信介的父亲本也姓岸，他结婚从岸家入赘到佐藤家便改姓了佐藤。岸信介中学时被过继给父亲的本家，又改回去姓岸。从血脉上讲，他既是岸家人又是佐藤家人，岸姓是父系的姓氏，佐藤是母系的姓氏。

岸信介赫赫有名，因为他是“二战”的日本甲级战犯。“九一八”事变后，日本在中国东北建立伪满洲国，岸信介曾任伪满洲国的实业部总务司司长、产业部次长、总务厅次长等职，与当时的关东军参谋长东条英机、伪满洲国总务厅长星野直树、满铁总裁松冈洋右、满洲重工业开发株式会社社长鲇川义介并称为“满洲五巨头”。日本投降后，岸信介被列为甲级战犯关在东京巢鸭监狱，不知什么原因，1948 年 12 月 24 日，即东条英机等 7 名甲级战犯处死的第二天，他获释了。

获释后的岸信介活跃在日本政坛，1953 年成为众议员，在石桥湛山内阁中任外务大臣。1957 年 2 月，因为石桥患病，岸信介接续了石桥任第 56 届日本首相，1958 年连任一届，担任首相三年多。在他任职期间，修改了吉田茂执政时与美国签订的《日美安全保障条约》，加快了日本扩军步伐，并致力于修改日本和平宪法，是日本右翼政治的代表人物。

安倍晋三的父亲安倍晋太郎从东京大学法学部毕业后在《每日新闻》社当记者。1951 年，时任日本外相的岸信介托一个与他关系密切的《每日新闻》记者帮女儿岸洋子介绍对象。那位记者介绍了安倍晋太郎。成婚之后，安倍晋太郎辞去报社职务，成为岳父的秘书，随后也步入从政之路。1958 年他当选众议员，出任过农林水产大臣、内阁官房长官、通产商业大臣、外务大臣和自民党干事长等职，本有望接竹下登首相的班，却在离首相之座一步之遥时，1991 年病逝。

翻翻日本政坛的底谱，联姻联亲、子承父业的比比皆是。

第一次出任首相的安倍晋三没有他第二次出任时那样气势如虹。他第一次的首相宝座未坐满一年。虽然上台后，外交上成功与邻国修复了关系，但内阁成员丑闻频出，民众支持率快速下滑。2007 年 7 月，安倍晋三领导的自民党在参议院选举中大败，这是自民党立党 52 年来，首次失去对参议院的控制权。无力挽回颓势的安倍晋三于当年 9 月 12 日，以健康原因宣布辞去首相职务，9 月 25 日福田康夫组成新内阁，安倍翌日正式离任。

虽然未参加辩护团，但一直在关注并支持孤儿国赔诉讼的大律师河合弘之认为，当时安倍政权正是危机之时，解决孤儿问题是为了给政权拉分。政治家为了政治生命，需得到国民的拥护，解决孤儿问题有利于提升民众对他的支持率。

东京地方法院判决的当天中午，厚生劳动省大臣柳泽伯夫满面春风地向媒体表示非常高兴，并对法院表示谢意。该大臣在1月27日的一次公共集会上把妇女称作生育机器，正被社会舆论炮轰得灰头土脸，让他引咎辞职的呼声不绝于耳，而此刻他笑容满面。

社会舆论指责东京判决是最差的判决。作家濑户内寂听在《京都新闻》发表文章说："这个判决书令人恐惧而绝望，超出人的想象力，感到震惊。"

从法庭出来之后，愤怒的原告团、辩护团和支援者们组成浩浩荡荡的游行队伍，走上街头抗议。下午人们到厚生劳动省、首相官邸和国会外面请愿，口号声在凛冽的寒风中一浪高过一浪，似海浪拍打着岸边的礁石。

安倍首相打电话给厚生劳动省柳泽大臣，指示道："看来迄今为止的支援政策确有不足之处，要真诚检讨，细致对应。"柳泽在电话里表示，一定遵照总理的指示办。

当天晚上，安倍在接受记者采访时说："迄今为止对残留邦人的支援还不够充分，要与法律问题、判决结果区别对待，对中国残留邦人的支援作为特例来考虑。我已指示厚生劳动省大臣，与执政党项目小组进行商量，真诚细致地对应。"

第二天晚上，安倍在首相官邸接见了全国孤儿原告团的7名代表和律师团代表，厚生劳动省大臣柳泽伯夫也在场。安倍与代表们一一握手，对每个人都说一遍："辛苦了，辛苦了……"令孤儿和律师的心里都热乎乎的。

安倍先发表讲话。他说："残留孤儿的老龄化在加剧，他们无法流畅地使用日语，生活现状十分艰难。迄今为止，政府虽然已经采取了一系列措施，看来还不够。不管司法的判决结果如何，我已经向执政党项目小组（PT小组）及厚劳大臣作出指示，让有关部门进一步商议，今后应采取什么措施来支援大家。我想，要让残留邦人感到回到日本真好，作为日本人过上有尊严的生活。支援政策的制定不只是厚生劳动省的工作，也要在听取大家意见和专家意见的基础上来予以完成。至于新的支援政策何时出台，由厚生劳动省大臣给大家指示。”

与会的代表们激动地热烈鼓掌。柳泽大臣对孤儿支援的不充分进行了道歉，说厚生劳动省一定在夏季之前落实首相的指示。

从首相官邸出来，池田澄江激动地流下眼泪。她说：“昨天的败诉判决我感觉像下了地狱，今天的首相接见像上了天堂。安倍首相对孤儿的接见真的使我们感动万分，其指示精神是体察了民情，顺应了民意，使政治解决水到渠成。”

5

在日语里，专家被称为“有识者”。

厚生劳动省5月17日召开有识者会议研讨孤儿问题。

安倍首相1月31日接见孤儿代表时讲的“要让残留邦人感到回到日本真好，作为日本人过上有尊严的生活”的话成了经典名言。2月1日，他在国会答辩时再次重申了这两句话，特别强调，对孤儿的新支援政策要本着这个原则去制定，他说：“以让孤儿们感到回到日本真好，过上有尊严的生活作为指导原则，开始新支援政策的制定。”

孤儿原告团和律师们立刻行动起来，起草了一份表达诉求的《请愿书》，4月11日递交给执政党项目小组（PT小组），PT小组将它提交给厚生劳动省，由他们先拿出方案。

《请愿书》在日语里写作汉字“要望书”。孤儿们在《要望书》里的要求是：一是为恢复作为日本人的尊严，要求国家为战后遗弃孤儿的行为谢罪并取消生活保护政策。二是要求设立专门适用于孤儿的给付金制度。“给付金”在日语里指某一机构或单位按约定支付给相关人的钱，经常指保险金。孤儿们还要求解决孤儿及配偶的老后保障问题。第三是要求建立日语和日本文化补习制度，解决孤儿及后代融入日本社会的问题。他们提出的给付金数额为单身者每月17万日元，夫妻二人每月24万日元，这个数字是参照政府“支援有关被朝鲜当局绑架被害者法”的生活支援标准。另外，还有行动不便时的护理费用，等等。

厚生劳动省对孤儿们的要求持抵触态度。他们说，如果对孤儿们废除生活保护制度，而给予单独支援，那么将招致国内外无数的战争受害者无止境的补偿要求，会给国家财政带来破坏。

——注意，厚生劳动省使用的是“破坏”一词，而非“负担”。在他们看来，将生活保护改为支援给付是性质的改变。他们认为，那场战争早已经翻篇了，战争的损害，国民应该承担。

厚生劳动省的初步方案，是在生活保护制度的框框里做些修修补补，这种想法通过媒体透露出去，遭到原告团和辩护团的强烈反对。

5月17日，参加厚生劳动省会议的有识者有中央大学教授猪口孝、京都产业大学客座教授贝塚启明、东京大学教授兼公共政策大学院院长森田朗、神奈川县立保健福祉大学教授山崎泰彦、日本司法支援协会理事长金平辉子、《读卖新闻》东京本社北陆支社社长岸洋人，还有さわやか福祉财团理事长堀田力，原告辩护团的律师被邀请旁听。

会上，福祉财团理事长堀田力认为，为了确保做人的尊严，生活保障应该得到解决，他们的苦难是战争造成的，国家没有政治责任。《读卖新闻》的岸洋子认为，国家对残留邦人问题，战后搁置了36年，是有政治责任的，社会保障制度也没有到位。中央大学猪口孝教授认为，孤儿们的悲惨遭遇，对个人来讲非常重要，他们的人生被改变，国家负有政治责任。

辩护团向会议提交了书面意见。他们主张立法，创立一个有别于生活保护制度的独立的支援制度提交国会通过。理由是，战后残留中国的孤儿们经历了难以用语言表达的苦难，付出了人生代价。尤其战后是国家延迟了他们的归国，致使他们不会日语，难以自立，而国家对他们归国后的自立支援也不充分，造成不被日本社会接纳的境况，人的尊严受到伤害，老后生活得不到保障。辩护团主张孤儿应该作为特别的牺牲者来对待，明确国家负有责任，国家要确保孤儿们能过上作为日本人的有尊严的生活。

从5月17日至6月12日，厚生劳动省召开了五次专家会议。在此期间，从5月21日至25日，关东地区原告团的孤儿们开始做针对国会议员的公关工作。由东京、神奈川、千叶县、埼玉县的孤儿们轮流交换，每次30至50人集结在厚生劳动省大楼前散发传单，进行宣传，并利用午间休息，走访国会议员，表达诉求。

5月30日，孤儿们在厚生劳动省前举行声势浩大的长达3天72小时的静坐抗议活动，反对在生活保护框框里修修补补。

在5月30日的第三次专家会议上，PT小组的野田毅座长发表了意见。他说："安倍首相指示，中国残留邦人的问题作为特例来处理。因为他们长期滞留中国，不会日语，战后经济复兴的成果他们没有享受到。"野田毅明确提出，把对残留孤儿的新支援政策整理成报告书向国会提案。他的提议在6月12日的第五次专家会议上得以实现，专家与厚生劳动省达成共识，提出要制定与生活保护不同的给付金制度的倡议。

7月9日，辩护团与PT小组制定出新支援政策。10日上午，厚生劳动省与原告团表示接受，政治解决基本达成。

10日中午，安倍首相在首相官邸第二次会见由各地前来的原告团86名代表、辩护团16名律师，还有原告团的顾问菅原幸助等103人。参加会见的还有官房长官盐崎恭久、厚生劳动省大臣柳泽伯夫以及执政党项目小组的野田毅、漆原良夫、中谷元等，另外，厚生劳动省的官员列席会活动。

原告团和辩护团期待着安倍首相能代表政府说出谢罪的话，那么这场维权斗争的结局就圆满了。但安倍回避了道歉的话题，他只是满面春风地说："希望代表祖国温暖的新支援政策能扎扎实实地落实好。"

走出首相官邸，小野寺律师对原告们说："世上有些事并不能十全十美。在战后这种灰色保守的国情里，能像蚕茧突破般诞生出的新支援政策就是取得了胜利！"

9月7日至11月22日，就新支援政策的具体法案，辩护团与厚生劳动省进行了7次磋商。法案终于出台了。新法案题为《有关促进遗华日本人等顺利回国及支援回国定居后自立的法律》，简称为《改正自立支援法》。

11月27日，众议院全票通过2007年法律第127号《改正自立支援法》。

28日，参议院235名议员亦全票通过该法案。

公布法案是12月5日。天气虽然寒冷，但在孤儿们的心里，这是一个阳光灿烂的日子。

此时的日本首相已经换成了福田康夫。福田首相在公布新法案的当天，在首相官邸会见了原告团和辩护团的代表。

孤儿们已经是第三次踏进首相官邸了。对他们来说，原本是身份低微的人，能一而再、再而三地出入国家最高领导人的官邸，是向命运抗争的结果。

是年71岁的福田康夫梳着整齐的偏分头，戴着一副黑边厚框大眼镜，看上去很温厚。他亦家出名门，其父福田赳夫是日本第67任首相，而且也是71岁那年上任的。福田康夫在安倍内阁是官房长官，这个职务相当于办公厅主任，是首相的心腹。政坛对他的评价是作风沉稳、出言谨慎、为人谦虚，被视为温和派人物。

福田首相对孤儿们说："发放年金的特殊措施以及日语教育都没有收到理想效果，我为此感到非常的遗憾。"他还说："过去的事情让大家付出了超乎常人想象的辛劳，我希望这个法律能多少改善一下大家的境遇。"他又说："我们对大家的事情意识得太晚，真是非常抱歉。今后我们会继续努力！"说着，鞠了一躬。

当天的《东京新闻》以《首相向残留孤儿谢罪》为题进行报道，说《改正自立支援法》成立后，福田首相与原告团会面，并表示了谢罪。虽然福田首相的讲话里并没有用到"谢罪"一词，只是说了"遗憾"和"非常抱歉"，但孤儿们认为，首相向他们谢罪了。

在迎新年的忘年会上，池田澄江激动地说："5年打裁判的风风雨雨，几番奋搏，几番拼争，艰难的2007年挥手向我们告别，充满期待的2008年含笑朝我们走来。新法案比从前多了实惠和进步，对我们这些年近古稀的中国归国者而言是幸运的。感谢支持我们的政治家、律师和支持者们！"她用诗的语言朗诵道：

今生我幸运——我拥有着生命！

今年我自豪——我获得过成功！
今天我年轻——珍惜每一分钟！

6

孤儿们把《改正自立支援法》称作“新支援法”。

新支援法从2008年4月开始实施。

厚生劳动省社会援护局专门制作了《遗华日本人等的支援给付制度指南》,开篇道:

遗华日本人等因战乱与亲人离别等原因而失去了返回日本的机会,他们无奈地长期遗留在中国、俄罗斯等国家。

当他们好不容易回到日本时年岁已高,因未能接受日本的教育,已很难再学会日语,由于语言的障碍,造成许多人难以找到安定的、称心的工作。

此外,他们与其他日本国民不同,在战后经济高度成长期时,因身在国外,而未能享受当时所带来的恩惠。

因此,回国后虽竭尽全力,但仍难以保障他们充分的晚年生活,许多人依靠生活保护生活,又因语言的障碍,形成了无法融入地区生活中的多辛劳的生活。

在这样的背景下,为改变原来的支援措施并实施如下的新支援政策的法律(《有关促进遗华日本人等顺利回国及支援回国定居后自立的法律》),在平成十九年(2007年)的临时国会众参两议院被一致通过,于平成二十年(2008年)4月开始执行新的支援政策。

采访时,米仓洋子律师清晰地向我讲解了新支援法的内容。

她说，首先是养老金的变化。新政策明确由国家负担缴纳保险费，孤儿个人已缴纳的国民年金保险费一次性返还本人。养老金的基数，日语称作“老龄基础年金”，满额是一个月6.6万日元，前提是必须缴纳40年的国民年金保险费，而归国的遗孤不可能缴满40年，所以先前是每月2.2万日元，新政策实行后是6.6万元。另外，支援给付金，单身者每月补助8万日元，夫妻二人每月补助12万日元。国民年金和支援给付金二者相加，单身者每月就有14.6万日元的生活费，夫妻二人是18.6万日元，在日本保障基本生活没有问题。

米仓律师说，新支援法在人权后面也有改善。过去在生活保护制度下，不能有一分钱的储蓄，新支援法允许孤儿有500万日元存款。过去回中国探亲或扫墓，要扣除生活费，新支援法规定，原则上为两个月出国期限，在此范围内不影响领取支援给付金。

另外，生活上的支援还包括：免费住房；免费医疗；需要接受护理时，可以申请免费的上门护理及设施服务；亲属去世，个人若无力办理最低限度的丧事，可申请领取丧事支援给付；在居住地的附近，提供学习日语的机会；派遣自立支援翻译和就职咨询员；由地区的支援团体协助，举行轻松愉快的诸如跳舞、打麻将等各种地区交流活动；还有对孤儿的第二代、第三代的就业支援；等等。

新旧两重天了。

后来，我看到一份厚生劳动省整理的关于2008年度对遗华归国孤儿的支援预算：

1.国民年金满额支付252亿日元

2.支援给付金87亿日元

3.支援·相谈员（指翻译、咨询员）费用5亿日元

4.地区交流支援费用5.6亿日元

5.第二代、第三代的就业支援费用1.1亿日元

总计350.7亿日元。

第八章　故国他乡

1

口语中，大家都把“中国残留孤儿之家”简称为“孤儿之家”，这里是归国孤儿们的活动场所。

房子是河合弘之律师花钱租来给孤儿们用的。河合律师说：“打了5年官司，新支援法下来，孤儿们的愿望实现了，但他们还是不幸的。因为文化不是日本的，融入不了社会。为了他们能有一个幸福愉快的晚年，我才投资办了孤儿之家，给他们一个安逸的场所，我感到欣慰。”

孤儿之家在东京都台东区川口工商大楼一层。大楼在一个巷子口的拐角。临街的窗户不大，两扇并在一起约1米见方，被窗棂分割成长方形的四块玻璃。上面两块宽些，下面两块窄些。宽的两块玻璃中，一块上是蓝色黑体字“NPO法人 中国归国者・日中友好会”，另一块有两排橘黄色字样，上面是面目严肃的黑体字“中国残留孤儿の家”，下面是艺术字，歪臂耸肩的三个日文汉字“水饺子”，字两侧一边一个端着水饺的女子图案。窄的两块玻璃，一扇开着一尺见方的小窗口，旁边写着“营业中”；另一块封闭的，贴着“OPEN”字样，显然，他们在经营水饺生意。

池田澄江的想法是，经营水饺生意，一方面找点事做，把大家凝聚在一起；另一方面，挣下钱来自己支付房屋的租金。但生意并不红火，八九年过去了，依然是河合律师在负担房屋的租金。但孤儿们因此有了聚集交流的场所，晚年不再寂寞。

河合律师说："原来这是一个破仓库，我找了个内装修的工程队，但孤儿们说我们自己来装修，不用再花钱。他们哭求，我很感动，就让他们自己来建。"

孤儿之家地上的房间分割成办公室、会客室和制作水饺的操作间，地下则宽敞的一大间，做活动室用。跳舞、唱歌、下棋、打牌，都在这里。室内还陈列着图书杂志，有黑板，有桌椅，每周都有日语老师来授课。

我去的那天下午，孤儿们正在学习日本舞蹈。一个穿着和服的矮个中年妇女在场子中央缓步起舞，动作很简单，举手投足，上下配合，踏着节拍走圆场，音乐轻盈而悠扬。周围拉成了一个大圈的是跟着学习舞蹈的孤儿们，有十八九人，全是女性，其中一个跳的略有舞蹈范儿的叫中村惠子。

2

中村惠子中等个头，圆脸，面相温和。她的中国名字叫姜恩光，1942年10月出生。归国之前她在吉林省延边市教育委员会工作，1999年回到日本。

惠子说："早先并不知道自己是日本遗孤，一直认为养父母就是自己的亲生父母。父亲姜瑞芝、母亲王淑贞都是北京人，父亲是大兴县的，母亲是北京城里人，在兵荒马乱的年代，各自谋生到了东北，在延吉认识并结婚。"

姜恩光小时候家里很穷，父亲打零工，拉煤车，编草袋，卖过炸豆腐和冰糖枣串，还给别人看果园，在学校打工，等等。姜母则帮人编织毛衣，在姜恩光的记忆中，有时深夜醒来，见母亲还披着被子凑在油灯下织毛衣，小小年纪的她也跟着母亲学织毛衣。她有一个小她3岁的弟弟。

姜恩光初中毕业后考入延边师范学校，1962年毕业，分配到延边市北山小学当班主任，一干就是10年，是学校的优秀教师。她喜欢文艺，后来调到市少年宫搞文艺比赛，在那里认识了她的丈夫——市文工团的舞蹈演员，婚后两人育有一儿一女。

1996年年底的一天，她突然接到从日本打来的越洋电话，对方是她年少时的玩伴赵凤君。赵凤君的母亲是日本残留妇人，日本投降后，为了生计，嫁给姓赵的中国男人。20世纪50年代初，她将女儿丢给丈夫，自己回日本了，男人要谋营生挣钱，又要带着孩子操持家务，日子过得狼狈不堪。姜恩光的母亲对他们多有照顾。赵凤君比姜恩光小，二人亲似姐妹。

赵凤君是日本遗孤，1996年归国，日本名叫阿部俊子。她归国前收集日本人身份证明时，听老邻居讲姜恩光和她弟弟也是日本遗孤。

阿部俊子在电话里急急地对姜恩光说："看看你的左胳膊上是不是有四个牛痘？"旧社会中国百姓并没有普遍接种牛痘，而日本孩子是生下来就接种，并排两行四个牛痘，与中国人不规则的接种方式也有区别。姜恩光拿着话筒，撸起袖子一看，自己左胳膊上果真有四个牛痘，她对着话筒就呜呜地哭了起来。

姜恩光的父母早已过世，她找到过去的老邻居问身世。邻居说："你母亲有妇科病，不能生育，你和你弟弟都是一个瑞士助产士从日本难民所里抱出来的，弟弟晚几个月，抱来时还在襁褓中。"姜恩光赶紧打电话给弟弟，让他看胳膊上是否有四个牛痘，果真有。

姜恩光1997年初给日本厚生省写信，并附上了胳膊上牛痘的照片。厚生省很快给她寄来申请表格。当年10月，她与弟弟到日本寻亲，但没有找到亲人。居住在埼玉县的早期归国孤儿中村满里子开着饭店，有经济实力，做了她的保人。姜恩光归国后的日本名字随保人姓氏，更名中村惠子，全家四口都到了日本，住在埼玉县入间市。她说，居住在埼玉县的大部分孤儿都是没有找到日本亲人的，并约我前去采访。

3

中村惠子居住在政府提供的免费公屋里，是一栋灰白色的老楼，临着公路，周边环境绿化得很好。路对面是一条小河，河边是一排粗壮而枝叶繁茂的樱花树。可以想象，春天樱花盛开时，该是何等醉人的美景！楼角处也都是花草，有鸢尾花、石榴花，还有不知名的藤草，在花草中夹杂着几株西红柿、辣椒、茄子，中村惠子说那是她家种的。

中村家的面积不大。我去过的孤儿家，大都是20平方米左右，除去厨房厕所，隔成了内外两间，每间不足10平方米。中村过日子节俭，洗手的肥皂是装在尼龙网兜里的肥皂头。中村约了平井恒男、中村广和景志仁前来，前两位是遗孤，景志仁是改写《说句心里话》歌词的作者，他太太是日本遗孤，他就随太太移居日本了。

中村广是由中村惠子帮忙于2002年6月归国的。这位看上去温厚的男子是年68岁。他2001年11月到日本寻亲。那次寻亲团有20多人，只有两人被确定为日本遗孤。他姓中村，看来也是中村满里子作保。

中村广说，日本战败时他才2岁半，在延边汪清县朝鲜族居住区。日本人的难民收容所就设在火车站，专门有人跑来跑去地联系日本孩子的收养问题。他的养父母是三道梁村的，有一个女儿没有儿子，所以收养了他，取名王广才。1964年他从延边师范学院毕业，分配到延边自治州社会福利院工作。加入共青团时，单位去老家函调。那时，他的养父母都已经过世。三道村村委会出函，说他是抱养的日本遗孤，但没有政治问题。因此，他的档案里记了这么一笔。他申请归国时，附上了盖有单位公章的证明材料和胳膊上的牛痘照片。厚生省派人到中国来当面考察，让他在面前走来走去，说是看他的走路姿势，他不明白其中有什么奥秘。归国时，他60岁，带着太太和一个儿子，找工作已经十分困难，只能吃生活保护费，生活贫困。新支援法下来后，才算后顾无忧了。

4

平井恒男的中国名字叫方秀林。他中等个，方圆脸，额头上弯弯曲曲的两道皱纹深重。可能是有眼疾，他眼眶里总浮着一层泪光。归国前他是吉林省图们市人大常委会财经委副局级巡视员，那天到中村惠子家接受采访的人里，只有他正儿八经地穿着西装。

他为采访做了认真准备，带来了在中国时的工作证、先进工作者奖状和办理退职手续的表格。他于 1993 年 5 月退职。退职申请表上注明，退职后每月有 176.30 元生活费，采访时他说现在已经涨到了 1200 元，至今在中国仍有一份收入。

工作证上，他的出生年月写的是 1941 年 3 月。采访时，他说他 1939 年 11 月 4 日出生在日本富山县黑部市，父亲叫平井恒三，是买卖人。

他说："不知道哪年去的中国东北，我和父母一起去的，那年我 6 岁。"

我问："是 1945 年吧?"

他说："对。我们住在吉林省图们市。父亲战败前入伍，战败时被苏军俘虏到苏联去了，家里就我和母亲二人。"

"后来我舅舅对我说，苏联红军进来时通知不到你们，他们到葫芦岛坐船回日本了。我们流浪了一年，1946 年母亲嫁给了一个中国人，叫皮连柱。1947 年母亲去世，继父回山东，不要我了，我就开始流浪。冬天钻到草垛子里过夜，白天要饭，语言也不通。一个五六十岁的中国大爷看我可怜，把我送给一个姓由的男人，他 40 岁左右，找了个未婚妻。女方说，你养了个日本鬼子，我不跟你结婚，姓皮的就把我赶出去了。我在皮家住了三个月。"

"我又流浪了，扒煤灰，捡东西吃，住草垛子，有 6 个月。一个老百姓又把我领到一个姓魏的家里，老魏 40 多岁，老婆是个小脚妇女，夫妇都是山东人。我去他家没多久，老婆怀孕了，老魏说，我不养你了，你走吧。那是 1948 年冬天，气温零下 30 多度，风很大，我被撵出了门，脚都冻肿了。"

"是乡政府把我介绍给第四家，这家姓方。老两口有三个女儿，没有儿子。大姑娘出嫁了，家里有二姑娘和三姑娘，就把我收养了。养父叫方三元，我父亲叫平井恒三，两人名字中都有个'三'，你说多巧！这是 1949 年。养母把我领回家后，给我缝了棉衣棉裤。我走了四家，经历的苦难多了。在法庭上我讲述经历，很多人都哭了，连律师都哭了。"

方家是图们市郊区的农民，方秀林上了三年学。他13岁开始干农活，种地，挑大粪。看着人家的孩子上学，听到学校的敲钟声，他伤心地坐在地头哭，回去也不敢跟养父母说。毕竟有吃有住不流浪了，他心里对自己说，知足吧。

后来，方秀林当上了生产队的政治队长。从他的履历表上看，1971年7月，他调任图们市红光公社团委副书记。一年之后，脱离了农业户口，到了图们市轧钢厂。1973年11月，调到图们市化工厂，从车间副主任到厂办副主任，再到副厂长，干了10年。1983年调到图们市经济委员会。1985年调到图们市人大常委会财经委员会，直到回日本。

方秀林说，他1990年8月到日本寻亲，照片和简介登出来后，大爷的儿子和三个舅舅到东京与他相认。舅舅说他的名字叫平井恒男，户口上有记载，名字上打了叉，作为死亡者处理了。他回国后给舅舅写信，说想回日本。二舅回信道，你现在这么高的职位，生活也挺好，别回来了。大舅、三舅没表态。大爷的儿子也不同意他回去。尽管每年春节他都给他们寄礼物，但谁也不愿意担保他回国。

后来是富山县冰见市的议员水口伸一郎担保方秀林归国的。水口伸一郎有一个建筑工程公司，做修理水道、铺设地面的工程。

回到日本，更名为平井恒男的方秀林说："我是1992年由水口伸一郎担保归国的，在他的公司干活。我们一家来了8个劳动力，我、老伴儿、两个儿子、两个儿媳、一个女儿、一个女婿。我和老伴儿先回来，过了三个月，孩子们也都过来了，加上三个孙辈，一共11口人。"

从履历表上看，他是1993年5月4日办理的退职手续。就是说，他先把全家人在日本安顿好后才退的职，而单位并不知道他已经成了日本人。

显然，水口伸一郎把平井恒男一家子当成了廉价劳动力，干着最苦最累的活儿，工资却只有日本员工的一半。

冰见市位于富山县的西北部，而富山县位于日本列岛的中心。冰见市面向日本海，由北阿尔卑斯立山的山岳包围，三面环山，是环抱着深水湾的平原地带。冬天这里受北阿尔卑斯山脉影响，刮强烈的西北风，降雪量很大。

1995年冬天，施工现场一片白雪茫茫。56岁的平井恒男扛着板子过桥时一脚踏空，失重摔下去。桥高6米，掉下去的瞬间，板子先甩了出去，在头晕目眩间，他重重地扎进了雪堆里，手臂和大腿骨折。他住了半年医院，大腿和手臂用了4个螺丝钉固定，之后就辞工不干了。

他不愿深谈在水口公司的遭遇，但决心离开富山县。按照规定，归国遗孤必须在保人所在地落户，于是他求助于东京的“中国归国者扶桑同心会”会长嶋清。

5

嶋清是1983年归国的日本遗孤。他没有参加过寻亲，也没有养父母。

我们的采访约在一个日式小餐馆里，他迟到了，因为诊所里有病人要处理。是年他已经77岁，还在工作。他小矮个，偏分头，做派和气质已经完全日本化了，看上去精神矍铄。

他说他1933年10月22日出生在日本福岛县郡山市。日本人说年龄按生日计，很精确。他说：“1943年秋天，我9岁时去的中国东北。”

开拓团是以乡为单位，集体组织到中国。嶋清的父亲是西阿郡山乡开拓团的班长，母亲是助产士。1943年10月，全家5口人来到黑龙江省依兰县，伪满洲国时期称作三江省。当时，嶋清的哥哥16岁，姐姐12岁，他到中国后不久就满了10岁。

1945年6月，嶋清18岁的哥哥被征兵上了战场。两个月后，日本投降，他被苏联红军俘虏，病死在西伯利亚。

1945年8月9日苏联红军出兵东北后，关东军崩溃，开拓团就没了主心骨，作鸟兽散。嶋清的父母领着已上小学六年级的他和姐姐，昼伏夜行，跋山涉水，一路艰辛地逃到方正县，这时已是深秋时节。

方正县与依兰县为邻，是日本开拓团的一个总部所在地。县境内有日本的大罗密、伊汉通、李花小县和长野县等4个开拓团。日本战败投降后，9月中旬，佳木斯附近的汤原、桦川、桦南几个县的开拓团民集体步行前往牡丹江，打算乘火车回国。但是，去牡丹江的火车中断了，这些人只好折返至方正县境内。

准备经阿城前往哈尔滨的一些开拓团民走到方正县时已经筋疲力尽。还有像嶋清父母这些方正县邻近县的开拓民也集中过来，他们在方正县伊汉通乡吉兴村当地开拓团遗留的房子里住了下来，等待集体遣返回国。

方正县有一个松花江码头，开拓团民汇聚于此，也是以为日本政府会派船到这里接他们回国。然而望穿秋水，望眼欲穿，秋去冬来，漫天大雪，江水冰封，也不见船来。

一场瘟疫伴随着严寒悄然袭来，斑疹伤寒流行。当时聚集在方正县的开拓团民有15000余人，到1946年春天，因瘟疫死亡了5000多人。嶋清清楚地记得，父母染了瘟疫，父亲1946年2月28日病逝，母亲3月10日病逝，都死在收容所里。

人生噩梦因此开始。嶋清没有说他姐姐的下落，只说他与幸存下来的日本人于1946年6月结伴到了方正县南边的珠河县（今尚志县）。珠河县没有收容所，一个50多岁的中国老汉把他领到了天主教堂。神父看着衣衫褴褛的嶋清，脸上浮起悲悯的神情。他给嶋清买了一套崭新的学生装。那时嶋清身上穿的还是头年8·15日本战败时的夏装，脏兮兮的已经看不出本色，而且衣服上满是虱子。

他在天主教堂里生活了两年多，1947年土改时，神父被赶走了。这时，珠河县文化馆正在办文化补习班，14岁的嶋清去文化馆报名。馆长看他是孤儿，收留下来，白天干活，晚上学习，使他有了安定的生活。

1950年，嶋清考入松江省立护士学校第3期，正值朝鲜战争爆发。他提前结业，分配到黑龙江省阿城县东北军区第22后方医院。在抗美援朝期间，他荣立过两次小功，一次三等功。朝鲜战争结束后，1954年4月，他所在医院移交地方，成为康复医院，嶋清就调到了呼兰县第一人民医院。

他说："我的身份是外侨。我们医院有5个外侨，工资比别人高，归国前我是口腔科的主任医师。"

嶋清夫妇 1983 年 11 月 2 日归国时已经 50 岁了。嶋清说："在日本，超过 45 岁就很难找到工作了。"

嶋清 1971 年结婚，妻子是中国人，两人在同一个医院做药剂师。1972 年中日恢复邦交后，嶋清就开始偷着学日语，归国前学了两年中医，又学了一年针灸。回到日本后，他语言上没有障碍，考入东京早稻田医疗学院，毕业后经过考试，取得针灸师资格证书，1987 年 1 月在东京开设了兴汉堂针灸治疗院。他是归国孤儿中自立的榜样，针灸院开业时，日本厚生大臣特意前来祝贺。

嶋清说："在日本生活多年，我深深了解日本遗孤归国难，归国后更难的现实。"

"从 1981 年起，整个八十年代，是战争遗华孤儿归国的热潮。日本政府给这些战后遗弃的孤儿命名为'中国残留孤儿'。为此，厚生省专门成立了'中国残留孤儿对策室'和'中国残留孤儿援护基金'。这些人在中国被认为是日本人，回到日本后又被当作中国人。归国后，他们语言不通，风俗习惯不同，价值观也存在差异，孤独寂寞，无亲无友，寸步难行，有的人归国后竟自杀了。我曾不止一次地提出质疑：中国残留孤儿到底是哪国孤儿？'残留'是什么意思？难道是志愿留在中国的吗？"

据日本厚生省调查，归国孤儿在回日本的第一年里，有 92%的家庭靠救济生活。回国 5 年以上者，吃救济的有 50 %，另外 50% 的人虽然能就业，但只能从事技工、建筑、制造等重体力的蓝领工作，工资不及常人的三分之一。

1991 年 3 月，嶋清成立了"中国归国者扶桑同心会"，简称"扶桑同心会"，给归国后处境困难的孤儿提供帮助。特别是一些生活在中国农村、没上过学的人，有的连自己的姓名都不会写，嶋清夫妇就领着这些人到日本厚生省、外务省、入管局及地方政府办理入籍的相关手续。也有不少孤儿是扶桑同心会担保回国的。嶋清说："我们保来的孤儿有 23 户，另外，由日本人名誉担保，实际是我们做的有五六户。"

嶋清帮助平井恒男挪到了东京埼玉县。平井本想把全家人都挪过来，但大儿子在东京找不到工作，只好回到富山县，换了一家公司，每月挣 35

万日元。二儿子在东京也找不到工作，又回到水口公司，工资每月 22 万日元。平井恒男定居埼玉县后就不再工作了，吃生活保护费，参加了扶桑同心会，还参加了关东地区原告团，从事社会工作。

6

村上幸子的丈夫生前也是开针灸诊所的，在东京都新宿区百人町，名为"仁针灸院"。

初识村上幸子是在 2010 年 5 月，我去四川采访日本遗孤捐建的"仁寿县始建镇中日友好太山村小学校"落成典礼。乘坐在巴士上，大多数人都十分沉闷，有个看上去 50 多岁的妇女坐在车的前排。她总是站起来大声说话、唱歌，还手舞足蹈，车上的气氛因她而活跃。身边的人告诉我，她是朝鲜族人，已经 67 岁。我说："哦，她一点不显老。"

当年 10 月，我到日本采访，先住在登坂满知子家。那天在孤儿之家采访时，村上幸子邀请我到她家住。她个头不高，长相开朗，说话也快人快语。她说："我丈夫去世了，家里就我一个人，你住我那里吧。"这样，我就搬到了她家。

幸子家在东京都港区南青山 1 丁目，离皇宫不远。站在阳台上，可以眺望到皇宫茂密的树林。夜晚，街面上写字楼灯火辉煌，张扬着都市的热闹和繁华。幸子说："在日本，写字楼的廊灯夜晚是不关闭的。"

幸子的居室不大，面积不足 20 平方米，厨房、起居及卧室都在一个空间里，没有遮拦。进门处，右边是盥洗室，左边是厕所，站在门厅，就把室内一览无余。

幸子的中国名叫李贞美，养父李像鹤，养母崔南善。养父母都是朝鲜族人，归国前，她填写的民族也是朝鲜族。

幸子是个想到哪儿就说到哪儿的人。采访时，开口就说她归国之后的事，我委婉地提示她："从头儿说吧，你哪年出生的?"

她说："1943 年 12 月 27 日出生。"

我问："是日本户籍上的记载还是你养母说的?"

她说："养母抱养我时，口袋里有一张白纸，上面写着'阳历 1943 年 12 月 27 日'。"

幸子的养母是海龙县朝阳镇人。如今朝阳镇归了辉南县。当年，海龙县与辉南县毗邻，日本开拓团在两县之间的抚松郡，是大山沟，山上森林茂密，开拓团在山里采松香，当地人叫"烧明子"。松香是战备用品。

幸子说："到抚松必须经过朝阳镇。朝阳镇有火车站，日本人下了火车再乘汽车到抚松。日本投降时，我的养母崔南善是寡妇，在朝阳镇火车站附近开了一家朝鲜冷面馆。"

对于幸子的身世，养母从来不与她说。幸子是后来听婆婆说的。1960 年她结婚时，婆婆奇怪亲家母怎么 40 岁才生孩子，养母便将幸子的身世告诉了亲家母，说贞美（幸子的中国名）是日本人。

日本战败投降，当地人称光复。幸子的养母对亲家母说，光复时，朝阳镇火车站挤满了逃难的日本人。因为流行瘟疫，没有火车来，困在车站的难民没有饭吃，也没有钱。一天，有三个日本人一起走进朝鲜冷面馆。男人抱着一个裹在包被里的婴儿，另外两个一位是老妇人，一位是年轻女子。崔南善是朝鲜族人，会日语，就上前打招呼。那男子对崔南善说："我们用这个孩子换两碗冷面，以后我们会来取孩子。"站在旁边的老妇人从手指上摘下了两枚金戒指递给崔南善，她心动了。日伪时期，居民都有良民证，用来买粮食。崔南善把自己良民证上的小照片撕下来，交给男子，算是凭证，给他们端了三碗冷面。崔南善对亲家母说，年轻女子是贞美的母亲，老妇人是奶奶，男子是贞美母亲的亲戚。

崔南善当年 40 岁，没有生养过孩子，丈夫过世了，一个人经营着朝鲜冷面馆。她就把这个日本女孩交给镇上的朝鲜族人赵万善代养。后来面馆经营不下去了，又嫁了个男人叫李像鹤。李像鹤有钱，换了个地方，重新开了家朝鲜冷面馆。崔南善便把放在赵家抚养的日本孩子领了回来，起名李贞美。

崔南善要经营冷面馆，没时间给李贞美梳头洗脸，干脆剃了个光头，小学时才留起头发。1957年，李贞美初中毕业，考入吉林市师范学校。中华人民共和国成立后，朝阳镇划归辉南县。1959年冬天，崔南善患肺炎住进辉南县医院内科，正好放寒假的李贞美每天到医院去照顾母亲。

崔南善的主治医生是刚从吉林医科大学毕业不久的李仁求，比李贞美大7岁。内科乔护士见李贞美漂亮又开朗，对崔南善说，李医生还没结婚，把你女儿嫁给他吧。崔南善十分愿意。

一天傍晚，崔南善让陪护的女儿去找李医生取药，其实是安排的一场相亲，李贞美蒙在鼓里，李仁求心知肚明。李仁求一边拿药给李贞美，一边搭讪问她在哪里上学。李贞美是个爱说话的人，二人就闲聊起来，谈得十分投机。末了，李仁求说，咱们处朋友吧。李贞美说好，相互交换了地址。李贞美回到学校后就收到了李仁求的恋爱信。

1960年夏天，李贞美毕业后，二人结婚了。李贞美分配到辉南县新华书店。丈夫说，你别去书店了，到医院来吧。李贞美当然愿意。照顾夫妻关系，李贞美就安排在医院挂号室。1967年，她被医院送到吉林医科大学进修两年，回到医院后在理疗科当护士。

动了回日本的念头是1969年秋天，李贞美从医科大学进修回来。医院里的同事们在议论着护士王桂荣申请回日本的事。王桂荣是日本遗孤，日本投降时她7岁，父母姓名和家族情况她都知道，近期与日本亲属取得了联系，正在申请归国。

跟李贞美要好的一个护士对她说："听说你也是日本遗孤，你咋不去公安局登记呢？"李贞美听了十分吃惊，把话转诉给丈夫。丈夫说："你去登记吧。我知道你是日本人。"李贞美更惊讶了，问他咋知道的。丈夫说："咱们结婚时，你妈告诉我妈的。"李像鹤1961年去世，崔南善从此又守了寡。李贞美问母亲："别人说我是日本人，咋回事？"母亲道："你听谁说的？"说完又说："我知道是谁告诉你的。"就不再往下说了。

李贞美和丈夫一起到公安局去反映情况，接待他们的干部说，局里正准备调查本县的日本遗孤情况，让他们准备材料。

李贞美的母亲1976年春天去世。当年秋天，县公安局通知李贞美办日本遗孤公证书。辉南县一共有 5 名日本遗孤，只有她是朝鲜族，其余都是汉族。

幸子说，她到日本寻亲是 1985 年 2 月，在东京待了半个月。她所参加的第 7 批中国残留孤儿寻亲团有 28 人，身世都刊登在报纸上。她还说："九州一个姓桥本的人拜托东京的一对夫妇给我照过相。后来桥本家来了三个人，是我的叔婶和堂哥。据说我妈回日本后不久就患伤寒去世了，他们都说我长得像我妈，我与堂哥的眼睛也很像，但 DNA 测试结果我与堂哥不符。"

她是通过诉讼获得日本国籍的。在河合律师的《中国残留孤儿就籍者名簿》上，李贞美是第 202 个通过打裁判就籍的遗孤，就籍时间是 1988 年 2 月 23 日。

就籍后的李贞美更名村上幸子，是日本全国孤儿学会会长给她起的名。姓是用会长的姓，会长说，你被中国养父母收养是幸运的，所以起名村上幸子。她与丈夫带着二女儿先归国，后来把大儿子也带回了日本。丈夫李仁求更名村上仁。

1999 年 1 月 9 日的《朝日新闻》上，刊登了村上夫妇的创业事迹，题为《归国 10 年余 夫妻的新故乡——在"亚细亚街"大久保的针灸院》。报道说，村上仁在中国是内科和小儿科医师，但日本不承认中国的医师资格。归国后，他先在一家仓库里打工，分拣罐头。他一边打工，一边在一所针灸学校学习，三年后考取了职业资格，在新宿职安大街的综合医院工作了四年，1996 年他在新宿区百人町开设了自己的治疗院"仁针灸院"。

图片上，村上夫妇身穿白大褂坐在诊所的桌前，身后的墙上挂着人体穴位图。村上仁擅长治疗眼疾，治愈了不少蛛网膜萎缩患者，有了名气。文章报道："仁针灸院在一栋杂居楼的二层，门脸很小，房间也不大，但求诊的病人很多，不仅治疗眼疾，也治疗风湿病。幸子虽然也会针灸，但在日本她没有行医执照，只能给丈夫当助手。"

幸子说："我们家很幸运，也很努力。老公对儿子说，掌握针灸这门技术是铁饭碗，我教你医学基础知识，你也去考针灸学院。儿子跟他爸学了一年之后，考上了他爸就读的那个学校，获取了职业资格证书，也开了一家针灸院。”

她还说：“我女儿大学毕业后到美国留学，与一个日本人结婚，住在名古屋，生了个男孩。女婿在岐阜县开服装厂，很有钱。儿子有房有车。”

命运的公平，就是让每个人的人生都有缺憾。

幸子最大的不幸，是丈夫2006年突发心脏病去世，她的天地便轰然坍塌。女儿对她说：“给你找点事做吧，要不你得疯了。”幸子在北京韩国人扎堆居住的望京小区买了一套公寓，女儿给她在国美商场的韩国城里租了一个摊位卖服装。2008年4月，孤儿新支援法实施后，幸子说太累，不干了，回到日本。现在她每月有14.6万日元生活费，房租减免，生活无忧。她从老伴儿逝世的阴影里走出来后，成了参加孤儿之家活动的积极分子。

7

增岛秀子入籍日本后先叫佐藤秀子。她的大女儿佐藤丽子说：“我妈是打裁判就籍的，第143号。”用日语说，佐藤丽子是归国孤儿的二世（二代），就职于“中国归国者·日中友好之会”，任理事，主要从事翻译工作。我查了樱花法律共同事务所的《中国残留孤儿就籍者名簿》，佐藤秀子中国名叫孙秀琴。

秀子说：“就籍后必须改日本名，我没有找到亲人，不知道自己姓啥。是认识的一位《朝日新闻》的记者说：‘你可以姓我的姓。’于是就随他姓佐藤，更名为佐藤秀子。后来，我嫁给了日本人增岛幸一，又随了夫姓。”

增岛秀子居住的地方远离都市，是佐藤丽子领我去的。小城十分洁净而安静，窄路，一栋栋的平房掩映在绿树中，感觉离田野很近。

增岛秀子的家是平房，日式布置，榻榻米。除了客厅，有两间居室。

秀子住的那间有一个枣红色半截柜，柜上立着一个姜黄色的两尺来高的长方形小扁柜，做工十分精细。我后来才知道，这种柜叫灵牌佛龛。

秀子家的佛龛柜门是折叠的，有两个细条铜把手。打开门来便各折为半扇，柜子变得四四方方，似敞开了胸怀。佛龛贴靠在墙上。柜壁里金箔洒花，容易令人联想到天堂。柜橱里贴着观音菩萨的画像。柜橱里挂摆的遗照是秀子的前夫和她的养母。前夫端庄帅气，养母穿着貂皮领大衣，富贵态。

柜橱里的台阶上摆有漆黑的烛台、酒盅等祭器，还有玫瑰金色的佛手，烛台是电子产品，蜡烛上跳跃着永不熄灭的火苗。

我问："你现在的日本丈夫在意么?"

秀子说："故去的人了，他不管。平时柜门关着。"

秀子的出生日期，中国户口簿上记载的是1939年12月16日，申请归国时，日本厚生省确认的是1941年12月16日。几近70岁的秀子中等个，体态已发福，脸蛋坠了下来，但脸上平展展的，没有明显的皱纹，看上去就50多岁的样子。她团圆脸，大眼睛，薄唇，年轻时应是个漂亮人，性格爽快。

采访时，秀子的丈夫增岛幸一也在座。他是矮个小老头，相貌老实，看上去比秀子年长，但秀子说："我比他大6岁。"

增岛幸一不懂汉语，却端坐在我对面，聚精会神地听我们交谈。许久，他终于忍不住了，向秀子询问。秀子的日语并不好，说得磕磕巴巴，丽子便接过去用日语向他转述。我问秀子："他会说中国话吗?"秀子笑道："就会说个'你好'，'再见'。"

秀子对自己的身世不甚了解，日本战败时她不满4岁。她说："是在牡丹江车站附近的日本难民所孤儿院里，我养母和老妈子把我抱回来的。"

秀子的养父孙敬忱在牡丹江市开绸缎庄，是有钱人。养母张淑清是二太太，长相漂亮。大太太在山东老家，生有孩子，而二太太不生孩子，于是去日本难民所里抱养了个日本女孩，起名孙秀琴。

养父1949年去世，养母带着孙秀琴搬到了哈尔滨。她没工作，吃政府的低保。1956年，孙秀琴小学毕业，进了哈尔滨建城机械厂当刨工。因为离家远，1961年她换到肉联加工厂当机械修理工。在这里，她认识了佐藤丽子的父亲，就是遗照上那个帅气的青年王景和，时任车间团委书记，比孙秀琴大8岁，经车间主任牵线，他们1962年结婚。

佐藤丽子1963年出生，中国名叫王艳丽，乳名小丽。她有两个妹妹，一个弟弟。弟弟与她相差10岁。1982年，王艳丽的父亲因心脏病去世，正好那一年她考上哈尔滨师范学校英语系。

也是那一年，肉联加工厂的两名日本女遗孤去日本寻亲，随后办理了归国手续。她们知道孙秀琴也是日本遗孤，就问她，你咋不去寻亲呢？

孙秀琴的生活正陷入困境。丈夫去世前是厂里的党委副书记，按说是可以照顾一个子女进厂做工，但丽子刚考上大学，而下面的三个孩子年纪都小，接不上班。她一个人的工资养活全家十分拮据。养母1973年过世了，她想，那就寻寻日本的亲人吧。她把搜集到的身份证明材料寄给日本厚生省，被安排参加了1983年3月2日的第三批访日寻亲团。

佐藤丽子说："第一批访日寻亲团是1981年3月2日，日本把这个日子定为'孤儿之日'。前四五批的孤儿寻亲团都是3月2日抵达日本的，一年一批。后来孤儿越来越多，先是半年一批，再后来也就不固定了。"

没有人来认领孙秀琴。失望而孤独的她到日中友好协会寻求帮助。协会的中村一光先生帮她介绍了一个保人，是山梨县的铃木武夫（化名）。

秀子说："铃木的姑娘死在中国，把我保回来就当他的姑娘了。"

可后来的事实证明，铃木保她全家来日本是为了用工。

孙秀琴是自费归国。丽子说："如果由厚生省安排公费回国，不仅要排队等候，而且只能带一个20岁以下的孩子。我不仅超过了20岁，而且已经结婚。我妈把国内的房子和家产都卖了，带着全家自费回到日本。"

他们是1986年5月3日到达日本的。那时候他们对日本不甚了解，归国的日子选在了日本的黄金周。丽子说："赶上了黄金周，我们的登录手续都办不了，够费劲的。"

日本的5月黄金周是长假期。假期的形成并不是得益于某个节日，而是好几个节日叠加。4月29日是昭和天皇的诞辰日，原来称"天长节"。1989年裕仁驾崩，把他的冥诞更名为"绿之日"，因为他生前爱好生物学，另外也有加深国民绿化意识之意。但是政坛有一种声音，要求把"绿之日"更名"昭和之日"，理由是提醒国民回顾日本迈向复兴的昭和时代，思考国家的未来。

裕仁是日本“二战”时期的天皇，被视为军国主义的象征。也有不少议员认为，这样改，会遭到被日本侵略过的亚洲国家的反感。要求改为“昭和之日”的提案在国会两次闯关失败，直到2005年才通过。从2007年起，“绿之日”定于5月4日，4月29日为“昭和之日”。另外，5月3日是宪法纪念日，5月5日是男孩子的节日，称“日本儿童节”，同时也是日本的端午节，再加上周末两天假日，连在一起，就是黄金周。

铃木60多岁，居住地偏僻。他开了一个家庭工厂，生产厕所马桶上的零件。厂里只有三名员工，都是他的家里人。孙秀琴来了，加上女儿女婿，增加了一倍的员工，但孙秀琴一家每人每月只给开9万日元工资。

秀子说：“到任何一家工厂干，每月不得开十几万呀？”

丽子大学毕业后，在哈尔滨第三十四中学任英语教师，丈夫也是当教师的。她说：“我们来日本想学会日语，找个好工作。”

她们先提出要到日语学校学日语。铃木说，他来教他们。于是每周六下午1点至3点，教他们两个小时日语。教学很随意，没有课本，教的只是“这是糖，那是碗”之类。而且附近没有学校，丽子的弟弟妹妹上学要坐1小时的轻轨电车，秀子和丽子都认为不能窝在这个小地方。

干了四个月后，丽子先向铃木的儿子透露了走的想法。铃木得知后问丽子：“你们为什么要走？”丽子说：“我与我丈夫在中国都是当老师的，人总是要往高处走，找个好工作，而且我弟弟妹妹上学也很不方便，希望您能支持我们。”

铃木很恼火，口气十分强硬：“你们是我保回来的！你们要为我服务！你们走就是违背了我！真没良心！”他深深呼出了一口怨气，道：“我一分钱的工钱也不给你们！证明也不给你们打！”说完，甩手而去。

秀子对我说：“我这么大年纪了，学不学没什么，小丽夫妇必须赶紧学会日语，找个工作。”丽子说：“我们觉得老头儿这么不通人情，那我们就走。”

他们决定放弃这四个月的工资，去东京。之前，丽子从媒体上得知，东京有一个民间组织叫“中国归国者自立研修中心相谈处”，相谈即咨询，丽子先去了那里。

丽子说：“每天有一个人负责接待。那天接待我的是一个老太太，特别好。她先帮我找了住房，又帮我找了工作，还帮我联系了一个学日语的夜校，他们是义务帮忙，我们就在东京落下脚来。”

我问：“你没有去厚生省寻求帮助？”

丽子说：“去了。厚生省官员说，你们是私自回来的，是你们愿意回来的，你们就自立。你们自己找的保人，那个保人就一定有抚养你们的能力，你找他去。”

秀子当时的名字还叫孙秀琴，丽子叫王艳丽，国籍是中国。母女俩去了“中国残留孤儿之国籍取得支援会”，也就是河合律师的樱花共同法律事务所，通过打裁判获得了日本国籍，那一天是1987年8月2日。

佐藤秀子一直在打零工，1989年在东京近岗工业株式会社做工时认识了增岛幸一。当时秀子做检查线路板的检查员，增岛幸一是修理工。增岛家在农村，父亲种菜。他是家里的老大，未婚，下面有两个妹妹，也未婚。

他听说佐藤秀子是归国孤儿，便关注她。他经常帮秀子干活儿，还从家里采摘新鲜的蔬菜、土豆送给她。秀子说：“菜这么便宜，你给我拿菜干什么！”

秀子对我说：“他人很老实，对中国有好感。我们1992年登记结婚的，他44岁，我50岁。”

后来，公司倒闭了。因为社长去世，家属卖了地盖房子出租，打算收房租作为收入。增岛幸一是正式职工，有社会保险。秀子应聘了医院的临时工，打扫卫生。她在东京结核病院干过，后来换了几家医院，从1992年至2007年，干了15年，都是临时工，没有国民年金。退休后，用丈夫的保险金。2008年，孤儿的新支援法实施后，她有了每个月14.6万元的收入，心里踏实多了。

我问：“日本人好相处吗？”

秀子说：“日本人很算计，只扫门前雪。你若替他扫雪，他不仅不谢你，还恨你。跟日本人相处可难了，他们的思路跟我们不一样，不愿意与人深交。”

我看了增岛幸一一眼，问秀子道：“你们处得还好吧？”

秀子说：“刚来时，我姑娘住在这里，他不满意，嫌孩子们吃得多，我说，大姑娘大小伙子正是干活儿吃饭的时候。”说完，她叹了口气道，“将就着过吧，要不，我人老了咋过呢？”

8

佐藤丽子带我去了多摩灵园，在东京都的西多摩郡。

日语里，陵园的“陵”写作灵魂的“灵”。在日本的文化观念里，不管生前如何，人死了就成了神。

多摩灵园设在群山的怀抱中。层层叠叠似梯田，好大的一片。四周群山不高，像大海中的远帆。归国孤儿们的公墓在高处，视野开阔，目光穿越两山的隘口，便是绿树掩映的房屋，一直延伸到尽头——蓝天白云处。

孤儿公墓十分气派，不似其他墓地拘束。长方形，占地有十几平方米。而其他墓地，一块也就1平方米左右。墓地由浅灰色花岗石砌成，沉静，肃穆。只有围栏后壁的逝者名录是黑色花岗岩石，镌刻着上百个逝者的名单，他们生前都有一段悲惨的故事。

墓地正中的墓碑装潢成书籍的样子，十分厚重。碑上“中国归国者之墓”七个雄浑的汉字是由前内阁总理大臣海部俊树书写的。碑前是棕色的供台，供台两侧的石花盆里盛满各色菊花，十分鲜艳。墓地围栏边，一侧是“墓碑铭”碑，1米高，1.5米长，架在脚墩上；另一侧是一尊1米多高的石雕小和尚——“满洲地藏”。

“地藏”即地藏菩萨，中国称地藏王菩萨。在佛教传说中，他是六道轮回的菩萨。为了救助在地狱、饿鬼、畜生、修罗、人间、天之六道轮回的众生，发誓不渡完众生决不成佛，因此亦被称为“大愿地藏”。他与观音菩萨的“大悲”、文殊菩萨的“大智”、普贤菩萨的“大行”，都是救苦救难的象征。

日本的地藏菩萨信仰由中国传入。奈良时代（710—784）先是在文人、贵族的小圈子里流行，平安时代深入民间。地藏菩萨的信仰传到日本后，在原本的净土信仰上又多了一层认识，即不能往生极乐净土的灵魂会堕入地狱，于是地藏菩萨有了地狱救助者的身份。人们开始祈求地藏菩萨保佑，免于地狱之苦。在赛河源民间，人们相信地藏菩萨会保佑孩子的亡灵免受地狱小鬼的折磨，因此，地藏菩萨成为孩子亡灵的守护神。

东京浅草寺的院子里有一尊母子地藏塑像，年轻母亲背上的婴儿似乎已经死去，紧闭着双目。初雕之时的母亲，额角淌着鲜血，双目紧闭。经过多年风霜雨雪的洗刷，额角的血迹消失了，双目闭着，膝前的孩儿瞪着惊恐的目光望着她。这是漫画家千叶彻弥赠给浅草寺的地藏塑像，命名为“母子地藏”，是为因战争惨祸消失在异国他乡的卑微生命超度。

“中国归国者”墓地的地藏菩萨塑像名为“满洲地藏”，是一个双手合十的童子僧。设计者和泉成治讲到“满洲地藏”的由来时说：“孩子们不能魂归日本，连一枝献花也没有。在异国他乡的荒野，那些孩子还在等着接他们回家呢。迄今，时间已经过去半个世纪，战争的惨祸正被日渐忘却，那些牺牲了众多孩子宝贵生命的记忆也正消失殆尽。我在此再一次为幼小的灵魂祈祷，孩子们安息吧！我发誓绝不让历史的错误重演。我满怀永久和平的祈愿设立了这尊‘满洲地藏’。我坚信地藏的慈悲情怀，以及人们的缅怀之心，一定能传给那些长眠在遥远的异国他乡大地的不幸的孩子们。”

塑像的底座镌刻着一首短诗，日本称俳句：

亡故异乡的幼小灵魂啊 在爸爸妈妈的手中
化作风化作云 尽情玩耍吧 地藏菩萨永远护佑你们

墓碑铭在中国称“墓志铭”。铭文如下：

1931年9月满洲事变之后，日本的一项重要国策，即以五族协和、建设王道乐土的名义向中国东北移民。日本政府从全国各地募集开拓团、青少年义勇军，送到中苏边境。

但是第二次世界大战结束、苏联军队进攻时，日本军队却没有保护开拓团的妇女儿童，使他们经历了饥饿、疾病、严寒等难以想象的苦难，逃难中妻离子散，不少人留在了异国他乡，是中国人收养了他们。

战后四十多年，许多孤儿、妇人思念祖国，陆续归国。归国后，自立艰难，辛劳而不幸。他们的魂灵安置于此，祈愿长眠地下，永远安宁。

1990 年 6 月
中国残留孤儿之国籍取得支援会
会长 河合弘之

佐藤丽子说："这块墓地是河合律师原本为父母购买的，后来捐赠给孤儿会，作为归国孤儿的公墓。"离开日本的前一天，我就公墓之事再次采访河合律师。

那天是周日，律师事务所里很清净。平和、慈详、笑眯眯的小老头河合律师在等候我们。

我问河合律师："这么大一块墓地要花很多钱吧？"

河合律师说："2000 万日元。"

我问："听说是给您父母买的，为什么做了孤儿公墓？"

河合律师说："公墓是 1990 年修建的，这里风水好，我看好一块空地就买了下来，准备给我的父母和妻子的父母做墓地。"

他说："我到孤儿家，看到不少人把配偶或者养父母的骨灰盒放置在电视柜上。我说这样不行的，人死后要归附大地，否则灵魂不得安宁。孤儿回答我，他们没有经济能力买墓地。我问，你们归国的目的是什么？他们说：落叶归根。我想，他们连墓地都买不起，怎么落叶归根？这使我想到把买给父母的墓地拿出来给孤儿们做公墓。我正好是修建墓地那家公司的顾问，就对他们说，能不能给我修一个大点的墓，可以放很多骨灰盒，而且便宜点儿，公司答应了。我把这块墓地给了孤儿，又重新给父母买了一块墓地。"

归国孤儿佐野奈美的丈夫去世后，她买了一个高档精美的灵牌佛龛摆在家中。她说："丈夫在日本很辛苦，我想好好地供养他。"还说："在日本，狗都有自己的墓，我们却没有自己的坟墓。"河合律师捐献的中国归国者墓地建成后，她把丈夫的骨灰安葬于那里了。

河合律师说："我母亲两年前88岁去世的。父母当年从中国撤回来后，看到日本战后的惨景是很痛苦的，看到我帮助孤儿非常支持，认为这是正义。"

说这段话时，他的语调突然低沉。谈起故去的亲人，心里会勾起浓浓的思念，我不知该说什么好。

做翻译的佐藤丽子引开了话题。她向我介绍道："现在二、三世在社会上很弱，很多人离婚，经济不景气，也有人犯罪，出了问题就找到孤儿之家，我们就找河合律师寻求帮助。"

河合律师接过这个话题，说："现在孤儿们已进入高龄，养老待遇问题解决了，他们的二、三世能在社会上有地位有尊严，生活安定，这段历史才能完结。我还想对二、三世在社会上的立足给予帮助。我到死为止，会为孤儿的事业努力终生。"

河合律师说得很诚恳，我内心被感动。真正的慈善，绝非居高临下的施舍，而是对生命的平等态度。每个人的人生都不尽相同，有的坎坷，有的平顺；有的黯淡，有的辉煌；有的贫穷，有的富贵。能平等地对待所有生命，这就不仅是仁慈，而是一种高贵了。

第九章　中国爹娘

1

石金楷是哈尔滨市日本遗孤养父母联谊会的秘书长。他是 1957 年生人。我去哈尔滨采访日本遗孤养父母是 2010 年夏天，那年他 53 岁，中等个，人挺精干，热情周到。

日本遗孤养父母联谊会隶属于哈尔滨市红十字会，实际是一个没有经费的民间组织。其前身是 1987 年成立的哈尔滨市道外区日本留华孤儿养父母联谊会。1991 年，哈尔滨市红十字会的副会长胡晓慧将其扩展为哈尔滨市的民间组织，联谊会成员局限于市区收养过日本遗孤的中国养父母及在华的日本遗孤，成立时有会员 150 人，我采访时只剩了 30 余人，大多数遗孤都回日本了，那时大多数孤儿的养父母都过世了。

联谊会的工作，首先是建立日本遗孤养父母及留华孤儿的档案资料。另外指导留华孤儿撰写寻亲材料，为他们回日本寻亲提供帮助。联谊会与归国的孤儿保持联系，适时组织联谊活动，比如每年组织一次养父母及留华孤儿身体检查和市内观光活动；再比如，配合有关部门组织养父母赴日观光旅游。联谊会还配合有关部门接待日本友好团体和个人到哈尔滨参加交流活动，等等。

胡晓慧是公务员，有公务在身，任联谊会的名誉会长。联谊会的具体工作很多，诸如对外联络、对内沟通、组织协调、会员服务、收集资料、将一些会员的经历写成文稿，整理编辑成册。另外，还要接待从日本归来的遗孤团体或个人，从事中日民间友好往来，协助国内外的媒体、学者和作家的采访，等等，皆由石金楷具体办理。他每天的日程都满满当当，全力以赴，但没有工资，全是义务劳动。

石金楷早年在哈尔滨第一工具厂任厂部办公室秘书，后来调入易货贸易交易所任市场开发部经理。2003 年企业改制，他下岗了。他于 2001 年担任养父母联谊会秘书长，下岗后就专门做养父母联谊会的工作，靠积蓄生活，妻子因此与他离婚。2009 年，他与比他年长 17 岁的日本遗孤芝田桂子结婚，2014 年随妻子归国日本，现在定居东京。

石金楷对日本遗孤养父母联谊会工作的执着，缘于他的亲生父母是一位日本遗孤的养父母。

石金楷的母亲刘淑琴、父亲石尚金是从山东逃荒到东北的。他们租住在哈尔滨道外区纯化街 30 号院的一间不到 20 平方米房间内。这是一个大杂院，居住了 50 多户人家，石尚金以修鞋为业。

1946 年 4 月，北国的初春依然是冬末的光景。春的温暖尚未露头，冬的寒冷依然料峭。多日来细雨绵绵，石家居住的房屋漏雨了。石尚金从市场上请了两个泥瓦工来修理房屋，其中一个 40 来岁的男子是日本人，衣着单薄，身体瑟瑟发抖。刘淑琴看着于心不忍，从炕柜里取出一件棉背心给那日本人，说你穿上吧，天怪冷的，别冻病了。那日本人会中国话，他推辞再三，架不住刘淑琴的一片诚意，便接过棉背心套在身上，不停地鞠躬致谢，说："中国人真好！"

第二天傍晚收工时，日本帮工说："你们是好人，我给你们领个日本孩子吧。"

刘淑琴当年 20 岁，长着一张娃娃脸。虽然结婚几年尚未生育，但她并不急于要孩子。她回答："不用了。我家穷，孩子到我家也是遭罪呀！"

日本帮工的神情有些失落。他伫立着，眼睛里有了泪光，再次恳求道："你们就收养了这个孩子吧，在善良的中国人身边，孩子是不会受委屈的。"刘淑琴说："那容我们再合计合计。"

当天晚间，一对夫妇来做客，刘淑琴向他们提起这事，征求他们的看法。那对夫妇说："先见见孩子再说吧。"

翌日上午，在日本帮工的带领下，石尚金夫妇与朋友夫妇一起，到了哈尔滨道里区兆麟街的日本难民所。

这是一座平房院子，院子里架着一口大锅，正在煮高粱米稀饭。日本帮工把他们领进屋里。这里原来是库房，现在地上满是铺位，一家一堆，大都是妇女儿童，个个一脸菜色。日本帮工领他们在一张铺位前停下。地铺上躺着一位30岁左右的妇女，病得不轻，十分虚弱，身边站着一个三四岁的男孩，面如土色，瘦弱不堪。

日本帮工与地铺上的妇女用日语交谈，刘淑琴上下打量着孩子。孩子脑袋挺大，瘦得皮包骨，似根豆芽菜，眼神空洞，虚弱的样子。刘淑琴说："我心底突然涌出一股母爱，把孩子揽在怀里，心说：孩子跟我走吧，就是要饭，我也要把你拉扯大。"

临走前，刘淑琴掏给那日本妇女30多元钱，说你买药治病吧。日本帮工把话翻译给妇女听，她一脸的感激。

领回孩子的第三天上午，刘淑琴和丈夫提着点心再次到日本难民所，他们想仔细问问孩子及家庭情况，留个联系方式。

房间里的难民少了许多，屋子显得有些空荡。那个妇女已经不在了，那位日本帮工也没有再露面。孩子不懂汉语，刘淑琴找了个会日语的人问孩子姓名年龄，孩子伸出四个手指，方知是4岁，别的什么也没问出来。

石尚金夫妇给孩子起名石金峰，小名来福，既是为孩子祝福，也是为自己祈福。

石金峰肠胃不好，大便会不知不觉地流出来，每天都弄脏裤子和被褥。刘淑琴每天给他换洗，他也吃了许多药，到八九岁才治愈。

石金峰6岁时，刘淑琴有了亲生儿子，即石金楷的哥哥。出生才4个月，亲儿子与石金峰同时患上麻疹。刘淑琴急得团团转，就医没钱，她把结婚时穿的旗袍送进了当铺，换的钱也只够送一个孩子进医院。石尚金夫妇商量，说："保大的吧！"于是把石金峰送进医院，把亲生儿子交给一名会扎针的邻居用偏方治，幸运的是也挽救过来了。

石金峰16岁小学毕业。这时，小弟弟石金楷出生了，家境更贫困了。

正好哈尔滨电碳厂招工，他偷偷报了名。石尚金夫妇希望他继续上学，石金峰坚持就业，他说这样可以减轻家里经济负担。父母也就随了他。

石金峰说：“关于我是日本人的事，我仅有一点模糊的记忆。在与小伙伴们打闹的时候，也有人叫过我‘小日本’，但养父母待我比弟弟们好，我从来没有问过这件事，我怕伤了他们的心。”

1976年，石尚金患肺心病，病情来势凶猛，住院没多久就陷入昏迷之中。石金峰向工厂请假在医院陪伴了父亲9天9夜。石尚金呼吸困难，石金峰就把父亲的头抱在怀里，使他能呼吸顺畅些。弟弟多次要替换他，他都不肯。

第9天清晨，昏迷中的石尚金突然睁开了眼，他茫然地环顾四周，似在寻找什么。石金峰握住父亲的手，激动地喊：“爸！爸！”希望他能开口说话。病床边围着家人，石尚金用目光一一扫过，当目光停留在石金峰脸上时，大滴大滴的泪珠滚落下来。石金峰说：“爸，您有话要说吗？”石尚金长吐出一口气，眼睑耷拉下来，安详地走了。

刘淑琴说：“大约是1979年，我家住的那条街上有一位日本女遗孤找到了日本亲人，不久就回国定居了，这使她产生了将大儿子石金峰的真实身份告诉他的想法。”

她说：“那天我将一切告诉养子，他默默地听着，终于忍不住泪如雨下，说什么也不让我再说下去了，像难以接受这个事实。几天下来，人瘦了很多，仿佛变成了另一个人。对养子的心情我是理解的，我对他说：‘回不回日本由你决定，但是妈妈衷心地希望你能找到日本的亲人，他们一定是在苦苦地等待你呀。’就这样，不久后养子给中国红十字总会及日本驻华使馆写了信，开始寻找日本亲人。”

1981年，刘淑琴把收养日本遗孤的经历写成材料上报到有关部门，并找到当年的邻居，一起到哈尔滨公证处，做了收养日本遗孤的法律公证。1982年3月8日，石金峰参加了第二批日本遗孤寻亲团赴日寻亲。同团的田余生与石金峰由此相识。

俗话说：“无巧不成书。”有时生命中的巧合，确实令人感到不可思议。

田余生找到了在福冈的父亲，知道自己的本名叫永野真一。永野真一的父亲举办了一个庆祝酒会，他的居住在熊本县的朋友小林照喜前来庆贺。酒会上，小林照喜说他的孩子当年也丢在了哈尔滨，并讲述了过程。石金峰听着听着，怎么都觉得与自己的经历相似。

石金峰把自己的情况说给小林照喜听，老人上下打量他，觉得体态特征是有点像。于是他们做了血型验证，确认为父子关系，石金峰本名小林义明，而且他的生母尚健在。

1983 年 4 月，石金峰赴日本探亲半年。

1986 年 4 月 21 日，更名为小林义明的石金峰携妻儿全家回日本定居。

为什么隔了三年才回日本定居？不管是刘淑琴还是石金峰包括石金楷，不管言谈还是写的文章里，都没有讲述原因。

4 月，在刘淑琴的生命里是一个特殊的月份。40 年前的 4 月，在阴雨连绵的日子，刘淑琴收养了起名为石金峰的日本遗孤。40 年后，仍然是 4 月，已经成家立业的中年汉子小林义明，义无反顾地离开恩重如山的年迈养母返回故国，这一天也细雨霏霏。

火车站台上，已经满头白发的刘淑琴哭得泪人似的，她哽咽着把日本民间组织给她的 4 万日元捐款塞进了养子的衣袋里，小林义明顿时泪如雨下，但他没有表现出任何眷恋，转身走进车厢。

石金楷给母亲撑着伞。火车开动的那一刻，刘淑琴哭喊着追赶火车。石金楷对我说："母亲哭倒在站台上。"

他还说："很长一段日子里，母亲经常坐在椅子上，捧着大哥的照片长时间地端详，泪水会无声无息地从老人的眼眶里滑落下来。"

小林义明归国后对中国家人比较冷淡，采访中，石金楷只是偶尔露出点滴，并没有深谈。小林义明归国后，在老家熊本县玉名郡一家老年人看护中心做厨师，妻子在一家商店打工。此一别，不仅是人离别，似乎心也走了。

我从《关于日本遗孤及中国养父母问题报告》上看到，2001 年 7 月，日本的一个社团组织邀请刘淑琴一行到日本观光，日方承担全部费用。此前，刘淑琴也曾受日本政府之邀去日本观光，都短暂地与养子小聚。此行日本，游览了五个城市，受到贵宾般的礼待，日方特意安排刘淑琴去熊本县,并提前通知了小林义明到机场迎接。

那天晴空万里,阳光灿烂。飞机到达熊本后,机场的欢迎人群中不见小林义明的身影,一丝阴影掠过刘淑琴的心头。日方接待人员安慰她说:“小林君可能忙,抽不出空前来。”于是送老人到小林义明的住宅。

门冷冰冰的, 拒人于千里之外的姿态。陪同的日方人员多次摁门铃不见有人出来,打电话也没有人接听,事先都通知过的,显然是刻意回避。日方陪同人员有些尴尬,刘淑琴则怅然若失。她不明白养育了40年的儿子,就是块石头也焐热了,40年的养育之情怎么会如此的大雪无痕?刘淑琴痛哭起来,回国后大病一场。

刘淑琴无业,丈夫去世后没有经济来源,由三个儿子分担抚养费。养子小林义明归国后没有给养母寄过钱。在大庆工作的大儿子退休后经济也不宽裕。小儿子石金楷下岗多年, 没有固定收入。哈尔滨市红十字会向有关部门反映了这个情况,道外区民政部门同意作为日本遗孤养父母,破例为她办理最低生活保障金,但需要养子出具证明。

刘淑琴打越洋电话给小林义明。电话那头的声音冷冷的, 说自己不了解中国的情况, 不能出这个证明。电话这头的刘淑琴顷刻间感觉血液似乎停止了流动,话筒无力地从手上滑落下来。

人心如何能冷到这个地步?

哈尔滨道外区红十字会了解情况后,主动去探望老人,帮助解决困难。直到刘淑琴2005年病逝。

石金楷说:“母亲逝世,大哥没有回来,寄了丧葬费一万元人民币。”

石金楷到日本定居后, 多次给小林义明写信, 他一直称呼他大哥, 但杳无回音。

小林义明于2016年11月6日病逝,享年73岁。石金楷得知消息后,携夫人到他居住的神奈川县相模原市向遗体告别。曾经的大哥躺在冰冷的尸床上,化过妆的面容,厚厚的粉遮不住淡漠的表情。石金楷泪眼婆娑,内心五味杂陈,百感交集。一段缘分就这么结束了,结束得有点冷。

不知道自己真实身份时,一家人是那么亲;而一旦知道真相就疏远了,难道真的是因为血缘么?

2

2005年是世界反法西斯战争暨中国抗日战争胜利60周年,日本称终战60周年。按惯例,逢五逢十都要搞纪念活动,逢十尤为隆重。

新华社记者在8月15日,即日本投降日这天采访了住在永宁县的日本遗孤养母李秀荣老人。

还是20世纪五六十年代盖的平房,屋内虽然重新粉刷过,仍然十分简陋,生活的贫困显而易见。房间光线暗淡,一张木板双人床直接顶着墙,没有床头架,床头墙壁上蒙了半截布单,上方贴了一张50年代的毛主席像。

李秀荣老人弯腰佝背躺在床上,头发稀疏花白,在脑后挽了一个髻。见到记者,她仄起身,取出枕边的一张养子全家的照片,用手摩挲着照片上的中年男子,尚未开口,眼泪便扑簌扑簌地掉下来,在皱皱巴巴老树皮般的脸颊上滑落。

老人说:"已经11年了,他自打回了日本就没音信,如果我能下地走动,就去日本寻他!"

立在床边的老人的女儿赵连琴补充道:"我妈1997年摔成重伤,5年前又中风。"

老人说:"我不会咽气,我要活着看到他,问问他为什么回日本后就不愿意见我。"

老人时年87岁,已经是风烛残年。

8月16日上午,新华网刊出了图片新闻《中国母亲收养日军遗孤　儿子回日后杳无音信》。发布了四张图片:第一张是李秀荣拿着日本养子野坂祥三一家的照片泣不成声的情景;第二张是李秀荣和养子野坂祥三早年合影的老照片;第三张实影部分是一只手拿着野坂祥三一家八口衣着光鲜靓丽的合影,虚影是李秀荣老人独坐在床边的悲苦模样;第四张是60

多岁的女儿跪在床上给老母亲梳头的情景。文字说明是：

> 今年87岁的李秀荣老人于1945年11月在哈尔滨收养了当时只有4岁的侵华日军军官的遗孤野坂祥三，李秀荣和丈夫艰辛地把野坂祥三养育成人，并在中国参加工作，成家生子。1992年12月，野坂祥三赴日本寻亲。1994年2月野坂祥三和妻子朱秀英带着一家14人赴日本横滨定居。令李秀荣难过和不解的是，野坂祥三回国后从未给她打过电话，1997年，李秀荣摔成重伤，野坂祥三拒绝回国探望。

这一则报道引起了黑龙江的《生活报》和上海的《新闻晨报》的关注。这两家报纸都属于都市报类。《生活报》是黑龙江省发行量最大、影响力最高的日报，名列中国十大都市报之一。《新闻晨报》是上海早晨零售量最高的日报，是中国发行量最大的早报之一。

两家报纸都派了记者进行深入采访。《生活报》当月22日刊发了长篇通讯《侵华日军遗孤回国后拒绝探望患病的中国养母》；《新闻晨报》26日亦刊发长篇通讯《"我要活着见他一面"母亲瘫痪在床他拒绝回家》。

日本战败投降时，李秀荣居住在哈尔滨市太平区太安南二十道街35号。当时家里三口人，丈夫赵凤祥靠种地、养猪、捡破烂为生，女儿赵连琴3岁。

1945年冬天，一个飘着雪花的下午，赵凤祥推着板车在街道上转悠。冬天没有农活，他靠捡破烂卖钱贴补家用。雪越下越大，似漫天的蝴蝶飞舞，天色一派迷蒙。气温已然是零下了，呼出的气在眼前瞬间就成了一片雾，脚踩在雪地上，发出咯吱咯吱的声响。

赵凤祥走到一个垃圾堆旁，打算翻检有无能卖钱的物件。这时听到微弱的呻吟声，抬眼望去，垃圾堆侧面角落里有一个破衣烂衫的小男孩，双手抱在胸前，正在瑟瑟发抖。

赵凤祥问："你家在哪儿？我送你回去。"说着，欲上前去拉他的胳膊，孩子哆嗦着，嘴里吐出一串日语，他明白了，是日本遗孤。哈尔滨街上有不少流浪的日本遗孤。

自“九一八”事变之后，日本占领东北，中国人成了亡国奴，饱受压榨和屈辱，赵凤祥是一肚子的恨。雪花抽在脸上，凉生生的。他心说，今天不干了，回家吧，便推着车向前走去。身后又响起呻吟，声音微弱而颤抖。像触了电，赵凤祥抖了个激灵。他回头，见那孩子缩成一团，脸已冻成紫色，目光哀哀地望着他。他心软了，心想，一个孩子在大雪天里，熬不过去的。于是转身回去，欲将他扶起，但孩子冻僵的双脚已经失去了支撑力，站不起来。赵凤祥便把那孩子抱起来，放进推车里，带回了家。

李秀荣知道了原委，没有责怪丈夫。晚饭她熬了粥，一口一口地喂捡来的日本孩子，还把给女儿盖的大黄狗皮袄捂在了他的身上。调养了一段日子，孩子的气色渐渐缓了过来，赵凤祥给他起了个中国名叫赵连栋。

街坊邻居对赵家收养日本遗孤嗤之以鼻，甚至有人在李秀荣面前指桑骂槐地说她是“汉奸”。街里的孩子叫赵连栋“小日本”。有一次，一群孩子欺负他，赵连栋与他们打了起来，李秀荣见状，赶紧从屋里出来劝架。扭成一团的孩子们推推搡搡，把李秀荣给推倒在地，她正怀着身孕，因此流产，在床上躺了好些日子。

中华人民共和国成立后，李秀荣在一家军服厂工作。1953 年她生下小儿子，但赵凤祥夫妇依然把赵连栋当亲儿子疼爱，送他上学念书，念了 4 年半书。

渐渐地，军服厂的很多人都知道了李秀荣收养日本孩子的事，闲言碎语常常传到她的耳朵里。1955 年夏天，李秀荣与丈夫商量，干脆离开哈尔滨回河北吴桥老家去，于是把自己打造的房子转卖给邻居，买了火车票，领着全家回到老家。

吴桥县在河北省东南边，属沧州地区，与山东省德州市为邻。李秀荣家是烈属。1938 年，日军侵犯吴桥时，抓了 12 个女人关在庙里进行蹂躏。李秀荣的叔叔李万和偷偷潜入庙里，把这些姑娘营救出来，自己却被日本兵抓住。日兵把他绑在大树上，先剁掉了手脚，又用刺刀开膛破肚，杀害的手段极端残忍。李秀荣的父亲李万祥因此参加了抗日武装，并加入中国共产党。1946 年他在山东德州被还乡团抓住，用 12 根大铁钉钉死在墙上。

李秀荣回到老家，兄弟姐妹们本来挺亲近，知道她收养日本遗孤的事后，都不再与她来往。

1958年，女儿赵连琴支边到了宁夏回族自治区。接着，赵连栋被招工到天津动力机械厂。他去天津前，家里为他娶了媳妇。

赵连栋先在工厂烧锅炉，后来学会了开车，他刻苦肯学，脑袋也灵光，自学成才，当上了工厂的质量检验员。

20世纪60年代初，全国闹饥荒，赵连琴把母亲和弟弟接到了宁夏。半年后，赵凤祥病故，赵连栋从天津赶回吴桥，把养父安葬了。之后，赵连栋所在的工厂迁到内蒙古呼和浩特，赵连琴说："他经常来宁夏探望母亲和我，我们一家人相处得很好。"

90年代初，赵连栋对李秀荣说："妈，现在日本遗孤都寻亲归国了，我也想寻找我的日本亲人。"

李秀荣和亲生儿子赵晓东陪着赵连栋重返哈尔滨，找到当年的老街坊，请他们证明赵连栋的日本遗孤身份。赵连栋胳膊上有四颗牛痘，日本厚生省确认了他的遗孤身份。

1992年12月，赵连栋参加寻亲团访日，回来后对赵家人说，他的父亲战时是日本军官。

1994年2月，更名为野坂祥三的赵连栋举家赴日本横滨定居。他对李秀荣说，他的日本名字本来叫野坂三，为了纪念养父赵凤祥，他在名字中加了一个"祥"字。

赵连琴对记者说："他走前向我妈承诺：'我很快就会回来看你们，还要给你在青岛买一套房子，让你安享晚年。'对我一个劲儿地说：'妹妹，我肯定忘不了你们。'"

她还说："我妈2001年脑出血瘫痪在床，我与野坂祥三的大女儿相处不错，这个信息让她转达给野坂祥三，但他得知后拒绝回来探望，甚至没有问候一声。"

赵晓东对记者说："野坂祥三回日本之后，我才从公安部门看到，当时日本厚生省有一份表格，在那里面，收养日本遗孤的中国家庭可以提出相关要求，比如赴日本或经济补偿。当时，野坂祥三没有把这个表格给我们看，并以当事人不识字为由代签了。”

李秀荣对记者说：“就想见他一面。我不怪他不来看我。没有儿子不想母亲的，他在那里肯定也不容易，有自己的苦衷，我就想他把自己的苦衷告诉我这个妈妈，否则我会不安的。”

《生活报》的记者在文章最后写道：

> 目前，瘫痪在床的李秀荣老人住在女儿赵连琴家。11 年来，老人一直惦记着一去不返的日本儿子和那些孙子孙女们。“原来好好的孩子，怎么到了那边就再也不来信儿了呢，也不知道现在怎么样了……”

《新闻晨报》的记者还采访了居住在吉林省长春市的另一个日本遗孤于德水。于德水在 1986 年被日本政府认定为遗华孤儿，并同意他归国定居。但他考虑养父已经年近 80 岁，便留在中国看护他们颐养天年。养父母去世后他守孝三年，1992 年携家眷东渡定居后，又返回长春投资办企业。他听说李秀荣的事后，对记者说：“也许野坂祥三在日本有很多自己的苦衷，但即使这样也不能忘记养育之情。”他还说：“如果李秀荣老人愿意，我愿做她的儿子，作为一名中国养母，她就是我们所有日本遗孤的养母，我们都应该感恩。”

野坂祥三在日本参加了归国孤儿的“国赔诉讼团”，《朝日新闻》记者大久保真纪采访过他，撰文说：

1992 年，52 岁的野坂祥三到日本寻亲并没有找到亲属，他是托人担保回国定居的。按照日本政府规定，公费归国，限孤儿本人及配偶，另外可带一个未满 20 岁的子女。野坂有四女一儿，都已成家，不在携带范围内。1994 年 2 月，他与比他大二岁的妻子归国定居，但自费把孩子们弄到日本成了他的奋斗目标。

野坂祥三在所泽中国归国者定居促进中心学习 4 个月后，到担保人所在的横滨市定居。居住的是政府分配的公屋，日语称“市营住宅”，接受每月13万日元的生活保护费，到自立研修中心走读日语。不到8个月，研修中心的工作人员给他找了份工作，是一家做楼房空调的工厂，因为他不会日语，经过两周的试用后才被录用，1995年2月开始工作。

工厂离住地很远，野坂祥三每天早上6点出发，要乘坐两个小时电车和公共汽车才能到达上班地点。如有加班，晚上10点多钟才能到家。

他日语不好，在厂里干活没人理他。但他因为在中国工厂里做过质量检验员，会看图纸，理解力也强，一年之后，厂里日本人对他的歧视就消除了。

他拼命干活，经常加班。每月扣税后的工资12万日元，后来提薪到17万日元。妻子做裁缝的临时工，每月有5至6万元收入。

他受过两次工伤。一次是在工厂里，一根铁柱子倒下来，他的头盖骨被撞裂，住了一个星期的医院，出院后的第二天就上班了。还有一次，一个直径50公分的铁盘砸在了脚上，他只休息了一天，就穿着凉鞋上班去了。

他和妻子拼命干活，拼命存钱。1995年，把大女儿、二女儿、三女儿和大儿子四家人办到了日本；1997年把四女儿一家也办到日本。他2002年3月退休，先吃失业保险金，半年后吃孤儿生活保护费。因为工龄不足七年，每月只有一万多日元的厚生年金（养老金），满65岁，增加国民年金3万日元，加起来4万日元。他接受大久保真纪采访时说：“孩子们不能接受公费日语教育，干铺路工维持生活。每个孩子都有两个孩子，维持四口人的生活很吃力，没有条件抚养父母。”

池田澄江接到哈尔滨电视台法制频道编导的越洋电话是8月下旬，即国内媒体报道李秀荣的事情之后。编导说：“听说您是日本遗孤原告团的负责人，我们想找一个叫野坂祥三的归国的孤儿，麻烦您帮助找一下。”

池田问：“你们为什么找这个人？”

对方说：“野坂祥三是日本遗孤，他4岁时被养母捡到，抚养成人。回日本前，他与养母的关系很好。但他回日本11年了，从没有回来看过养母。现在他养母86岁了，卧病不起，大家都说他忘恩负义，我们想知道他为什么不回来看他养母。”说完，电话那端的编导又强调道，11年了，别人都来了，他为什么不来？肯定有原因的。

电话这端的池田说：“我来调查一下。”

野坂祥三居住在横滨。这是一位个头高挑看上去儒雅的人，鼻梁上架着一副宽边眼镜，头发灰白，面容并不显苍老。

池田到他家，稍事寒暄，便开门见山问道：“你回国11年了，为什么不去看你的养母？”

野坂怔了一会儿，说：“我走的时候跟养母说了，我要混得好了，一定回来看你，让我的兄弟姊妹都过去，但我混得并不好。”

他讲述了归国后的经历，叹了口气说：“我混得这么惨，怎么去看养母啊！”

池田深知归国孤儿在日本生活的艰辛，她说：“我知道你的难处，但如果没有中国人收养我们，我们早就没命了，哪里有今天。中国养父母的养育之恩是不能忘记的！”

当时，野坂的女儿也在场。她反对父亲回中国探亲，在池田苦口婆心的说服下，她说：“如果你去中国，我们就同意父亲去。”

池田当场表态说：“那好吧，我陪你回国一趟。”

当年9月，池田陪野坂祥三回到中国。28日，在黑龙江省电视台法制频道安排下，野坂与养母李秀荣会面。

在电视镜头前，池田讲述了孤儿们归国后的境况。原以为日本比中国富裕，孤儿们归国就上了天堂的养母和姊妹听了野坂的讲述，不禁流下眼泪。李秀荣老人说：“没想到你回日本后这么苦，错怪你了。”当场，野坂拥着养母哭了起来。

池田说：“养父母的恩情比天大，比海深。这次我领一个人来赔礼道歉，等我们的诉讼赢了，我一定带着孤儿们到中国来感谢养父母！感谢救命之恩！感谢中国政府！”

演播厅里掌声雷动，池田激动得泪水直流。

3

吉林省长春有一幢养父母楼，可以说是全国唯一的日本遗孤养父母楼。外观上看，就是一幢普通的居民住宅楼。灰墙平顶，三层建筑，不同之处是楼顶竖了五个红色字牌——“中日友好楼”，墙上钉了一块一米来长的镀金牌子：

日本国
笠贯尚章先生敬建
一九九〇年十月

笠贯尚章是日本的一位企业家。他 1938 年曾经到当时称为“新京”的长春工作，在这里娶妻生子，其岳父是当时承包满铁土建工程的神谷组土建株式会社社长。他在长春居住了 9 年，幸福和事业都从这里出发。在这里他喜结姻缘，在这里奠定了他事业的基础，他内心深处对长春有一种感念。日本战败后，他目睹过日本孩子被丢在马路上的凄惨情景，幸运的他，1946 年携全家返回了日本。

勾起这一段记忆，缘于 1982 年第二批遗华遗孤寻亲团到日本寻亲，媒体进行了大量报道。笠贯尚章从电视上听到日本遗华孤儿讲述中国养父母如何把他们抚养成人并给予良好教育的故事，心里顿生感激之情。他听说中国百姓的住宅条件简陋，于是产生了在长春为收养日本遗孤的中国养父母修建一栋住宅楼的念头。选择长春，是因为那里有他美好的记忆。

他把想法告诉朋友。朋友说：“你疯了吧？不然就是糊涂了。”

他与家人商量，首先出生在长春的大儿子就反对。儿子说：“这是应该日本政府做的事，而不是该个人做的。”他反驳儿子道：“如果当年带不走你，你也就是遗华孤儿。”

那时笠贯尚章已经是古稀之人，他想在有生之年把夙愿付诸实现。巧的是，1986 年，笠贯尚章在北京旅游时遇到了长春客车厂的总工程师张洪恩。早些年张洪恩到日本访问时他们相识，笠贯尚章向张洪恩吐露了在长春为抚养日本遗孤的养父母建住宅的想法，委托他与长春市政府牵线搭桥。

事情进行得很顺利，张洪恩向长春市长王家桐汇报后，市长大力支持，说愿意提供一切方便。

笠贯尚章投资 8000 万日元，长春市政府负责土地、拆迁、煤气等配套工程。地址选在交通便利的市中心平阳街 48 号。住宅楼紧靠当时长春市最大的新开路综合市场，购物方便。一墙之隔便是长春市中医院，方便看病。为了方便老人上下楼，楼层设计为三层，室内安装暖气、煤气、浴盆、坐便器，而当时大部分市民都居住在平房，自家生炉子烧炕，室内没有卫生间。这样的条件，在 20 世纪 90 年代初，算是很不错的住宅了。

日本遗孤的养父母住宅楼 1990 年 11 月竣工，命名“中日友好楼”。当月 20 日举行竣工典礼，笠贯尚章携全家前来庆贺。笠贯先生与王市长一起为新楼剪彩，白发苍苍的养父母们手持鲜花，笑逐颜开，他们万万没有想到，年轻时候的善举，晚年得到了回报。

养父母住宅楼有六个门洞，一门六户，六六三十六户住家。其中，29 户分配给长春市户籍的日本遗孤养父母，另外 7 套由市政府分配。每套房的建筑面积为 69 平方米，一大一小两间，搬进来的都是原来生活条件极差的养父母，新住宅对他们而言，是新旧两重天。

4

我听说这栋楼里有着伟大而凄凉的情感纠葛，于是在 2010 年夏季的一天前去采访。地址仍然称平阳街，但门牌号改为790号，在一条小街道上，楼房已经陈旧，街道显得冷清。

楼长刘春明住在5门210室。站在眼前的是一位热情开朗的中年妇女，她说她已年近六十，看上去也就五十出头的模样，个头不高，圆脸，薄唇大眼，年轻时应该很漂亮。

我问她楼长都管些什么事。她笑了，说："什么楼长哟！主要是对外接待。原来由一位老太太负责这事，她去世了，我2002年退休，楼里的养父母一致让我接手，比起他们我年轻，就接了过来，主要是接待来参观的日本人。"

她说："1998年笠贯尚章先生去世了，之前他常来看看。他走后，他的儿子一次也没来，他的夫人来过两次，他的侄儿来过一次。偶尔，日本旅行团会打电话来，带人过来参观，现在养父母只剩下两位老人了，日本人也不来了。"

刘春明的亲生父母刘守义和张云芳是日本遗孤铃木三太郎的养父母。

刘守义和张云芳都是二婚。刘守义是山西人，闯关东到东北，在长春油坊打工，娶了个媳妇不久病逝了。张云芳是长春人，婚后不久，丈夫病逝，经人介绍，与刘守义结为夫妻。

1948年初秋，长春在围困中。刘守义所在的油坊停业了，饥饿的幽灵在城里徘徊。老百姓们纷纷往城外逃，当地人称"出卡子"。一天，刘守义出卡子去，走到七马路的路口，见一个身穿和服的日本女人在乞讨，女人背上背着一个四五岁的孩子，孩子耷拉着脑袋，似乎昏睡着。

日本女人的衣服脏兮兮的，脸因为瘦而显长，颧骨突出，眼窝深陷。女人用可怜巴巴的眼神盯着刘守义，乞讨的意思一目了然。刘守义摸摸索索地从裤兜里抓出一小把炒黄豆给了她，转身就走。日本妇女跟在他的身后，他加快步伐，日本女人也加快步伐。他一溜小跑，日本女人也一溜小跑。她跑起来吃力，喘息声似拉风箱，但女人紧追不舍。

一群出卡子的人从刘守义的身边跑过，脚步声踢踢踏踏。刘守义赶紧跟在人群里一起跑。跑到宋家洼子卡子口时，发现那日本女人还跟在他后面。刘守义说："你跟我干啥？"日本女人用生硬的汉语说："大叔，带我们出城吧，孩子要不行了。"刘守义心想，我才不带你们呢！拔腿又跑，女人大口喘着气，锲而不舍地追着。

太阳快落山时，卡子门紧闭着。焦躁不安的人群骚动起来，人们只管往前拥，人挨人，人挤人。拥挤是一股力量，突然把卡子门撞开了，人流便似泄洪般地涌去。

守城国军的机关枪突然炸豆子般响起来，在冲出门卡的那一瞬间，刘守义感觉到身后的日本女人栽倒在地。他回头看，日本女人胸部中弹，背上的孩子随她栽倒在地，突然大哭起来。无奈的刘守义把日本女人拖到壕沟边，女人说："大叔，孩子拜托你啦！"刘守义急问："叫啥名？"女人道："铃木三太郎……"说完就咽了气。刘守义把日本女人草草地埋了，背着孩子走了。

张云芳与刘守义结婚时以为孩子是他前妻生的，后来听见住在一个院子的人都叫他"小日本"，一问老头儿，才知原委。

刘守义给铃木三太郎起的中国名字叫刘丙忠。刘丙忠 8 岁上学，小学毕业后到工厂当了翻砂工。刘丙忠矮个，瘦小，身体极灵活，喜欢打架斗殴，绰号"猴子"。刘春明说："小时候，院子里的人经常到我家告状，说你们家的小日本又跟人家干仗了。"

张云芳与刘守义婚后生育一女，就是刘春明，她与刘丙忠相差 11 岁。刘丙忠 1965 年与郊区大屯村的一位女子结婚，婚后有三个孩子。

刘春明说，1981 年春天，公安局外事科的人找过她爸刘守义，说刘丙忠是日本遗孤，在户籍底子上有记录，现在遗孤可以到日本寻亲，问是否提出申请。

刘丙忠因为先前打架斗殴正在监狱服刑，当年 10 月刑满释放。11 月刘守义去世，刘丙忠给父亲办的丧事。翌年，公安局外事科向刘丙忠说明他的日本遗孤身份，他决定到日本寻亲。

刘丙忠行事独往独来，张云芳和刘春明不清楚他寻亲的具体情况。1988 年秋天，刘丙忠告诉养母，说他带着妻子、儿子和两个女儿要回日本了，居住在埼玉县。

作家曹保明采访张云芳时问道:“儿子走那天你去送了吗?”

张云芳答:“送到门口就不行了,我最怕人的分离。这一辈子生离死别的事使我心惊胆战,而最怕的是儿子走哇!”

问:“彼此有信吗?”

答:“有时有,有时没有。可能是孩子工作忙,一忙起来就忘了来信,他们也得忙着挣钱呐。”

问:“你现在希望的是什么呢?”

答:“就是希望中国也好,日本也好,别忘了我们这些当父母的,我们收养了这些孤儿,因为他们当时都是孩子,不收养,孩子就可能活不下来,所以现在不应该讲这个那个的什么条件,该让我们和孩子来往,这是历史留下来的问题呀。”

问:“对孩子有什么要求吗?”

答:“孩子嘛,当时他们小,不懂事,养育他们长大不易呀!受了多少惊吓,心都操碎了,就一句话,别忘了俺们。”

刘春明说,刘丙忠回日本后的第二年回来给儿子找对象时看望了母亲,但不知因为什么事二人谈得不愉快。刘春明进屋时听到大哥对母亲说:“那我以后就不管你了。”

从此,刘丙忠断了与家人的联系。张云芳每每看到楼里其他养父母的养子或养女从日本回来探亲或者来信,心里都特别失落和难过。逢年过节,老人会默默垂泪,刘春明从不敢在母亲面前提起大哥。

2007年10月的一天,一位记者到养父母楼采访,首先遇到的是一位耄耋之年的老太太站在楼角的街头眺望,似乎在等人。秋风撩起了她凌乱的白发,老人望眼欲穿的样子。她就是85岁的张云芳。谈起养子,她对记者说:“今年他该65岁了,走了快20年了,现在都失去了联系,连个电话都没有。”神情是那么落寞。

九个月后,张云芳带着对养子的无尽牵挂,离开了人世。

5

姜树云大娘住在养父母楼3门105室。她1996年6月3日病逝，据说现在是她的侄女居住在那里。

姜树云的养女王雅君的日本名字叫春日惠子，但1988年她到日本寻亲后改用母亲的姓，叫小林惠子。

小林惠子的身世与其他日本遗孤都不同，因为日本政府对遗华孤儿的定义是1945年8月15日之前出生，战后遗留在中国的日本人孩子，而小林惠子是1948年7月7日出生在吉林省白城子。

小林惠子的父亲春日隆一是日本医科大学的毕业生，1945年之前，到中国东北日军设在白城子的细菌研究所工作。日本投降后，该研究所被共产党领导的东北民主联军占领，改为东北卫生材料厂。当时局势混乱，一些日本医务人员无法回国，便被材料厂留用，春日隆一是留用人员。在留用期间，他与日本女护士小林芳子相识相爱，结婚后生下女儿春日惠子。

1948年夏，惠子出生后不久的一天，春日隆一的工作室里一个装有鼠疫活菌的培养罐被助手无意间摔了一下，罐子没破，但摔出了裂纹，谁都没有注意到。第二天，春日隆一观察培养罐时不幸被感染，三天后死亡。其妻小林惠子亦被感染，第七天死亡。出生不久的惠子就成了孤儿。

厂里安排日本青年大泉忠雄代养惠子。不久，该厂搬到长春市西安桥外，后来改名为长春市生物制品所。

一个十七八岁的未婚男子带着一个刚出生的婴儿，每天与奶粉尿布打交道，日子变得凌乱不堪。大泉忠雄想，这不是长久之计，干脆把婴儿送给一户懂日语、心地善良、没有孩子的中国人家。

长春西安大路当时是日本人居住区，房屋都是日式风格。大泉忠雄抱着孩子走街串户，寻访适合托孤的人家。很多房屋已经空置，不少是中国人在居住。敲开一扇门,走出一位五十多岁的日本老太太,大泉忠雄心头一喜。老太太姓西三,家里只有老夫妻二人。用日语交谈,双方都有他乡遇故人的亲切感。西三太太把大泉让进屋里,大泉讲述了怀中孩子的身世,拜托西三太太帮忙找一家能收养孩子的中国家庭。西三太太听着,唏嘘着,她想起邻近的一户王姓中国人,男的四十七八岁,女的三十四五岁,两口子没有孩子,家境还行。她对大泉说:“这户人家挺合适,我跟他们说说吧。”

西三太太说的王家,男主人叫王洪祥,妻子是姜树云。王洪祥是山东省易水人,曾在大连的轮船上当服务员,会日语。姜树云的父亲在大连码头干活。1933 年,经工友介绍,姜树云的父亲把 19 岁的女儿嫁给了 31 岁的王洪祥。婚后不久,王洪祥经日本人田久保介绍,到长春市伪满中央银行俱乐部的配膳部当工人,干着配置咖啡、水果,并清洗保管餐具的活儿。

日本战败投降后,王洪祥夫妻俩在西安大路开了个小百货店铺,作为邻居的西三太太常光顾他们的小店,时而搭讪几句,算是熟人。

姜树云讲述,日本战败投降后,大部分日本人都溃逃了,逃难的车队和人群纷纷从店铺门前经过,但西三夫妇没有走。

这天,西三太太到店铺来问姜树云道:“你们愿不愿意收养个日本孩子?”

姜树云问:“是啥情况?”

西三太太说:“是个女婴,她父母都死了,怪可怜的。”

姜树云和丈夫商量后,约定到西三家先见见孩子。一看孩子才三四个月,皮肤白净,银盘脸,大眼睛,十分可爱,当即王洪祥夫妇就决定收养她。西三太太说:“孩子父亲的生前好友大泉君是孩子的义父,过两天我们一起把孩子送到你们家去吧。”

两天后,西三夫妇和大泉忠雄把孩子送到王洪祥家。

这是一套日式两套间住宅,家里收拾得干干净净。姜树云接过孩子,满脸笑容,夸赞道:“多俊的丫头呀!”大泉忠雄拿出一个小奶锅递给王洪祥说:“这是孩子父母生前给孩子热奶的锅,拜托中国养父母了。”说着,深深鞠了一躬。

王洪祥夫妇给孩子取名王雅君。以后的一两年里，大泉忠雄和西三夫妇几乎每个月的周末都到姜树云家里来看望孩子。孩子一天天长大，会走路了，牙牙学语，圆脸杏眼，漂亮可爱。

小雅君一天天长大，三四岁时，一次大泉忠雄来看望，姜树云对雅君说："孩子，这是你的义父，去亲近亲近。"

雅君的大眼睛里充满疑惑，她抬头看母亲，妈妈的神情慈祥而安定，她相信了，扑进大泉的怀里。

1954 年，大泉忠雄归国。临行前他来告别，交给王洪祥一个小红包，里面写有孩子及父母的姓名、父母家情况及日本住址，有一张春日隆一的照片，还有一对戒指，是孩子父母的遗物。大泉记下了王洪祥夫妇的姓名及地址，而后把小雅君抱起来，轻轻地吻了一下她的额头，恋恋不舍地离去。

光阴荏苒。王雅君在父母的疼爱中成长。王洪祥夫妇中年得女，虽然不是亲生，但襁褓中接手，也是一把屎一把尿地拉扯大，与亲生无异。

王雅君 7 岁上小学，毕业后考入长春市重点学校第二中学。从初中到高中，高中毕业时赶上"文化大革命"，接着是上山下乡运动，学校知道王雅君是日本人，还是动员她到农村去。

姜树云不同意去，说："我们老两口就这么一个女儿，她一走剩我们老两口，谁来照顾？"

学校的人说："剩下老人也好办。"

"咋办？"

"一起下去。"

姜树云说："你们学校下乡的敦化地区，又穷又苦，我们二老一小怎么活？不去！你们爱咋地就咋地！"

学校和街道居委会上门做了几次动员，见老人态度坚决，而且毕竟那么大岁数了，也怕出个好歹，便不了了之。到了 1972 年，上山下乡的浪潮已经不再轰轰烈烈，王雅君被招工进了长春市彩印厂，先后当工人、工会小组长、班长和技术质量员，还加入了中国共产党。工作期间她结了婚，生育了两个女儿，生活平平静静。

中日恢复邦交后，20 世纪 80 年代，日本遗华孤儿成了日本社会的一个关注焦点，《朝日新闻》记者到长春时采访了王洪祥一家。王洪祥收养日本孤儿的故事刊登出来，配图是王洪祥拎着当年的日本奶锅的照片。报道被大泉忠雄看见，往事顿时涌上心头。

大泉忠雄居住在日本横滨市，开着一家商店。1988 年，他邀请王雅君到日本寻亲。

日本对王雅君来说，遥远而陌生，虽然她血管里流淌的是大和民族的血。大泉帮助她找到了春日家族的人。春日家族在日本是望族，但春日隆一这一支只剩下春日隆一的一个嫂子，按中国人的辈分称谓，王雅君称她为大娘。

财产继承在日本是一个现实而利益攸关的问题。春日家族的人说，春日隆一在满洲娶妻生子的事他们不知道，所以春日家族不能承认有春日惠子这个后裔。

血缘关系在利益面前会显得十分脆弱。

于是，大泉忠雄认王雅君为养女。在办理户籍登记时，王雅君在日本名字的姓氏选择上有些纠结。如果跟大泉姓，大泉有亲生儿女，是否会卷入大泉家财产继承纠纷里呢？思量来去，她决定跟亲生母亲姓，取名小林惠子。

小林惠子的日本遗孤身份虽然被确定，但为了照顾年迈的王洪祥夫妇，她还是回到了长春。

王洪祥 1990 年去世。1992 年，姜树云和小林惠子一家搬离西安大路的老宅，住进了平阳街的中日友好楼暨日本遗孤之中国养父母楼，居住在 3 门一层。

王洪祥去世后，姜树云患中风，半身不遂。风烛残年了，她每天推着个凳子，或者在屋里走动走动，或者到门口晒晒太阳。

楼里的遗孤们纷纷回归日本，剩下的都是些老头儿老太太。每天，在楼前的空地上，老头儿老太太们，三个五个的围坐在一起，谈论的话题，或者谁家的孩子回日本了，谁家的还没走；或者谁家回日本的孩子来电话了，谁家的一走就杳无音信。有时会回忆从前的时光，如何把孩子拉扯大，酸甜苦辣，都是滋味。也有相对而坐沉默不语的时候，风吹拂着头上的白发，时光悄悄流逝,云起云落,云聚云散。

楼里的日本遗孤渐渐都走了，就剩下了小林惠子。姜树云心里多少有点纠结,也有点忐忑。她认为日本生活条件肯定比中国好,应该让女儿走,但又怕女儿领着全家走了,剩下她一个人孤苦伶仃的,怎么生活。

家庭氛围里有了一种人心隔肚皮的感觉，姜树云与女儿言谈中都在刻意回避“日本”这个字眼。姜母仍然称唤女儿为雅君。雅君也一如既往,一口一个“妈”地喊着。每天清晨,雅君做完早餐,丈夫送两个女儿上学并去上班,雅君吃完饭后另做一份饭菜,放在保温饭盒里,是给母亲的午餐,而后也去上班。

屋里一下子就空了,静了。姜母推着凳子或者在两间屋里走来走去,或者到门外的院子里与老姐妹们唠嗑打发时光，但内心深处总有一点隐隐约约的不安。

女婿给外孙女报了日语学习班,每周有几个晚上,他送孩子去学日语,这都是信号。姜母寻思，总有一天，雅君会带着女婿和外孙女回到日本,为此她心里惴惴不安。

一天傍晚,女婿带孩子们去学日语了,家里就剩下母女俩,姜树云决定捅破这层窗户纸。她对小林惠子说:“雅君,你走吧！”

小林惠子问:“上哪儿？”

姜树云说:“回日本呐。”

小林惠子沉默了。

姜:“你别瞒妈了……”

小林惠子扑进母亲的怀里哭起来。她说:“妈，其实我不想走。在日本我已经没有任何亲人了,而在中国我还有妈。而且,我走了你咋办呢?连丁丁和冬冬(两个女儿的小名)都说,咱们不能走,要不姥姥谁来照顾?”

这番话是几年前的对话。姜树云的身体每况愈下，小林惠子所在的彩印厂和丈夫所在的箱包厂都相继倒闭,生活捉襟见肘,回日本的问题变得现实起来。1996 年,小林惠子开始着手办理回日本的归国手续。

5 月的一天，小林惠子的同事来串门说漏了嘴，说王雅君的归国手续办妥了。姜树云听了心头一惊，说话者知道自己说漏了嘴，赶紧补漏，姜树云没有接茬，但她知道她最怕的事还是来了。

那天小林惠子下班后，如往常一样，拎着买的菜进厨房做晚饭。姜树云推着凳子，从卧室挪到厨房门口，靠着门问道："落下没有？"

小林惠子摸不着头脑，反问："什么？"

姜母说："日本的户口哇……"

小林惠子好一阵儿没出声，接着，泪水顺着脸颊缓缓流下。她放下手中的活计，走到母亲身边，搂着她的肩膀哭了。她知道瞒不了了，但不知该如何开口。

"你走吧，妈不拦你。"

小林无语，伏在母亲的肩头抽泣。

姜树云说："雅君，妈知道你早晚要走，只是早晚的事。只要你过得好，我死了也就闭上了眼。"

小林抹去脸颊的泪，说："妈，我不是故意瞒您，是怕您老人家伤心。手续办得差不多了，但我们不会马上走的。"

5月，姜树云走进了生命的最后时光。这一段日子，是她最风光的日子。中央电视台《东方时空》栏目来拍摄纪实片《中国母亲》，采访了姜树云一家，而且正巧赶上她82岁生日，拍摄了小林惠子给养母过生日的情景。

餐桌上是小林惠子亲手做的丰盛饭菜，中间摆着一个硕大的生日蛋糕，小林惠子为母亲唱了民谣《妈妈祝你长寿》，两个女儿伴唱，歌词是：

一家人欢聚一堂
祝妈妈幸福长寿
愉快戴在脸上
美酒举过了头
妈妈妈妈呀
你为儿女操劳了一生
付出了多少心血和眼泪
儿女们永记您的恩情
世世代代不会忘记

那天，姜树云对电视台的记者说："给我单独照一张相片好吗？"

戴眼镜的女记者问："为什么？"

姜说："留着我闭眼睛时用。"

气氛顿时有些尴尬。姜树云笑笑说："这有啥忌讳，人总是要死的嘛。我今天很开心，给我多照一张，照两张吧。"搞摄影的男记者"咔嚓咔嚓"，给老人照了两张。

5月20日，小林惠子接到中央电视台的通知，说27日开播《中国母亲》，29日的第三集里有姜树云一家的故事，请她的家人注意收看。姜树云得知非常高兴。25日，她接受作家曹保明采访时说："没想到我这一生还风光过呢。"

曹保明与姜树云有这样一段对话：

曹：你想到女儿有一天会走吗？

姜：能想到，但不去想。我从心底怕这一天。你想想，一个自己从小养大的孩子，一下子就走了，受不了啊！

曹：那么这一天真的来了，怎么办？

姜：我不知道。

曹：如果日方通知你，让女儿回去，你如何办呢？

姜：我没办法，只好让她走。但是我相信，女儿一走，我一定活不了多久。

曹：你现在希望的是什么事情呢？

姜：我希望人们不要再提起这件事，好吗？你们自己好好想一想，假如你们自己收养了一个孩子，长大了，总提孩子要离开你，要走，心情该会怎样？再说，她日本什么亲人也没有了，走了不等于更让我不放心吗？

曹：回顾自己的一辈子，你觉得怎样？

姜：晚年我挺满意。许多日本朋友也来看我，作家也来采访我，连中央电视台也来人了。我觉得我做了一件人人关心的事。也许这是我一生的必然结局。我没有亏待世人，我想世人也不会亏待我。

5月28日，姜树云没有等到有她的故事的那集《中国母亲》播出，突发脑溢血住进了医院。病情来势汹汹，医生立即下了病危通知。小林惠子日夜守候在病床前，一声声地唤："妈妈！妈妈！"老人昏迷不醒。

6月2日下午，姜树云走到了生命尽头。她先是呼吸急促，出现抽搐，接着血压急速下降。医生们紧急抢救，生命体征维持到午夜12时。

转钟了——6月3日。零时20分，姜树云长长地呼出一口气，走了。

负责抢救的医生翻了翻她的眼皮，对守在身边小林惠子说："准备后事吧。"随后转身走了。

小林惠子扑在母亲的身上大声喊："妈！妈！"她也去翻母亲的眼皮，竟然看到一滴泪珠从母亲紧闭的眼帘里滚落出来。

出殡那天，天气阴沉沉的。在殡仪馆的玻璃棺前，小林惠子失声痛哭。她喊道："妈妈呀！我现在真的成了孤儿啦！"

哭诉声令人撕心裂肺。

给母亲办完丧事，小林惠子携全家去了日本定居。

第十章　涌泉相报

1

在我采访的日本遗孤中，王林起是对往事叙述得最清晰最细致的人。

耄耋之年的他个头不高，瘦削，鹤发寿眉，眼睛略凹，目光沉郁，是个沉静内向亦内秀的人。

是哈尔滨市红十字会副会长胡晓慧女士向我推荐采访王林起的。胡会长兼任哈尔滨中国养父母联谊会会长。她说："王林起找到了日本亲属，却为了照顾养母而放弃归国，现在养母已经90多岁高龄了，仍然健在，王林起对养母很好。"

这个信息引起了我的兴趣。因为我所接触的采访者中，大多日本遗孤都遭遇悲惨，生活艰难；大多中国养父母都早年艰辛，晚年孤独。我听着一个又一个灰蒙蒙的故事，心境也感到压抑。王林起的人生态度令我眼前明媚，于是很快与他取得了联系。

谈话是从他的回忆录说起。他没有想到自己能写书并且还出版了。书出版后，在王府井图书大厦进行签名售书，过去的老领导、老同事、老邻居、老朋友来了不少，还有国内及日本媒体，他作为中日民间交流使者受到关注，他有了成就感。

他写的《我在中国75年——二战日本遗孤自述》一书由西苑出版社出版。采访之前我网购了一本，文字朴素，讲述细致，质朴而真实。

采访就从这本书说起。

王林起是北京重型电机厂的工人，1990 年 5 月退休。他所在的工厂原名北京汽轮机厂，位于丰台区吴家村，是生产火力发电设备和大型电动机的国有企业。1963 年，北京汽轮机厂与马路对面的北京电工机械厂合并，改名为北京重型电机厂，简称北重厂。

促成王林起写书并帮助联系出版的陈援也曾是北重厂的职工。陈援 1988 年调到中国科学院软件研究所工作，业余从事文学创作，是北京市作家协会会员和《北京日报》专栏作家。

2014 年仲春的一天，陈援接到北重厂老友王立缘的电话。王立缘说："你记得王林起吗？也是北重厂的。"陈援说："我进厂时厂里四千多人，离厂时发展到近八千员工，我不可能都认识啊！"王说："要是说起他的外号你一定有印象，当年大家都叫他'小日本'。"陈援说："哦，还真有印象呢！他个子不高，有东瀛人的样子。记得恢复中日邦交后，听说他是日本战争遗孤，当时很多遗孤都在办理归根日本的手续，而他选择了留在中国。"王说："是的，此人经历很传奇，我希望你能见见他。"陈援说："好。"就这样，三人约定见面时间，一聊聊了大半天。

王林起讲述了他的经历，说："我有两个祖国，出生的祖国是日本，成长成就我的祖国是中国。两个祖国和两个母亲在我心目中是同等重要。"

王立缘说："林起，你把你的经历写下来吧。陈援，你协助他成书出版。"

陈援当即欣然答应。他说他不仅是为了过去的老同事，也是为了 2015 年的世界反法西斯战争胜利 70 周年纪念日。

王林起激动起来，说："为了全世界人民纪念反法西斯战争胜利 70 周年，为了历史的灾难不再重演，为了在那场战争中受苦受难的中国人民和同样因为法西斯遭遇灾难的日本人民，为了我在战争中去世的父亲、母亲、弟弟、妹妹和失去联系至今不知生死的弟弟、妹妹，我要以自己几乎谈不上水平的语文基础，把自己的苦难经历和在中国家庭以及新中国成立以后的幸福生活，努力地写出来。"

事情就这么决定了。

王林起花了一年多时间，于 2015 年 5 月完成了近 15 万字的书稿。出版过程中，他反复修改，以求完善，因此错过了世界反法西斯胜利纪念日，直至2016年1月才面世。

2

王林起的原名叫渡部宏一，1935年8月20日清晨，他出生在日本山形县东置赐郡高畠町和田村。

从地图上看，日本的地图像一只身躯扭动的蜈蚣。山形县位于胸腹部交接处，即日本东北地区西南部。它三面环山，西临日本海，是日本海路的交通枢纽。山形县以农业为主，是日本重要的水稻产区，另外还盛产水果，是一个山清水秀的地方。

渡部宏一的父母都居住在东置赐郡高畠町的和田村。这是个小山村，只有几十户人家。村子东西长，南北窄，三面环山。山不高，山坡被森林覆盖。村北有一条小河流经，水面波光霞影，芦荻水鸟生活在其间。王林起说："河水里能见到红色斑纹的小鱼和土绿色的小河蟹，有时候能遇见成群的野鸭子游弋，黑白相间的小鸟发出清脆的鸣叫，在河面上嬉戏，每当清晨和黄昏，常有比他还高的灰鹤光临，它们非常机警，还没有来得及看清楚，它们就展翅高飞了。"

渡部宏一的父母家都住在村子南端，两家相距100多米。父亲渡部延雄是家中独子，上面有两个姐姐。祖父母过世早，宏一不曾见过他们。母亲白石贞家里有兄弟姐妹8人，她排行第三，上有一兄一姐，下有一个弟弟和四个妹妹。

渡部家住的是草顶子木屋，右侧有座日语称作"仓"的储物间，门前的红松修饰成层层叠叠的蘑菇状，成为一道靓丽风景。房前房后是自家稻田，田边栽的有杉树、栗子、柿子等果木，长成了一片树林。

白石家人丁兴旺，祖宅高大宽敞。宏一离开日本前，外祖父和外祖母都健在。在他记忆中，祖宅的大厅堂中间有个冬天取暖的炭火池。冬季时，白天用它烧水煮饭，晚间则在火池上盖一顶硕大的白瓷罩子，一大家人就围在火池四周席地而睡。他说：“外祖父家养了一头黑白相间的奶牛，每天清晨，外祖父早早地起来挤牛奶，用一个特大铝壶煮过后供家人享用。”

宏一的父母是自由恋爱结婚，在那个时代属于新鲜事。父亲念过高中，是村里学历最高的。母亲在她的姐妹中出落得最漂亮，瓜子脸，宽额秀眼，娴静而温淑。一家人的生活如村边汩汩流淌的河水，平静而温馨。

时代在发展，村里也起了变化，有了小商店、小饭馆和小电影院。王林起记得母亲带他去电影院看了部黑白影片，就是一直风靡到现在的《米老鼠和唐老鸭》。他与母亲坐在放映机的前面，灯光从他的头上扫向舞台上的影壁，身后是“哒哒哒”的胶片转动的声响。

他记得是一个夏日，母亲带他乘火车到很远的海滨城市。他们住在一个有钱人的家里，现代化的设施令他大开眼界。他潜意识里不由自主地在做比较：主人家推拉门上的窗是玻璃的，十分明亮；而自己家里推拉门的窗是白纸糊的，一点不透亮。主人家的厕所在室内，是抽水马桶；而自己家的厕所是室外另盖的一间小屋，蹲坑。主人家的浴池是木制长方形的，宽大舒适；而他家的浴池是椭圆形的大木桶，只能蜷在桶里沐浴。

女主人热情周到，带他和母亲乘有轨电车去了海边。母亲领着他走在软软的沙滩上，身后留下了一串大大小小的脚印。

他第一次见到无边无际的大海，耀眼的海浪像一条条白丝带前仆后继地扑向海岸。他头次见到成群结队的海鸥在海浪上嬉戏，见到被称为“人道云”的云朵似从海里升腾起来的大气泡，层层叠叠的升到天空。

他还记得，长期在外工作的父亲有次回到乡下，带他和母亲乘一辆黑色的小出租车到深山里的一家温泉旅馆。入住之后，父亲领着他换上蓝白相间的浴用和服，拿着条白毛巾进入雾气腾腾的浴室。雾蒙蒙里晃动着大大小小的裸体，父亲领他先到一个小木盆前坐下来，用肥皂洗净全身，而后进入一个硕大的方形温泉浴池里。这时，胸前盖了条毛巾的母亲从另外的入口处进来，也进入温泉池，宏一才注意到，温泉池里有男有女，有老有少。等40年后，他以中国人的身份回到日本探亲，才知道温泉里男女混浴是日本风俗的一道独特风景。

3

在经历了战争的妻离子散、家破人亡之后，王林起始终不明白父亲当年为什么要放弃家乡安逸平淡亦平静的生活，奔赴异国他乡去参加移民开拓团。

渡部延雄在1940年入冬后带领全家离开日本，移民中国东北。

先于渡部延雄移民的是宏一的二姨妈白石静一家。王林起说，静姨妈的丈夫姓金子，瘦高个，不苟言笑，静姨妈也不善言辞。他们早几年参加开拓团，去了中国黑龙江省林口市附近的日本移民村。宏一的父亲在1940年初前来考察，他认为满洲田地广阔，自由开垦，有发展前途，便决心带家人前往。

人都向往美好。人亦经不住诱惑。

那年宏一5岁，他下面有弟弟渡部骏、妹妹渡部登美子，全家5口人。

在他记忆中，外祖父家的人并不赞成他们移民满洲。记得那年秋末，父母在外祖父家里收拾行李，衣服被褥及锅碗等物件装满了两个大柳条行李箱和一个布口袋。站在旁边观看的舅舅和姨妈们脸色都不悦。身材瘦小脾气很大的外祖母一边帮忙一边斥责，而性情温和的外祖父送给宏一一套彩色的毛线围巾和帽子。外祖父说："宏一，戴上它去很远很冷的地方吧。"多年之后，王林起到日本探亲，三姨妈梅乃说起往事时说道："根据咱们家的经济条件，根本没必要去什么开拓团，你父亲干了一件造成家破人亡的蠢事。"

山形县开拓团本部设在黑龙江省龙爪车站附近，约有百十户成员，设置了若干个村落。渡部家在北山形村，位于林口市与龙爪车站之间的铁路线南边。那里地处小兴安岭南部边缘，除了小片平原外，都是高低不平的丘陵。村子用铁丝网围了起来，内有四栋住房，南北排列，每栋房子住两户人家，还有两个办公用房，另外有公用的浴室和水井。所有的房屋外墙上都画有大大的白圈，据说是模仿中国人，防止野狼进村。

渡部家是最后进村的，被安置在最北面的空房里。王林起说："房屋的外观与他老家的住宅不同，土坯墙，灰瓦，屋顶上垒了一个方形土烟筒。房屋内部结构是日式的，两居室中间的隔墙是取暖用的夹壁墙，房内有过道、厨房和厕所，居住条件不算太差。"

宏一的父母开垦了村落西边丘陵上的一片荒地，添置了农具和牲畜。几年之后，家里除了一匹马、两头牛，还有一套马车和一套雪爬犁。另外，还饲养了绵羊、家兔、鸡、鹅、蜜蜂。北山形村的农作物主要是小麦、玉米、高粱和大豆，还有各种蔬菜瓜果。宏一的父亲盖了一个暖房培育菜苗，还栽种了十几棵苹果树。

农忙时，家里雇了一个中国农民，是一个身体强壮的中年男子。头型稍长，住在不远的铁路北边的屯子里。雇工朝至夕归，自带午饭，偶尔也与雇主全家一起吃午饭。

王林起说，彼此语言不通，相互之间通过打手势交往。父母亲待这个农民很关照，时常送给他一些粮食和毛巾肥皂等生活用品。当然这些都是要避人耳目的。有一次，雇工送给他和骏每人一双布鞋，父母亲和他们都很惊讶。布鞋是黑面白底的圆口鞋，母亲仔细看了后赞叹道："做得真精致，鞋帮和鞋底缝纳了多少针哪。"更惊讶的是，两个孩子试穿了一下，刚刚合脚。王林起说："可见那位细心的雇工，早就观察好了我们哥俩脚丫子的大小。"第二天，父亲命他们穿着新鞋去上学，他们不敢不听话，但还是偷偷带上了平日穿的鞋，在学校附近把中国新鞋换下来，免得同学们说三道四。

王林起记得，有一年春天，雇工邀请他和父亲到他居住的屯子里参加婚礼。

王林起还记得，有一年的二月初是农闲期。一天，雇工冒着严寒抱着一个厚厚的棉包裹到他们家来。包裹里是一个大粗瓷碗，碗里的面食还冒着热气，白白的，有鸡蛋大小。雇工示意让母亲品尝，说出"饺子"二字，是白菜和猪肉馅的。宏一很久以后才知道，那是中国北方过春节的必备食物。此后，他生活在中国的漫长岁月里，每当吃猪肉白菜馅饺子，或者穿圆口布鞋时，他都会想起那位雇工暖暖的情意。

1942 年 4 月，7 岁的宏一上学了，是开拓团的“日本国民小学”。学校位于龙爪车站东南的山岗上，从家到学校要过三座土岗子和小河沟，走半个多小时。学校是六年制，有近百名学生。校内有宽大的操场，还有一座兼做会场的体育馆。他在这所学校读到四年级，弟弟骏读到二年级，妹妹登美子刚入学三个多月时，形势突然发生巨变，他们的学业戛然而止，他们的人生走向灾难。

4

那时候，宏一并不知道世界在进行战争，更不知道日本是侵略者，用战争方式侵占了中国领土。

1945 年春天，开拓团开始内部征兵，北山形村有两名男人应征入伍，其中一个是渡部延雄。王林起说：“他入伍后仅来过一封信，从此杳无音信。很多年后，听说他被苏军俘虏后病死在苏联，我多次询问日本官方，但至今未得到准确消息。”

8 月初的一天夜里，一家人被震耳欲聋的爆炸声惊醒。第二天清晨，王林起照常带领弟弟妹妹上学。在离学校不远的下坡路上看见几个又大又深的坑，学校的老师说，昨夜林口市遭到苏联飞机空袭。下午放学回家，他看到各家的房顶上都覆盖了绿色的树枝，据说是防空措施。

第三天的后半夜，邻居新野突然急促地拍打渡部家的门，他隔着窗户大声对宏一的母亲说：“赶快准备，黎明开始逃难！”

开拓团既无报纸也无收音机，所有的消息都是口口相传。前段日子，大人们互相传递的都是战况好新闻，什么“军队取得了大胜利”“占领了某某岛屿”之类,怎么突然就要逃难了呢?

宏一的母亲顿时有些慌乱,但很快就镇静下来。到开拓团之后,家里又添了一个男孩起名秀策,此时秀策已经4岁。母亲命宏一把放在柜中的各种证件、通讯录及重要纪念品用包袱皮包好背在身上,同时自己也草草地收拾了行装。

逃难的日子是8月11日。北山形村离林口火车站最近,开拓团的人奉命到车站集合。到车站后,听说已经没有南下的火车了,于是他们决定以村为单位,步行南逃,到葫芦岛乘船回日本。

宏一的母亲带着孩子们回到北山形村,她不清楚走到葫芦岛需要多少日子,孩子们肯定是走不动的,她套上牛车,牵上马,把被褥、粮食和其他生活用品都装上车,带领四个孩子加入了逃难的行列。

王林起在书中写道:

天还未亮,二百多人的逃难群体向龙爪车站方向出发了。路过那里时,眼见开拓团办事处建筑物和粮食加工厂被人放火燃烧起来。车队缓缓地向前移动,有人不时地向后张望,唯恐苏军赶上来。傍晚时分来到很大的湿地边缘,在我们不谙世事的孩子看来,各家像是来野游似的,在草地里摆上干净的铺垫,点燃篝火煮饭,度过了最后一个踏实的夜晚。次日有人传言苏军坦克要赶上来了,所以为了安全决定逃入森林。在进入林区之前,因为林中无路,不得不丢弃所带车辆和较重的东西,这可乐坏了一直尾随我们捡拾弃物的一伙朝鲜人。

母亲背上秀策,手牵驮着行李的马牛跟随徒步的人群走进树林中,不久就进入了真正的原始森林。直径近一米的高大松树生长密集,抬头仰望,树枝和针叶形成的密网挡住了阳光,使林中光线暗淡,犹如接近了黄昏时分。脚下厚厚的枯叶堆积物很像软软的海绵垫。有时还能遇到林中草甸子,翠绿的草丛里流淌着清澈小溪流。觉得我们这些因战败而逃难的人群不应当踏入这样美丽的自然界。行进中不时传来零星枪炮声,也流传着各种谣言,人们被笼罩在不安恐惧的气氛里。有的大人说:“他们为了寻找食物闯进了俄国人的住宅,见到好几具被日本兵杀害的尸体。”

疲惫的人群盲目地在林中游荡几日,来到一条大河面前,据说是牡丹江。河上还保存有未被炸毁的桥梁,宽约一米多,长度足有百十米。传言此桥有被炸断的可能,所以决定快速过桥。由于人们慌乱,桥面又窄,发生了两起连人带牲口落进河里被冲走之事。因为无法救助,只能眼见他们消失在河水里。在湍急的水流里,不时漂过粗长的原木和膨胀了的大小尸体,让我胆战心惊。再往前走了一会儿,又遇到一条河流阻挡了去路,河面很宽,河水又急又深。这里没有桥,只发现一条绑在两岸树根上的细铁链子。大人们扛行李,托举孩子,牵牲口,往返好几次,全身湿透,总算过了河。母亲背着秀策,一手抓住铁链,另一手拉着我开始过河。在河的中心处,水深已超过我的肩部,身子悬空,感觉要被水淹没。母亲拼命拽住我打滑的手腕,扛住了被激流冲走的危险,冷汗和河水混在了一起,我与死神擦肩而过。逃难人群中虽然个别男人持有武器,但人们还是希望能遇上日本军队而受到保护。但有传闻说,开拓团的居民有的被日本兵集体枪杀或被逼迫自杀的,所以又不情愿被他们发现。

由于食物减少,处境险恶,出现了病死、饿死之人。我们同村丹野家的女婴小幸子,就在一天下午饿死在她母亲怀里,瘦弱的丹野婶婶哭得死去活来。人们把婴儿草草埋葬,并放上很多野花,说是以后再来看她。没有人带路的逃难人群像无头苍蝇东碰西撞,不时见到日军遗弃的炮弹、车辆,闻到尸体散发出的恶臭。饥饿和病体拖累着人们行动,有的落到队列后面而走失,求救的呼声此起彼伏。带来的食物都分食干净,人们寻找林中的蘑菇、野葡萄等可食植物充饥,最后不得不杀食宝贵的马牛。此时,有人用牲口驮来的中式大铁锅派上了用场,可是煮出来的肉块半生不熟又无咸味,孩子们嚼不动,只能瞪眼看着肉块挨饿。我们家先交出的是一匹不易驾驭的马和家里两头黄牛中的一头,剩下的一头牛体形匀称,毛色光亮，力大耐劳，出力时能主动与人配合。尤其它那双大又亮的眼睛，注视你时似乎在思考着什么。我没骑过马，而这头牛是我的坐骑。它是我最喜爱的大宠物，可是在逃难中，这样的好牛也要被宰杀吃掉。那日临刑时，它已经意识到将要发生之事，拼命挣扎哀号，几个大人勉强拉到屠宰地。

我离开人群，任凭眼泪流淌不止。一直被视为家中成员的可怜黄牛，为我终生留下了那一双不能忘怀的眼神。到了8月下旬，无吃无住的逃难人群，已经到了走投无路、集体饿死的边缘。可是，在假若成苏军的俘虏，“男人被去势，女人要做慰安妇”等传闻的精神压力下，更是让人变得惶恐不安。在生死存亡时刻，大人们经过协商，决定不论生死，走出山里去碰运气。

之后的两三天，在牡丹江市附近遇到一队中国民间武装人员。我们这些半死不活的人群惊恐不安地走到他们面前。经过他们仔细检查，确认我们是非武装的难民之后，被转交给好像专门处理日本难民的收容所。近一个月的逃难，除了丹野家的小幸子外，我们北山形村的22人，大人孩子都还安然无恙，这多亏了年轻邻居新野叔叔的热心和大家的相互照顾，其中得到帮助最多的是一个妇女带领四个孩子的我们家。

我们来到的难民所，管理人员都是苏联人，除了武装士兵，还有一些高大的中年女医务人员。他们首先没收了人们持有的怀表等贵重物品和菜刀之类的危险用具，然后向我们身上喷洒消毒液消毒。有个老人吓得赤身裸体跑来跑去，像一只被脱了毛的公鸡。吃完所提供的简单食物，我们被安置在一座破旧的仓库里。从山林移出后的很短时间，我们的命运有了意料之外的改变。在战胜者面前，我们这些战败国的民众没有被打骂，也没有受到明显的歧视和侮辱，而最令人感激不尽的是有了食物，获得了生存的希望。从此我们就成为了名副其实的“日本难民”。我们在牡丹江附近的难民所住了将近半个月，除了山形县的难民之外，还有其他县的成员，人数越来越多。最初提供的食物勉强够吃，后来逐渐减少，人们不得不想办法找吃的东西。难民们是被圈在简易围栏里，白天围栏外来了很多中国小贩，很热闹，带有现金的人可以买到食品或急需之物。有的无钱男人夜间出去，到近处的庄稼地里去偷玉米或土豆，但是只要被发现，就会在苏军士兵发射的子弹下毙命。我母亲为了买食物花光所有藏在身上的存钱，最后不得不用仅剩下的一床棉被，换了两个玉米面贴饼给孩子们充饥。

后来，离开那家难民所，管理人员让我们乘上运货列车到了哈尔滨市，几天后又被转移到新京，即后来的长春市，住进像是繁华街道旁的一所小学校里。校外过往行人很多，我们孩子到街里闲逛。一天下午发现妹妹登美子突然不见了，不知是走失了还是被人拐走。母亲和我、静姨妈夫妇连续找了几天无结果，可怜的登美子就这样消失了。祸不单行，几日后发生了令我们一家人无法想象的一件事：清晨睁眼发现，住所里除了我们家几个人之外，已经变得空空荡荡无声无息，不知朝夕相处的乡亲们去了哪里。像我们家这样只有单亲支撑，在没有生存保障下度日的家庭，再失去温暖群体的庇护和帮助，其命运可想而知。也许在逃难人群里，唯有我们一家是一个妇女领着四个孩子的，所以被当成了集体行动的累赘，不得不被甩掉。在人们面临生死存亡之际时，可能某些人必须做出牺牲，我们这个无辜之家因为可恶的侵略战争成为“牺牲者”。这在我幼年的心灵里投下巨大阴影。

令宏一最受伤的是，患难之时，把他们寡母孩儿抛弃的群体里还有他母亲的亲妹妹即宏一的亲姨妈。这种阴影是他一生都挥之不去的。所以在战争孤儿争相回日本的大潮中，王林起决定放弃归国，不能不说这种阴影是因素之一。

5

被群体抛弃的宏一一家在母亲的带领下，11 月初混在南下的难民群里，终于登上了一列开往沈阳的货车。车厢里人像沙丁鱼罐头般挤得满满当当。宏一挤坐在车厢入口的地板上。途经四平车站时，一个站台上的苏军士兵突然伸手抢走了宏一身上的包袱。包袱里没有钱财，只是一家人的身份证明及家人联系方式，对他人毫无用处，对宏一一家却至关重要。

宏一想跳下车去打开包袱让那士兵看看，里面的物件于他无用。就在念头产生的一瞬间，火车“哐当”一声启动了。面临利害选择，宏一肯定不能冒与母亲失散的危险。看着苏军士兵拎着他的包袱扬长而去，他把意外告诉了母亲，母亲清癯而愁苦的脸庞流下两行清泪。

宏一母亲带着三个孩子住进沈阳南站附近的难民所时已是寒气逼人的初冬。

难民所是一座临街的日本小学校。校园里有宽阔的操场，还有体育馆和一座二层的教学楼。宏一一家被安置在体育馆内的一处角落。馆内没有取暖设备，潮湿寒冷，又脏又乱。这里的难民不是很多，稀稀落落的几户人家，一家一堆地蜷缩在一起。孩子们个个面黄肌瘦，头发似荒野上的枯草。很多人身上都穿着好几层夏季服装，没有被褥，就用稻草袋、麻袋片或铺或盖或裹在身上御寒。这里的饮食是偶尔提供点稀粥，食不果腹。宏一的母亲支撑着虚弱的身体，每天上午或者下午，到日本人住宅区讨点食物分给孩子们吃，她只是象征性地尝尝而已，眼见着她颧骨突出，两腮凹下，眼眶也塌陷进去，黄皮寡瘦。

一天晚上，一个苏军士兵到难民所搜查，刺伤了宏一的母亲。几天后的下午，一直处于昏迷状态的母亲忽然睁开了眼睛，嘴唇微微开阖，似乎要说话。宏一凑上前去，听到微弱的声音：“宏一，你——”母亲头一歪，停止了呼吸。

宏一大喊：“妈妈！妈妈——”声调凄绝。弟弟骏惊恐地望着他，秀策则不知世故地紧紧依偎着母亲。当有人来抬尸体时，三个孩子哭成了一团。

天突然塌下来。10岁的宏一想到死。但看看身边的两个弟弟，他收起了死的念头。

每天，宏一领着骏和秀策穿过操场走出校门，门前是宽阔的街道。他们坐在街边的一块脏木板上，来来往往的人都把他们当作乞讨的孩子，有人会给些食品，也有人给点零钱。

一天，一个穿着灰绿色制服的中年男子站在他们面前，目光在三个孩子身上穿梭了几遍。突然，他老鹰抓小鸡似的拎起秀策，扛在肩上，大步流星地离去。事情发生的突然，宏一反应过来后大声呼救，但无人理睬。宏一前几日闹肚子，浑身虚软，根本无力追赶，他让骏去追，但没追上。他听着秀策的哭声渐渐远去，直到消逝，感觉撕心裂肺。

王林起在书中写道：

> 多年之后见到“秀”字，我就想起幼小的秀策，可是手中没有他的照片，记忆中的形象越来越模糊。我对不起他，对不起父母亲。我对不起没有保护好的秀策，我更诅咒这场给人类尤其是给无辜平民百姓带来苦难的侵略战争，诅咒发起侵略战争的战犯们！我做梦都盼着有朝一日会奇迹般地找到秀策弟弟，坚信他还生活在离我不算太远的东北方向某地。

6

学校体育馆和教学楼里的难民越来越少了，操场上的尸体垛却越来越高了。下过了雪，尸体垛被覆盖在白雪皑皑之下。

宏一照例每天带着弟弟骏在校门外街边活动，那块脏木板已经被雪覆盖，他们就站在街边。街上的行人有中国人，也有日本人，不时有人停下脚步给他们点食物或零钱。有一天见到几个日本人过来，宏一向他们提出领养的请求，被婉拒了。

下午，宏一和弟弟衣衫褴褛，手脚冰凉，站在路边瑟瑟发抖，他觉得他和骏会被冻死或饿死。

这时，一个身穿黑色中式棉服的中年男子在他们面前停住，他蹲下来仔细观察二人，然后指着骏，打出跟他走的手势。宏一摆动双手表示不可，用手比画着告诉他，他们是兄弟，二人不能分开。那人考虑了几分钟，随后拦了一辆三轮车，带着他俩一起坐上了车。

三轮车爬了一大段斜坡路，过了一座桥，下坡后又过了一个铁路岔口，走了一段直路后先右拐后左拐，最后停在了一座门洞前。

天色已暗，院子里透出依稀的灯光。后来宏一才弄清楚，这是靠近皇姑屯车站的兴隆街东面胡同里的一座四合院。院内住有七户人家，领他们来的中年男子叫贾凤群，他的叔伯哥哥也住在这个院子里。

贾凤群站在院子里喊道："快出来！快出来！看我领了两个日本孩子！"于是，各家的门都打开了，男男女女出来一群人。男人指着骏说："我要这个孩子。"指着宏一对着一个老头儿说："哥，你要他么?"老头儿瞅了宏一一眼，说："我不要。"贾凤群又扯亮了嗓门："你们谁要他？"

男男女女的眼神都在打量宏一，他瘦骨伶仃似根豆芽菜，脏兮兮的，瑟瑟发抖。人们领养孩子愿意要年纪小的，不懂事，没记忆，容易亲。

人群中叽叽喳喳地议论着，不见有人走上前来。宏一似乎是在接受审判，心里悲凉悲哀又悲痛。他突然感觉支撑不住了，天旋地转。

这时，一个大眼睛的壮实男子走过来，拍拍宏一的肩膀说："你跟我来。"

男人把他领进朝南的一间小屋，里面的灯光十分柔和。这是一个里外间，外间右边是土炕，炕上有衣柜和炕桌。女主人身材不高，年轻，丹凤眼，一副笑眯眯的模样。她正在照料炕桌边一个牙牙学语的女婴。左边有一个长条木案子，上面摆着镜子、木盒等杂物。屋子中间的过道通向里间，里间是厨房和储物间。

那天晚上，女主人煮了一锅糊糊面，宏一热乎乎地吃了一大碗，就躺在炕上靠窗的位置睡着了。久违的温暖，那一夜他睡得很踏实。

女主人几乎一夜未眠，坐在炕头的油灯下，给宏一缝制棉衣棉裤。第二天中午完活儿。下午，男人带着宏一到街上的澡堂子里洗澡，把他身上几个月的污垢搓掉，换上厚实的崭新棉衣棉裤，宏一有点懵懂，像是在做梦，他怎么突然从地狱到了天堂？

那个大眼睛的壮实男人叫王殿臣，女主人叫贾凤朝。二人都是河北省景县贾吕村人。王殿臣1913年生人，兄弟姐妹5人。他早先在家里务农，读过几年私塾，在北京当过学徒，后来闯关东来到沈阳，蹬过三轮车，收养宏一时，他在沈阳北市场做买卖旧货的生意。

贾凤朝年纪比宏一只大一轮，二人都属猪，收养宏一时她22岁。她缠过小脚，读过私塾，16岁出嫁。王殿臣前妻是贾凤朝的姐姐，去世后续娶了妻子的妹妹。贾凤朝结婚后生过两个女儿都夭折了，第三个还是女儿，就是宏一进门时见到的那个在炕桌边的女婴。

1946年春节前的一天，王家来了一位穿长袍马褂的客人。他微笑着，上上下下打量了一遍宏一，而后小声地与男女主人商量着什么。商量完毕，他对宏一说："你的名字叫王林起，王殿臣是你爸，贾凤朝是你娘，叩头认爹娘吧。"

宏一到王家，正是大雪冰封的冬季，北市场的生意清淡，王殿臣在家的时间多。他教宏一说中国话写汉字，买了《百家姓》《三字经》，让他背诵，还教他写毛笔字。短短几个月，宏一能听懂一些中国话，并会说日常用语。客人的话他听明白了，事情虽然来得突然，但他毕竟有了家，有了温暖的生活，于是他跪在地上，叩首认了父母。

多年后他才知道，穿长袍马褂的客人是算命先生。按照中国传统命理说法，王家五行里缺木，所以少男丁。到王家来的第一个男孩起名"林起"，双木"林"补上了五行所缺的"木"，"起"即从此男丁兴旺。此后，王家又添了五个儿女，前两个是女儿，后三个是男孩，贾凤朝做了七个孩子的母亲。

弟弟骏被贾家收养。贾家的住房朝东，比王家的大。虽然同在一个院子里,可能是冬天不出门的缘故,兄弟俩不曾见面。

春节后的一天早晨,骏不知什么原因死了,遗体裹在薄席里,放置在院子大门的门洞里。王林起和父亲被警察唤到派出所做调查,等他们回来，尸体已经运走埋葬了。宏一没见到弟弟骏的遗容，也没有向他告别。那一天他痛苦万分。在短短半年时间里,渡部一家六口人就只剩他一人了。

王林起在书中写道:“可恶的侵华战争让我失去了父母,失去了弟弟妹妹,失去了家,失去了所有,最终使我变为渡部家的孤身一人。”

7

养父母对他的好,王林起点点滴滴都记在心里。他称养父母为父母。他说:“中国父母没把我当外人,我也没把自己当外人。”

春暖花开时,父亲时常用自行车带着王林起到沙头沟、北市场去逛街,在饭馆里吃饭,还领他进戏院听戏。父亲除了给他买新衣服,还给他买了一双当时阔少爷才穿得起的锃亮皮鞋。

1947 年春,王家从兴隆街搬迁到沈阳南站西南边的一处繁华街道,住进原是日本民居的二层小洋楼。房屋临街,他们住楼上,楼下是商铺。住房日式结构,用推拉门隔出客厅卧室,有厨房、厕所,采光好,敞亮。

王殿臣的亲弟弟王武臣和叔伯弟弟王虎臣,以及姐姐的儿子贾怀义先后都到了沈阳。王殿臣找了几个合伙人，租了间楼下的商铺，经营了一家清真食品店。王林起有时在店铺里帮着干点杂活儿,他主要是负责照管三岁的大妹妹。他来王家后，母亲生了二女儿即王林起的二妹，也一岁多了。

1948 年春季,虽然辽沈战役尚未开打,紧张气氛却已经开始弥漫。解放军对沈阳逐渐形成包围圈，市里要求修筑防御工事，每户都必须派人出工。王林起顶着王家的名额，被派到北陵、浑河等地挖战壕。他说：“因为路远，往返需要半天多的时间。工地上虽然有监工人员，但是没有几个认真干活儿的。”

不久，沈阳市的物价飞涨，新发行的金圆券，没用几天就贬得一钱不值。家里让王林起提着装满金圆券的布袋到市场买粮食，当时粮食也紧张，只有黄豆粉卖，一口袋钱票，买不回与钱币等重的黄豆粉。粮食紧缺，人心惶惶，人们开始外逃。

王武臣善于交际，他通过关系，花钱从国民党军官手中弄了几个乘坐军用飞机的名额。秋天，母亲带着王林起和两个妹妹，加上王虎臣，乘一架运送某大官家人棺柩的运输机，从沈阳飞到了北京。

王殿臣的妹夫陈来顺在丰台正阳大街中心经营着一家以布匹和小百货为主的综合商店。事先联系好的，在商店后面的四合院里租了三间西房供王家人住。王殿臣是 1949 年初到北京的，他也在正阳大街上租了一间商铺，做买卖旧货的生意。

王林起说：“做生意至少要会计算和记账，父亲为了培养我成为他做买卖的帮手，便送我去上学。”

王林起 1949 年 2 月成了丰台镇小学校二年级的插班生。那年他 13 岁，本以为是班上年龄最大的，后来发现还有比他大一两岁的人。他在三年级时，成为新中国的第一批少先队员，被学校选为大队旗手。

1951 年的新学年，五年级学生搬进了新建教室，王林起代表全班同学写了一篇作文寄给《北京日报》，报社派记者来采访拍照，文章发表了，寄来了五元稿费，班里用稿酬买了信纸信封，寄给抗美援朝的志愿军战士。

1953 年夏天，18 岁的王林起小学毕业了。之前，他四年级初小毕业时，家里就打算让他退学帮助父亲做生意。当时班主任到家里说服了他的父母，才得以继续学业。而如今，他已经是成年人了，三个弟弟出生了，家里六个孩子，弟弟们年幼，经济负担重，家里希望他参加工作。

王林起想继续学业。他在丰台镇各学校的小学毕业会考中名列前茅，班主任到他家对父母说:“这孩子成绩好,是读书的料,不继续升学就可惜了。”父亲沉默着,母亲说:“那就让孩子继续念吧。”这样,王林起考入北京市第十二中学。中学期间,他品学兼优,加入了中国共产主义青年团。他一边上学,一边帮助家里做家务,学校鉴于他家的实际困难,免除了他的出勤考核。初中毕业时,他想报考北京机械制造学校,这样可以早日参加工作,减轻家里负担,但因为他一直是尖子生,被学校保送进高中部,鼓励他考大学。

1957年暑假的一天清晨,他前几天的腹部不适突然变成剧烈疼痛,痛得他满地打滚,黄豆般大的汗珠沁满额头,脸色苍白。

父亲见状,背起他就跑。公交车站在200米开外。那时的公交车是解放牌卡车改装,乘客是从车尾登梯上车。王殿臣征得司机同意,抱着王林起坐在副驾驶的位置,车辆到达终点站广安门后,又专门把父子俩送到了北京市第一医院。

诊断结果是急性阑尾炎穿孔造成腹膜炎。在手术之前,王林起休克了。他感觉眼前蓝黑的天幕上有点点星光,人悬浮在软绵绵的空中,飘啊飘……

他先后做了三次手术,洗肠,下管子,排脓,住了40天医院。

病危时,父亲停业了,日夜守护在病床前。后来从河北老家请来叔伯姐姐照顾他。王林起能进食后,父亲给他买蛋糕买梨,买他爱吃的东西。

那次住院,医疗费花了200多元。王林起说:“当时200元就可以在丰台镇买个小院,我的医疗费花去家中三分之二的积蓄。”

出院后,他在家休养一段日子后复学了。这一年他上高中二年级。是否坚持学业?他很纠结。家里又添了个妹妹,七个孩子了,全家九口人,各个都要吃饭穿衣,还有几个孩子在上学,显然靠父亲一个人的收入难以支撑。

思来想去,王林起决定停止学业去找工作。他没有征求任何人的意见,自己向学校提出了退学申请。

8

王林起当时的志愿是当地质勘探队员。因为当时在年轻人之中风靡《勘探队员之歌》。

是那山谷的风
吹动了我们的红旗
是那狂暴的雨
洗刷了我们的帐篷
我们有火焰般的热情
战胜了一切疲劳和寒冷
背起我们的行装
攀上那层层的山峰
我们满怀无限的希望
为祖国寻找出富饶的矿藏

是那天上的星
为我们点燃了明灯
是那林中的鸟
向我们报告了黎明
我们有火焰般的热情
战胜了一切疲劳和寒冷
背起我们的行装
攀上那层层的山峰
我们满怀无限的希望

为祖国寻找出富饶的矿藏

是那条条的河
汇成了波涛大海
把我们无穷的智慧
献给祖国和人民
我们有火焰般的热情
战胜了一切疲劳和寒冷
背起我们的行装
攀上了层层的山峰
我们怀着无限的希望
为祖国寻找出富饶的矿藏

在社会主义新天地里，浪漫情怀撞击着他的心扉。但不知为什么，1958年的上半年，多数单位都不招收新人。于是王林起在丰台铁路工程队当了一名临时工。第一份工作，是在丰台车站候车楼修建工地当和泥工。工作不仅仅是和泥，还要肩挑百十斤的泥浆，送到二层楼的台面上，没干几天，肩膀就红肿起来。

工程队很快知道王林起是高中生，能写会画。那时候，高中生就是知识分子，要人尽其才，物尽其用。于是，王林起被抽调脱产搞宣传工作，他的任务主要是写大标语，定期更换宣传栏的内容，还负责广播站。

工程队的任务是铺设从丰台站到沙城站的铁路线。工程延伸，工地不断迁移，工程指挥部跟着工地走，不久就从丰台迁到了宛平城北边的文字山，那里是荒郊野地。

广播站安置在工地的草棚子里。王林起负责播送通知、播放音乐，等等。

夜间，工人下班后回到远处的宿舍，嘈杂的工地鸦雀无声，黑黢黢的一片。静谧之中能真切感受到大自然的动静，月光的呼吸，风的气味，鸟鸣虫吟，还有远处狼的嗥叫。

黑色的原野上，只有广播站草棚子里昏黄的灯光是夜的眼睛。王林起一人守着一堆广播器材。他经历过战后的难民生活，已经没有比那再苦的日子了。只是工程不断延伸，离家越来越远，让他心里不安。他不想远离北京，他的愿望是边工作边学习还可以照顾家里。于是他提出辞职。工程队的党总支书记、队长和工会主席轮番谈话挽留他。那时工厂里新工人的薪水一个月才十五六元钱，领导许诺把他已经一月 54 元的工资再提高，另外还要与他签订长期雇用合同，但他还是辞职了。

当年夏天，大跃进兴起，北京各厂矿都大批招工。王林起被北京汽轮机厂录取。汽轮机厂当时刚筹建，新招进来的学徒工送到北京钢铁研究院机械加工车间培训。

在金属切削工序中，车、铣、刨、磨各种机床，磨削是最后一道工序。磨床操作要求精细，但消耗体力少，本来选的五个女工，有一人临时未到，招工办的人急急高喊：“缺一个人，谁去？”王林起回应：“我去！”就这样十分偶然的，他选定了自己一生的工种。

培训中，王林起是最先出徒的，仅半年就独立操作、顶班生产了。学徒工月工资 16 元，除了伙食费，剩下寥寥无几的零花钱，他除了买烟，就是买书，学习各种知识。看完的书卖掉，添点钱再买新书。除了加班，休息日他都回家帮助处理家务事。

不足一年的培训转眼结束，所有学员都回北京汽轮厂了，他被留了下来。王林起说：“也许是因为在‘五一’节前的大会战中，我加班三天两夜按时完成任务有功，被授予季度先进生产者，还发了奖金。车间党支部书记、段长找我谈话，希望我留在钢铁研究院工作。培训期间，这个单位的师傅、领导都待我很好，不好意思当面谢绝他们的挽留，几天后我偷偷地‘逃’回了北京汽轮机厂，干了一次对不住人家的事情。”

王林起当然愿意留在钢铁研究院，对他来说，可能会有深造的机会，圆了他的大学梦。他放弃梦想是为了顾家。钢铁研究院在西直门以北，当时交通不便，来回要两三个小时，倒好几趟公交车。北京汽轮机厂在丰台，他家也在丰台，家里孩子多，最小的妹妹才两岁，他要为父母分担家务。

王林起心实，干事踏实，扎实，心灵手巧。他先是操作磨床，1963 年汽轮机厂和电工机械厂合并为北京重型电机厂后，他不仅操作原有的磨床，还操作铣床、刨床、钻床等设备，能加工及修复多种零部件，是厂里的技术骨干。

他还能写会画，在厂里兼职宣传员，同时是厂里的美工组成员，经常被抽调到市里参加大型展览会的筹备工作。

“文化大革命”中，中央美术学院举办毛主席画像培训班，培训来自工农兵的业余美术爱好者，北京重型电机厂选派他去。

学员中大部分人都没有接触过油画，教学是从制作画布、做内木框、绷画布学起。美术学院派了几位教师授课并辅导，后来当了中央美院院长及中国美术家协会主席的靳尚谊先生给他们授过课。

王林起说：“在所有学员中，靳先生仅坐下来为我正在画的毛主席像动手修改，他边画边讲解人物发型的整体与局部的画法。当时很多学员都停下笔，围在靳先生身旁听他讲解。他说画人物的头发，不能一根一根地细画，而是要观察好整个发型，把它画成有空间感的立体物，然后在其边缘上画出部分发丝，就把接近于头发的实体表现出来了。之后他又讲画黄种人眼睛的色彩运用。他认为我画的毛主席像色彩干净明亮，就拿去悬挂在美院的大批判会场。”

王林起还说：“虽然是短暂的培训，但是能在中国绘画界的最高学府中央美术学院受到绘画的基础教育，对于我是一次极其珍贵的学习机会，受益终身。培训班结束后，我为厂里和外单位画了不少大幅的毛主席像和抓革命促生产的宣传画。”

王林起的客厅里挂了几幅他的油画作品，其中一副是日本江之岛的风景。海浪卷起千堆雪，搏击在浪花上的海鸥展现出一种生命昂扬的姿态。还有一幅是静态的波斯猫，毛茸茸的感觉十分逼真，可见造诣不一般，很难想象画是出自一个操作磨床、铣床、刨床、钻床的老工人之手。

9

1979年,经一个后来去了美国的高中同学的提醒,王林起开始考虑与日本联系的事情。

那位同学虽然出生在铁路工人家庭,但因为有一个姑妈在美国,属于有海外关系,因此与王林起有一种同病相怜的亲切,谈得来。改革开放后,在中国科技大学任教的他准备到美国求职。1979年夏天,他回北京探亲,与王林起见面时说:“你在日本还有没有亲戚?如果有的话,应当把你们家的不幸遭遇和你的现状告知他们,也了却他们多年的牵挂。”经同学提醒,王林起觉得是这么回事。

采访时我问王林起:“这么多年,难道你就没有想过回日本吗?”

他诚实地答道:“没有。”

“为什么?”我问。

他告诉我,1954年时,王殿臣的弟弟在丰台正阳大街开了一家小粮店,王林起有时替叔叔给丰台东大街的几户日本人送粮食。他们是解放军第四野战军留用在后勤部门的日本人,从王林起叔叔口中得知王林起的身世。有一次他去送粮,这些日本人告诉他,日本政府正在办理留华日本人回国的事,这是机会,问他,你还不走吗?王林起回答得很干脆,不走。

王林起说:“我自从加入少先队、共青团,读了《钢铁是怎样炼成的》等书籍,想成为一名新中国的建设者。当然,也是为了尽孝心,报答养父母的养育之恩。所以,1972年听到中日邦交正常化的消息,我没有受到任何影响。”

这次同学一提醒,他觉得是应该与故乡的亲人取得联系,这与回不回国不相干。而且他想到了养父生前的一个愿望。

养父王殿臣于1960年12月患食道癌去世，享年47岁。他记得父亲病重时躺在炕上，有一天他去看望，父亲拉着他的手与他拉家常。父亲用河北老家方言说："我挺想到你老家去看看，可说不定去不了了，没能让你上大学，挺对不住你的。"

王林起想，自己应该替养父到日本老家走一趟。于是，他给故乡的和田村村长写了封信。日语已经忘光了，依稀记得点平假名、片假名的字母，他就用汉语写，打听故乡是否还有亲属健在。

三周后，日方的回信来了，日文写的，公函形式：

福 第555号
昭和54年9月20日
中国北京丰台镇王林起　殿

高畠町长岛津助藏（章）

关于渡部宏一先生家属关系调查的复函

见到了您的来信。

在漫长的30年间，实在够辛苦的了。

对所委托之事，尽快地进行了调查，现通知您，您家中生存的亲人如附表所列。

只是宏一先生被宣布为"战争死亡者"，被认为已死，而注销了户籍。

如想恢复此项户籍，请与这边的家属交换信件，请他们证实一下宏一先生的生存，并须向法院申诉。

衷心祝愿您尽快恢复户籍，使归国的愿望早日得到实现。

王林起探亲时才得知，当地早已废除了村级基层单位，改为“町”，他的外祖父是最后一任村长。他按照岛津町长提供的信息，分别给姑妈和姨妈们写信，简要地讲述了他一家人的遭遇和自己的现状，随信寄去了一张他的大照片。

语言已经有隔阂了。姑妈、姨妈们接到信需要找人译成日文。她们把信从山形县的高畠町寄给神奈川县川崎市大姨妈的女儿镜玲子，由她请当地的一个台湾人译成日文，再复印若干份分寄给各家，所以当王林起接到回信时，已经是两个月之后了。

姑妈在信上说：“很高兴你被中国人收养并健康生活到现在。现在官方也了解了你的情况，报纸也登载了你的照片和来信。这边正在办理恢复户籍之事，希望能早日见到你。”并随信寄了一张他们全家人的合影。

三位姨妈也分别来信介绍了他们各自的生活状况，不仅寄了各家的照片，二姨妈还把她珍藏多年的渡部延雄一家人的老照片寄了过来。大姨妈在信封里放了一万日元，让王林起给养母买礼物。姑妈和姨妈们都在信中提到，希望在有生之年亲眼见到他，要求他尽快回日本一趟。

10

那个年代出国还是稀罕事。王林起要回日本探亲的消息在王家和厂里都掀起了波澜。

那天，养母拉着他的手，用手心轻轻摩挲着他的手背，缓缓地说：“你对我们家的义务尽完了，放心走吧，不用回来了。”

王林起的泪水顿时涌了出来，他说：“妈，我去日本看看，一定会回来的。”

厂领导专门研究了王林起的出国问题。按照当时规定，出国的置装费，厂级领导是500元，其余人都是300元。厂长和书记商量道，要让王林起非常体面地回日本探亲。于是破例按厂领导的待遇给他批了500元的置装费。采访时王林起对我说："这笔钱相当于我当时一年的工资啊！"

王林起拖了一年多才启程，除了恶补日语，更主要的是要把家里的事务安顿好。他按照养母的意愿，把上山下乡时去了迁安铁矿的大弟弟和去了大台煤矿的小弟弟调回北京。另外，他还要与感情破裂多年的前妻办理离婚手续。对方要求一次性付给两个孩子的抚养费1600元，他说他愿意抚养孩子，不要对方出抚养费，但法院还是把孩子判给了前妻。那时候，1600元对王林起来说是天文数字，全家人给凑了400元，王林起的几个好友又借钱给他，才把离婚手续办妥了。

王林起的探亲路费由日本政府支付，因为他的遗孤身份没有任何疑问。

1981年5月20日，王林起回日本探亲。从北京机场出发时，家人、单位领导和很多朋友都到机场送行，他心里暖乎乎的。当飞机升到空中，他透过舷窗俯瞰中华大地，在这里度过的40年春秋的点点滴滴从脑海里一一掠过，苦辣酸甜，百感交集，泪水默默地挂在脸颊。

中午时分，飞机降落在东京成田国际机场。他身穿当时北京最好的服装店红都服装店制作的灰蓝色毛料中山服，衣料笔挺，手拉两个中档旅行箱，心里暗想，自己这身装束没给中国丢脸吧？

前来迎接他的六位亲戚排成一行，等在出口处。有三姨妈梅乃、表弟白石真市、姑表兄斋藤六郎，还有大姨妈家的两个表妹镜娟子和玲子。斋藤六郎高高举着王林起的照片，白石真市是他儿时的玩伴，远远地就朝他招手，他看到了，直奔而去。

回到高畠町已是傍晚。他们先到姑妈家吃晚饭，语言不通，大家都默默低头吃饭，气氛沉闷。

姑妈住的就是渡部家的房产。王林起的父亲渡部延雄继承了渡部家的祖业。之后，他带领家人参加开拓团去了中国。王林起的姑妈与丈夫离婚后，带着两个孩子回娘家，住在渡部家的老宅子里。按照日本传统，出嫁的女人随夫姓，不准再回娘家，姑妈便改姓了斋藤。因为战后渡部延雄一家杳无音信，作为死亡人口处理，根据日本法律，把渡部家的房产、土地划归给了渡部延雄的姐姐斋藤家所有。得知渡部家的长子仍然活着，在法律上他是有继承权的，姑妈的心里忐忑不安。

姑妈在房屋的西边加盖了两间房，王林起探亲时尚未完工。姑妈说是给宏一盖的，够他一家人居住，但她不希望宏一归国定居。

王林起没有向姑妈提及财产问题，他只是明确告诉姑妈，他不会回日本定居，姑妈才安了心。

他回到日本的第一个晚上住在外祖父的祖宅里。按照当地的风俗，第一个男孩儿要在娘家生，所以他出生在外祖父家。三姨妈梅乃对王林起出生的情景记得非常清楚。那天晚上，在榻榻米上，她特意安排王林起睡在他出生时的位置，并陪伴他睡在旁边，让他体验儿时的情景。那一夜，王林起睡得踏实沉稳。

清晨，他拉开玻璃推拉门，故乡的气息扑面而来。房后的青山还是原来的模样，笼罩在雾霭中。不远处的小溪流水潺潺，抽了穗的稻子和金黄色的油菜花都映入眼帘，他心里在喊："哇！故乡！我回来啦！"

村庄已经焕然一新。当年的茅草屋都翻盖成了西洋风格的住宅，一色的玄瓦白墙、落地玻璃窗，沉静地掩映在绿树之中。王林起记忆中的两个鱼池只剩了一个，成群的鲤鱼在嬉戏。

小河还在，河上架起了小桥。河边的草坪成了公园，建了几个亭子，周围绿树成荫，远处是青山。稻田边的土路都改成了水泥路。王林起惊喜地发现，他年幼时往返于祖父与外祖父家的小路还在，掩没在草丛中，他眼前立刻浮现出母亲年轻时走在小路上的身影。

他站在小路上，心里默默地说："母亲，今天我安然回到故乡，站在您常领我走过的小路上，希望您和父亲的在天之灵能感知归乡的宏一无尽的思念，也请体会我这个战争遗孤的传奇般的命运……"

站在小路上，他还想起了养父王殿臣病重时对他说的话。他心里默默地对养父说："爸，是你赋予我第二次生命。如今我站在幼年生活过的地方，未能实现您对我提出的唯一愿望，这是我人生中最大的遗憾。"

回到故乡的第三天，在町政府工作的姑表兄斋藤六郎请来一位识汉字的大野先生做笔译，另外请来从镰仓赶来的三位姨妈，让王林起详细地笔述家人的遭遇。王林起一家人的悲惨遭遇令亲人们唏嘘，三位姨妈不停地擦拭流下的泪水。

王林起这次探亲在日本逗留了一年零两个月。姑妈把他的名牌也挂在了家门口。他回故乡时，母亲家族中健在的有四个姨妈和一个舅舅，另有十几个表兄弟姐妹。姨妈们得知他离婚借了外债，一起凑了30万日元让他还债。

幸运的是，他在故乡见到了原开拓团的部分成员，其中有当年的邻居新野重太。新野也老了，个头矮小，瘦削，已经谢顶。他特意召集了一些当年的开拓团员，在一家温泉宾馆聚会，让王林起与大家见面。回忆往事，众人感慨不已。

令王林起最感意外的是，新野告诉他，当年逃难时在长春把他们一家撇下的静姨妈一家也未能回国。新野说，静姨妈一家四口人离开渡部家人后，找到一处建筑工地干活。因为待遇差，得不到足够食物，静姨妈的小儿子因病死亡。之后，静姨妈因悲伤过度死去，姨夫也病逝在当地，剩下大儿子被中国人收养。

听到这个消息，王林起难过了许久。过去积压在心底的埋怨顿时烟消云散。他只恨战争，是政治人物发动了战争，让老百姓们家破人亡。

初到故乡的几个月，在亲属们的安排下，王林起往返于城市与乡下之间，或聚会，或出游，在忙忙碌碌的兴奋中，转眼树叶黄了红了，山色烂漫。再转眼，下雪了，山野田间银装素裹。

小姨妈鹤子的丈夫皆川安之助对王林起说："乡下的冬天，雪又大又冷，与其困在家里无事可做，还不如跟我到东京干活打工去，可以更多地了解日本社会的现状。"王林起说："好。"

在小姨夫的带领下，王林起经过体检和职业介绍所推荐，与另外两位同乡到东京的一家商店打工。这是位于东京北部板桥车站附近的一家私人独资百货食品连锁超市，拥有七八家分店，三四百名员工。王林起因为语言不通，被安排在商店总部的货物配送中心。他的工作是上午接收批发商送来的货物,进行分类;下午按照各超市分店的订货单装车运货。与他一起干活的,有包括大学刚毕业的董事长的儿子在内的八个青年职工,董事长的儿子处处照顾他这个年长者。王林起也十分敬业,闲下来时主动整理场地,打扫环境,尽心尽力,与他们相处得很好。

董事长了解王林起的情况后,给他定的工资是每月 17 万日元,按当时汇率,相当于他在中国近两年的收入。小姨夫告诉他,这个数额相当于干了十几年合同工的待遇,是董事长对他的格外关照,让他不要告诉外人。

一天,董事长对王林起说,他去过中国两次,非常喜欢中国的古文化。他还说愿意提供优惠待遇,希望王林起携全家人来定居,为他管理用于出租的棒球场。

因为王林起的油画画得好,另外有两家企业想聘用他。一家是商业广告公司,一家是大型娱乐场。那家娱乐场开出的工资是月薪 80 万日元,但王林起还是选择了回中国。

我问王林起为什么放弃归国,因为就我所了解,有将近 90%的遗孤都选择了归国。相当多的人是没有找到亲属,自费归国,甚至有的人根本说不清自己的身世。

王林起回答我:“养父母从未把我当外人,我也不把自己当外人。我是家里的长子,父亲去世了,母亲年纪大了,我有照顾她的责任。”

他还说:“是中国给了我第二次生命,是中国成就了我。我的这些本事都是在中国学的,我回国探亲,厂里还破例给我置装费。”别人对他的好,他是点点滴滴都记在心里,充满了感恩。

他还说:“可能跟我受的教育有关。我们那个年代受的是革命教育,我读了好多马列主义的书,还看了《牛虻》《钢铁是怎样炼成的》等书籍,为共产主义奋斗,为建设社会主义新中国奋斗的观念很强。我对自己的日本人身份并不放在心上。当然,我也征求过孩子们的意见。我有一儿一女,我对他们说,你们若想回日本定居,我就考虑归国的事。他们说,去玩玩还行,定居不去。我说那好,我也不回去了。”

11

去看望王林起的养母是2017年初冬的一个下午。

他的养母已经94岁高龄,十余年前患脑梗塞,留下半身不遂和语言障碍后遗症,与小儿子住在一起,请了个保姆照顾。

家里收拾得干干净净。老人一头银色短发,穿着一身玫瑰红带暗点的棉家居服,身子骨还行,面容慈祥。

老人坐在床边,王林起和二妹一人一边挨着她坐。老人拉起王林起的手,表情恬静而幸福。

我问老人:"您认识他吗?"

老人微笑着点点头。

从相貌上看,王林起长相酷似养母。我把这种感觉告诉王林起,他说:"人们所说夫妻相,其实不只是夫妻,一家人在一起生活久了,长相就会向一堆儿靠。"

老人退休前在丰台区废品回收公司上班。患脑血栓之后,前几年老人又出现心力衰竭,进医院急救了几次,为此安装了心脏起搏器。安装心脏起搏器是自费,兄弟们分摊。老人的退休金用于支付保姆的工资,生活则与小儿子在一起。王林起牵头,召集兄弟们设置了储备金以应对母亲急需,他出资8000元。另外,每年的春节、五一、十一,他都给母亲送去1000元,800元给母亲,200元给保姆。

12

2011年6月1日,北京的日本驻华大使馆内,举行了"遗华孤儿养父母感谢信授予仪式”。大使丹羽宇一郎代表日本政府，向在北京的几家遗华孤儿养父母颁发感谢信。遗孤参加者除了王林起之外，还有三位，而养父母只有王林起的养母贾凤朝出席，其余三人的养父母都已过世。

贾老太太年逾九十，满头银发，沉静地坐在轮椅上。丹羽大使走上前来，鞠躬施礼，亲手把感谢状递到老人手上。老人丧失了语言能力，但心里很明白。她接过感谢状，捂在胸前，咧开嘴开心地笑了。

感谢状如下：

贾凤朝　様

王殿臣　様

在中国东北，曾经有开拓团等很多日本人居住在那里。因为在昭和二十年八月九日苏联军队对日宣战，所以大量居民在被卷入的战火里和逃难的饥饿中成为牺牲者。在这种情况下，具有爱心的养父母们把失去亲人的日本孤儿像自己的孩子一样养育起来。对于中国养父母的慈悲善心，表示衷心感谢。

我们今后不会忘记养父母的善心，为日中友好，为日中两国的发展而尽力。最后，再一次向养父母们的善良表示感谢。

2011 年 6 月 1 日

驻中华人民共和国日本国特命全权大使

丹羽宇一郎

事情的缘由要追溯到 2007 年，王林起给公益财团法人中国残留孤儿援护基金会理事长多田宏写了一封信：

多田宏理事长：

请原谅突然给您写信。

我是一名中国残留孤儿，日本名是渡部宏一，中国名为王林起。

我于昭和十年出生在山形县东置赐郡高畠町和田村。5岁时跟随父母到中国黑龙江省林口龙爪开拓团。在战事结束之前，父亲被征入伍，最后他逝于俄罗斯，但至今未得到确认。母亲死在逃难中的沈阳难民所，两个弟弟和一个妹妹中的一个弟弟死亡，其他二人不知下落。

当时，我已变成皮包骨的孤儿，危在旦夕之际，得到中国养父母的救助，才能活到今日。我在开拓团上过三年日本小学，一直在做小生意的养父供我上到高中。之后，我在制造大型发电设备的企业工作，现在我与妻子过着平凡的退休生活。

我的养父王殿臣是非常善良的人，遗憾的是在49岁时因患食道癌而逝世。养母贾凤朝今年85岁，6年前由于脑梗塞，留下半身不遂和语言障碍的后遗症。

以上，对自己作了简要介绍，我向理事长先生提出一个个人的愿望。

最近，我从厚生劳动省的网页上了解到，昭和六十一年5月9日，对有关已归国孤儿养父母的抚养费，日中两国有个口头约定：按每个归国孤儿10800元（人民币），从财团法人中国残留孤儿援护基金拨给中国红十字总会，再转交给养父母。我从日中两国关系恢复之后到今日，多年来，对自己养父母除了以个人之力尽孝外，等待着日本政府和民间对救助了日本孤儿的中国养父母表达感谢，并提供抚养费。我这个愿望，曾对厚生劳动省讲过，但未得到明确答复。战事已过60余年，我们从幼儿变成老人。希望在养父母尚健在之时，这个愿望变为现实。

渡部宏一（王林起）

2007年2月10日

王林起没有得到官方回应。他得到的说法是，1986年日本政府按每月60元人民币累计15年，即10800元人民币，作为一次性补偿金，通过中国红十字总会转交给归国定居的遗华孤儿养父母，未归国定居的遗孤养父母则没有。

这样看来，这项政策不通情理。当年战败时，日本政府把军队和要员都接回日本，遗弃了子民，因此产生了大量遗华孤儿。中国养父母收留并抚养日本遗孤，付出的辛劳是同等的。为什么归国孤儿的养父母享有补偿金，未归国孤儿的养父母就不该享有？当年遗弃这些孩子，日本政府有不可推卸的责任，中国养父母的晚年，不管抚养过的子女是否在身边，在他们年老体衰最需要关怀的时候，难道不应该给予同等的报答吗？

2010年，日本驻华大使馆开始邀请未归国的遗孤参加使馆4月举办的春季赏樱会和冬季的日本天皇诞辰庆祝活动。在2011年的赏樱会上，王林起提出，希望日本政府或民间向救助养育了日本孤儿的中国养父母表示感谢，并给予一定的补偿。

当时，丹羽宇一郎大使没有表态。一周之后，他在接受《中国青年报》等四家媒体采访时说，在他的任期内要到中国各地去，向孤儿们的中国养父母们表示感谢。接着，他去了山东、东北等地，向中国养父母们颁发了感谢状。6月1日，在大使馆举行了“遗华孤儿养父母感谢信授予仪式”。

仪式的尾声，一直陪伴在养母身边的王林起站在母亲面前深深鞠了一躬，他高声说：“老娘，谢谢您了！”贾老太太带着微笑的慈祥面庞上，有几滴喜悦的泪珠滚落下来。

13

王林起还有一个愿望，就是希望日本政府在北京援建一座养老院。

我问：“是为日本遗孤的养父母建吗？”

他说:“不,是一座面向低收入老人的具有示范性的养老院。”

为此,他2013年11月25日向时任日本驻华大使的木寺昌人写信提出建议。信中说:“我想这样会取得良好的社会效应。在我现在居住的石景山鲁谷社区,侨联组织正在准备建一处社区内的养老设施,日后有可能向大使馆提出申请无偿援助,到时请给予关照。”

木寺大使没有复信。王林起说他会继续努力。

说这段话时王林起已经82岁,他身材瘦削,脸庞清癯,但目光温和而坚定。

补白：中国人的日本式鞠躬

1

石金楷多次向我推荐采访黄本欲（化名），说他的经历十分坎坷传奇。黄本欲手上有许多证据证明自己是日本遗孤，但公安部门说他是假遗孤，因此被劳教。现在他被释放了，还在不懈地与日本厚生劳动省联系，要求归国。

黄本欲居住在哈尔滨市南岗区文景街的一栋老楼里。这栋住宅楼的内部结构很特别，像是办公楼改造而成。楼梯在中央，"之"字形向上延伸。楼梯衔接着外走廊，走廊后面才是房间，很像办公室的格局。

黄本欲住在顶层四楼。一居室，十来平方米，没有厨房及卫生间，很像老招待所的客房。除了一张陈旧的红漆书桌，屋内就是一张没有床头架的单人床，墙角处有一个大木箱，木箱上堆满杂物。

黄本欲个头不高，他展示给我看的"常住人口登记表"上，写的身高是1.65米。他脸膛黑红，高额头，眉眼距离很近，目光里透着一点狡黠，胡须黑白相间，头发却是全黑。

"常住人口登记表"上，他的籍贯是黑龙江省双城县，出生地是哈尔滨市。他1955年出生，在出生日期和身份证号码上，"1955"的第一个"5"字显然是被改写过，字体特别大，把原来的数字给盖住了。

他说他是老知青，1971年下乡，在黑龙江省大兴安岭嫩江边的建设兵团待了七八年。他还说得知自己是日本遗孤，是1977年春节回家过年时。那年，做汽车修理技师的父亲要退休了，让哪个孩子接班，父母发生了争执。母亲说让黄本欲接班，因为他是长子。父亲说让他妹妹接班，理由是黄本欲是要来的孩子，是日本人。

黄本欲因此知道他是日本遗孤。他说："父亲告诉我，日本投降时，父亲有一次去方正县打鱼，遇见一群逃难的日本妇女，我爸从一个日本妇女手上把我接了过来，当时没顾上细问。"

他说他回到兵团后，向连长讲了这个情况。连长说："不对呀，那你现在有多大年纪？"掐指一算，就按1945年出生，现在也32岁了。连长说："没事儿，啥时候农场有招工名额就推荐你去。"当年，哈尔滨就有企业来招工，农场500多人，有8个招工名额，连里推荐了他进入哈尔滨纺纱厂。

他还说他1978年到公安局外事科申报自己是日本遗孤，接待他的那个科长拍了桌子，说："你胡说什么！这么年轻，怎么可能是战争孤儿，走吧！"就把他打发走了。

他说他在公安局门口遇见一个40多岁的妇女，是哈尔滨医科大学附属医院的妇产科大夫。那妇女已经被确认为日本遗孤，去日本寻亲找到了亲生父亲，正在办理归国手续。那妇女给他留了自己的家庭地址，半个月后，黄本欲到她家去，她把归国的经历讲给他听，让他联系日本的中国残留孤儿协会理事长山本慈昭，并给了他山本的通信地址。

黄本欲说："我跟老头儿通了七八封信，有一年时间。1980年7月，他给我来信说，8月15日他带队到中国访问，希望能见到我，让我寄一张幼年的照片给他。我说幼年的照片没有，就寄给他一张青年时期的照片。"

黄本欲说："日本访问团到哈尔滨后，约的是8月16日在国际旅行社见面。那天我去了，把门的公安局人对着照片放人进去，把我堵在了门外。因为我接信后没有去公安局备案，所以不让我进。后来山本出来找我，因为他约了20人，只进了19人，就拿着个大本子出来找人，本子上第一张照片就是我的，与公安人员交涉后才让我进去。我回到厂里上班后，一天，保卫科的人叫我去，见到两个公安人员，他们说我冒充日本遗孤，把我拘留，送到砖厂劳教两年……”

黄本欲把故事讲得绘声绘色，而且很长。简言之，他的经历是：1981年6月，在劳教期间逃跑，流浪了三年。1984年在南京娃娃桥收容站被哈尔滨公安局来人领走，送到长岭子，重新劳动教养2年。1986年10月，他解除了教养，出狱后，得知父母已经去世。

他说：“父母去世前，把一包衣物交给我妹妹，是日本的佐藤荣给的。”说着，拿出一个白布包袱打开，里面有一件领子袖口都磨破了的灰白色旧军装，但不像日本军服。我曾经在日本京都府舞鹤岗的引扬纪念馆（“引扬”是撤回之意）里见过当年的日本军服，黄色的，旧了是浅黄色，而不是灰白色。他拿给我看的，还有一块印着“渊神社”字样的布，成色很新，白底，布边印有蓝色海浪图案。另外还有两枚古铜色徽章，其中一枚上的印字是“国势调查 昭和十五年”，掂量起来很轻，不是铜质。

且不说这些物件都是赝品，就是真品又能说明什么呢？丝毫不能证实他的身世。

我们告辞时，黄本欲把我们送出屋来。我说：“留步吧。”就与石金楷一起步下楼梯。

黄本欲站在走廊的栏杆边，双手垂在膝前，深深地向我们鞠了一个日式九十度躬。

楼梯是旋转式，转一圈就会与他照面。下了一层，见他还站在栏杆边，我挥挥手道：“你回去吧。”他又深深地鞠了一个九十度的躬。每下一层，都与他有一次照面，他便九十度鞠躬。直到我们下到底层，抬头望去，他仍然站在栏杆边。我挥手示意他回去，于是，又一个日式的九十度鞠躬。

走出门来，阳光有些刺眼。石金楷为他的身份不被认定而惋惜。我说：“他是假遗孤。”石表情惊讶：“怎么会？！”我说：“他1971年插队，如果是日本遗孤，当年起码26岁以上，怎么可能是上山下乡的知青呢？”石金楷恍然大悟地“哦——”了一声。

有很长时间，黄本欲站在走廊栏杆边的那个日本式的九十度鞠躬在我脑海里久久挥之不去。

2

石金楷带我去方正县，采访了另一个未被认定为遗孤的徐彩霞(化名)大娘。

是年徐大娘70岁，身体不好，听力差。我们进屋时，她正歪在床上闭目养神。见我们到来，她欠起身，指着床对面的沙发说："坐吧。"便招呼她的外孙女倒茶。外孙女20多岁，在医院当护士。

因为老人耳背，由外孙女叙述她的情况。

外孙女说;"我姥姥是1946年8月15日，阴历七月二十那天被抱养的，抱养时四五岁。村里有个叫张文武(化名)的小伙子没媳妇，村里人打趣他说：'你去领个日本媳妇吧。'他就跟老徐一起去了，老徐就是我姥姥的养父。"

张、徐二人到了日本人难民所，一个个看过来，张嫌日本女人的年纪大了，都带着孩子，没相中。正准备走时，一个日本女人揪住他的衣服，语言不通，边说边用手比画着，而后把怀中的孩子塞到他怀里，从和服上撕下一条布，写了点字，塞到了孩子的衣襟里。

张正发愣，徐走过来，说抱上吧，好歹是条命。于是，张、徐二人把孩子抱到徐家。徐说："你个光棍，咋养孩子？"张说："是呀，你养吧。"就把孩子给了徐家。

张文武在方正县的永丰乡当农民。1997年，永丰乡不少日本遗孤纷纷回到日本，在当地是件极受关注的事。有一次，徐彩霞与丈夫吵架，到永丰乡跟张文武诉说。张说："你是日本人，回日本去吧。"就把抱养她的经过告诉了她。

徐彩霞那时在医院做清洁工，她的丈夫在农机厂当会计，家里有6个孩子。徐把她是日本遗孤的事说给丈夫听，丈夫从鼻腔里"哼"了一声，打趣道："人家还说你是美国人呢？"

徐彩霞认定自己就是日本遗孤，2000 年向日本厚生省提交了申请。

2002 年 6 月，日本厚生省派人来调查，下榻在哈尔滨的国际大酒店，有不少遗孤申请者前来验证。外孙女说："翻译姓郭，他对厚生省的人说我姥姥的牛痘颜色不一样。后来厚生省来信，说我姥姥的证据不足，不能认定是日本遗孤。"

徐彩霞觉得很委屈。她对我说："永丰乡去日本的好几个人都是假遗孤，我是真的，却不被认定。"

外孙女说："很多老人都知道我姥姥是日本遗孤，做了证言。我们把证言公证了，寄给日本厚生省，但石沉大海。一晃 10 年过去了，只要听说有日本人来，我姥姥就哭。"

3

林美（化名）的日本遗孤身份也未被认定。

她退休前是哈尔滨市一家商场的营业员。她的邻居徐云霞被认定为日本遗孤，归国后更名山田昭子。

林美说："1992 年春，山田昭子从日本给我打来电话，说我父亲知道你是遗孤，赶快办吧。"

林美对抱养的经过讲得很简单。她说："一天夜里，养父听到门外有孩子的哭声，开门一看，见地上有一个小孩，就抱到邻居家。孩子用旧毛衣裹着，衣服的衬里上写着'昭江太支山发纳'几个字。"

她说："有三个邻居为我出了证明，其中有山田昭子的父亲。现在邻居已经去世了两个，但证言都做了公证。"

林美向日本厚生省申请遗孤认定。她说："我丈夫不同意我走，他在帮我填表时，故意把生日 1939 年填到了抱养日一栏里。他去世前向我承认了。”还说：“厚生省中国残留孤儿援护基金会来人调查过，我养母不承认我是要来的。”

林美说：“养父母都是山东人，20多岁时闯关东到东北。养父姓林，是搬运工，养母是妓女。养父1959年去世后，养母又找了个姓高的养父。”

林美2009年患脑血栓，半边身子不听使唤。她一脸愁容，谈话间不停地叹气，能感觉到她心底淤积着深深的遗憾和浓浓的怨恨。

她说：“真正的孤儿走不了。”还说：“人生关键的几步不能出错啊！”

这句话令我印象深刻。

4

有一种感觉，国人当中有一种相当普遍的心理现象，就是把外国人看得比自己高贵。

我去了很多趟日本。走在大街上，一眼望去，都是和中国人长得一个模样的面容。街面上的字里夹杂着不少汉字，意思能猜出个大概。只要不对话，你并没有异域的感觉，可是一张口，你就会发现这个世界不是你的，不管周围多么繁华热闹，只要语言不通，你永远摆脱不掉孤岛的感觉。

感受最深的倒不是日本人怎样对待你。我接触的一些日本人，问路时发现你是外国人，就不光是指路了，有的人干脆把你送到目的地。而遇到的一些在日本留学或者就业的中国同胞，知道你是短期滞留日本，便会表现出傲慢和歧视。比如，与你对话时，会突然冒出一串长长的日语。包括接触到的一些归国孤儿，自身的日语水平其实很有限，但在中国人面前，总要表现出一种优越感。

其实，心底隐藏着自卑。

自卑的反弹就是自负。

回到日本的遗孤们活得并不轻松，生活的艰辛艰难比在中国更甚。

居住在神奈川的归国遗孤青山敬子，归国前曾是辽宁省人大代表及营口市人大常委会副主任，并被选定为副市长的候选人。她选择回归日本，是因为她的儿女们想到日本发展。

青山的父亲是一名军医，战败时被俘虏，押送到西伯利亚，后来释放回日本。

在战败那段逃难的日子里，青山的母亲带着5岁的她还有哥哥和妹妹，逃到了设在吉林省延吉的日本人收容所。在收容所里，母亲和妹妹相继死去。

那时，临时的政府机构多为伪满政府留下的班底，称作“维持会”。维持会号召中国人尽量地领养日本孩子。青山的养父是山东人，曾经闯荡到苏联学了一手制鞋工艺，回国后在延吉市开了一家鞋店，生意红火，是殷实之家，会日语和俄语，在当地有声望。

养父本有一女。响应号召，他到收容所领养了青山，牵着青山准备离去时，看见对面地上躺着的一个女孩已经奄奄一息，动了恻隐之心，将那个女孩一起领回了家。

青山在养父母的呵护下茁壮成长，从小学一直念到大学，学的机械专业，1964年毕业后，分配在鞍山钢铁公司。她工作勤奋，从技术员、工程师到高级工程师。1983年，从技术岗位转到行政领导岗位，1985年成为营口市人大代表，任市妇联副主任。

1986年，辽宁省公安局告诉她，说日本的亲属在寻找她。1987年，她参加了第15次寻亲访日团，因为自身本有官职，便任了寻亲团的副团长。

在东京，她见到了姑姑、叔叔、堂妹、表妹和一对孪生的异母妹妹。厚生省官员对她说：“你父亲留有遗嘱，要求找到你。现在你叔叔、姑姑认你，但你的继母不认你。你继母表示可以来往，留有电话和住址。另外不知你是否回日本定居？”

青山的回答十分干脆。她说：“继母不认我，我也拒绝认她，电话和地址我都不要。既然姑姑、叔叔认我，我也认他们。但我不回日本定居。”

寻亲回国后不久，她当选为辽宁省人大代表，并成为营口市人大常委会副主任。1990年，青山的二姐——就是当年在日本人收容所奄奄一息的女孩，也找到了日本亲属，率全家到日本定居，并加入日本国籍。

青山的仕途正旺，已成为营口市副市长后备人选。青山的丈夫是她的大学同学，两人育有两儿一女。二儿子师范大学毕业后，夫妻二人都在中学任教师，儿子却对自己的职业不满。看到二姨全家回归日本，他指责母亲说："你不能为自己当官而不顾孩子的前途！"母子关系一度恶化。正好这时营口市有去日产汽车公司研修的机会，青山把这个机会给了二儿子。

二儿子到日本研修一年。回国后，他更坚决地动员母亲归国。青山的大儿子在鞍钢公司做普通科员，儿媳妇在大集体企业。她思来想去，为了孩子们的前途，决定归国。她把这个决定告诉了组织，1993年换届选举时她没有参选，做了市政协副主席。1994年，按照日本遗孤归国的相关政策，夫妇俩带着不满20岁的小女儿公费归国，两个儿子是后来自费到日本去的。

哪里都有势利眼，日本又是等级观念极强的社会。青山回到日本，身上的光环褪去，仅是一个普通的归国孤儿。在日本社会的有色眼镜里，不少人把归国孤儿看作是到日本来沾光的中国人。

青山与大多数归国孤儿的经历相似，先在埼玉县所泽市的中国归国者定居促进中心学习了4个月日语，又到横滨边工作边学习日语8个月。之后必须就业自立。市役所的辅导员会不断地、不停地督促她去就业。

青山先在一家工厂做产品检验员。虽然语言不通，但看图纸没有问题。工作三个月后，她的右手大拇指由于过度紧张而不能动了，只好辞掉工作，申请生活救济。她丈夫有心脏病，没有正式工作。夫妻二人每月救济金不过十二三万日元，吃饭都紧巴巴的。丈夫不断抱怨来日本是个错误，青山心中的苦，只有自己咽下。很长一段时间，她到处打零工，在农田为农户拔过草，还做过清洁工，扫厕所。当她一个人寂寞地清扫厕所时，泪水就会在眼眶里打转转，而后悄声默息地挂在脸颊。

青山不参加归国孤儿的任何组织和活动。面对前来做孤儿问题调查的学者，她更愿意说说儿女们的现状。

大儿子在一家工厂就职，过着一般日本工薪阶层的生活。二儿子就在原来研修的日产汽车公司上班，因为刻苦钻研，技术过硬，获得过全日本汽车喷漆考试第三名，有了这个资格，工资待遇不错。女儿在一家贸易公司工作，自己尚满意。

说到自己，她会莞尔一笑。说她虽然没有了在中国的社会地位，但日本干净呀，社会秩序好，文明程度高……云云。

其实，心中的苦楚，她只能靠时间和岁月去一点点消磨。

…… ……

后　记

有些事情看似偶然，其实有内在的逻辑。

2003年的一个偶然机会，我被邀请为纪念抗日战争胜利60周年撰写系列电视片脚本，为此翻阅了大量资料。虽然因为某些原因我最终退出了，但这个题材给我的触动很深。在中国近代史上，自甲午战争后的百年屈辱，对中国造成伤害最大的就是日本。我认为，中国人对日本的两次侵华战争不能仅仅停留在义愤上。偌大的中国被一个曾是学生的蕞尔小国欺负得体无完肤，中国人要思考这是为什么。否则，以史为鉴就是空话。于是我决定用纪实文学形式，从文化反思的角度来写这段历史。

这套书的写作时间跨度，若以1999年采访花冈事件算起，至2017年全部交稿，长达19年之久；若以形成完整的选题计划，被中国作协列为重点扶持作品的2007年算起，整整10年。其中的甘苦，一言难尽。

采访中，我得到了海外华人及国内学者的大力支持。他们从采访经费、资料、翻译诸方面给予我无私的帮助，没有这些支持和帮助，肯定不会有这100多万字的作品问世。

诚挚地感谢这些友人们！他们是：香港实用货仓有限公司的陈君实先生、陈怡碧小姐；香港中燃远邦船务有限公司的钟惠明先生；已故去的日本神户华侨总会会长林同春先生；中国东方航空日本分公司副社长邵康铭先生；原人民日报驻日本东京记者王丽萍女士；还有美国和加拿大的华人团体“世界抗日战争史实维护会”的同胞们。中国社会科学院研究日本问题的专家汤重南先生在史学上给予过我指教；国防大学的金一南将军百忙之中为这套书作序，是对我最大的支持。

所有的支持和帮助都令我没齿难忘。感谢！感恩！永远！

昊　子

2018年8月28日于北京

参考书目

1.鲍海春、车霁虹主编，胡晓慧、石金楷副主编:《中国养父母历史档案》，黑龙江人民出版社 2015 年版。

2.关亚新，张志坤:《日本遗孤调查研究》，社会科学文献出版社2005年版。

3.王欢:《归根——日本残留孤儿的边际人生》，世界知识出版社 2004 年版。

4. 曹保明:《第二次世界大战收养日本遗孤纪实》，北方妇女儿童出版社 1999 年版。

5.王林起:《我在中国 75 年——二战日本遗孤自述》，西苑出版社 2016 年版。

6.(日)大久保真纪著，延江昭子、井上征男译中文版:《啊，我的祖国——状告母亲的中国残留日本孤儿》，日本八朔社，2004 年 9 月第 1 版。

7.(日)中国“残留孤儿”国家赔偿诉讼辩护团全国联络会编:《政策形成诉讼 2002.12 ~ 2009.12》，株式会社东京印书馆，2009 年 11 月初版。